TAIL ISLAND

尾巴岛

石倦之 / 著

当代中国出版社
Contemporary China Publishing House
2019 年 · 北京

图书在版编目(CIP)数据

尾巴岛 / 石倦之著 . -- 北京 : 当代中国出版社 , 2019.7

ISBN 978-7-5154-0926-9

Ⅰ . ①尾… Ⅱ . ①石… Ⅲ . ①长篇小说－中国－当代 Ⅳ . ① I247.5

中国版本图书馆 CIP 数据核字 (2019) 第 084831 号

出 版 人　曹宏举
策划编辑　陈　莎
责任编辑　周显亮
封面设计　邢海燕
出版发行　当代中国出版社
地　　址　北京市地安门西大街旌勇里 8 号
网　　址　http://www.ddzg.net　邮箱：ddzgcbs@sina.com
邮政编码　100009
编 辑 部　（010）66572264　66572154　66572132　66572180
市 场 部　（010）66572281　66572161　66572157　83221785
印　　刷　河北盛世彩捷印刷有限公司
开　　本　710 毫米 × 1000 毫米　1/16
印　　张　17.5 印张　295 千字
版　　次　2019 年 7 月第 1 版
印　　次　2019 年 7 月第 1 次印刷
定　　价　42.00 元

目录

CONTENTS

引子

逄蒙从背后抽出一支箭，指了指前方。

大羿按下逄蒙的手，摇摇头。

跋涉20多天，大羿终于找到了这只怪兽，它正趴在离东海不远的树林里，盘踞在一大片空地上。怪兽太大了，大羿射猎过的所有猛兽加起来都没有这只巨大，它的头顶越过了巨树的树梢，连盘旋的鸟儿都未必能踩在上面，它的身体比尧帝的宫殿还要大10倍，封豚在它面前也如同蚂蚁。大羿的手从未离开过身侧的彤弓，那是尧帝赐给他的神弓，弓身以修蛇血浸泡，通体血红，箭头是凿齿的牙，大羿亲手磨制，锋锐无比，可射穿金石。而他带在身边的几个年轻人都是自己最得意的徒弟，尤其是逄蒙，射术精湛，与自己不相上下，只是性情急躁，匍匐在树荫处还不到半日便已按捺不住。

“尧帝命。”逄蒙在大羿耳边说。

大羿明白他的意思，如今妖兽四起，生灵涂炭，尧帝登山夜观，见东方有异光，疑为妖兽巢穴，命大羿前往剿灭。现在妖兽就在眼前，自己却无从下手，只能藏身在丛林里，静静地等待。

“眼。”大羿对逄蒙说。

逄蒙把箭背了回去。师傅曾经教过他，如果没有找到猎物的眼，就等于没有发现猎物。眼前这个如山一般的庞然大物，通体五彩斑斓，说不出像什么野兽，唯独有一根像蛇一样的尾巴，蜿蜒盘旋而下。尾巴的末端深幽而紧闭，仿佛是住着鬼魅的山洞。除此之外，妖兽就像是一堆鳞甲堆在一起，分不清哪里是头哪里是身，也没有眼耳鼻口。从他们发现这头妖兽开始，它就没有移动过，如果不是它一直在微微蠕动，和死尸也没什么区别。

天色渐渐暗了下去，太阳沉向了尧帝所在的西方。妖兽蠕动的幅度大了起来，全身都在摇摆，发出像泉水一样的声音。那些蹲在树梢和妖兽顶上的飞鸟活跃了起来，带着蜂鸣声盘旋在妖兽附近。妖兽的尾巴开始剧烈地收缩和抖动，猛然间张开了幽闭的尾门，混合着黏稠的液体，喷涌出大小无数的活物。它们在薄光中翻滚跳跃，刹那间被盘旋的飞鸟抓起，飞向四方。那些鸟儿看似精巧，身长只有半臂左右，却力大无穷，无论大小肥瘦的活物，轻轻一抓便腾空而起，转瞬间便毫无踪影。

"豚鱼！"逢蒙惊叫。

"还有长鱼！""蛟龙！""好多鱼！"其他几个徒弟也惊呼道。

大羿没有说话，也不敢相信眼前这一幕。身为尧帝身边的第一射师，大羿征战多年，只见过凶禽猛兽吃人，没见过妖兽喷鱼的。

妖兽渐渐恢复了蠕动的节奏，长尾安静了下来。随着夜幕的降临，妖兽的身体开始发出白色的光。白光源自妖兽体内，穿过鳞甲的缝隙照射而出，越来越刺眼，到四周完全入夜时，妖兽已然像一个吞噬了太阳的躯壳，如同白昼一般耀眼，引得那些已经飞走的鸟儿从四面八方聚了回来，仍停留在原来的树梢上。

"这就是尧帝所见之异光。"逢蒙说。

"射光！"大羿从草丛中跃起，借着树荫的遮蔽，迅速跳到妖兽长尾附近，取弓搭箭。弦响之时，带着凿齿利牙的飞箭已如疾风射出，不偏不倚地扎进最近的一道光束中。那光束抖动了一下，消失了。

"光就是眼！"逢蒙跟着大羿跳了出去，同样是搭弓落箭。风声起，又一道光消失了。

整整9道光，大羿和徒弟们围着妖兽奔袭了一圈，才将妖兽的眼全数射尽，黑暗再次笼罩了森林，依稀只有浅薄的月光落在林荫间的缝隙里。妖兽再一次剧烈地抖动起来，蜂鸣声呼啸而至，原本停留在树梢的飞鸟密布了整个天空，潮水一般涌向了入侵者。大羿尚未来得及反应，就被一只飞鸟撞上胸口，整个人被巨大的冲击力抛向了空中。还没等落地，他又被一只飞鸟抓住肩膀，随着飞鸟冲向了夜空。大羿这才发现飞鸟并没有翅膀，却能飞行，抓住自己的也并非鸟爪。这是从没见过的一种鸟，圆球一般的身体，三条腿，腿上有肉球，自己的肩膀就是被三个肉球粘住而被迫跟着鸟儿飞翔。大羿被鸟儿带出了树林，天旋地转，也看不清方向，不知过了多久，只感觉肩膀一松，自己就被丢了出去，随即摔落在沙滩上。潮水淹没大羿的身体，冰冷刺骨。

大羿醒来的时候，潮水声在阵阵轰鸣，火红的朝阳正从地平线升起。大羿捂住双眼适应突如其来的强光，渐渐地从全身的痛苦中缓过劲，强撑着自己坐了起来。大羿朝东海望去，鲜红色的朝霞中，一座巨山耸立在海面上，仿佛近在咫尺，却又隐没在海水和雾气中。大羿清楚地看见山顶白色的积雪，飘袅的云环罩在山尖，它就像浮在无尽的大海上，仿佛自始至终就在那里。

"山?"大羿自言自语，翻身站了起来，却又再次倒了下去。剧痛来自胸口，一支箭带着血液穿过了他的身体，停在眼下一尺的地方，大羿记得那是出征前自己亲手为徒弟们打磨过的箭头。

海浪声渐渐消失在大羿的耳边，远方云与海之间的高山正发出扭曲却无比耀眼的光芒……

第一章 梅镇与云州

01　回家

吴畏突然发现脚下踩着的地方，就是自己每年除夕来上坟时磕头的地方。但比起除夕，这会儿阳光正好，也没有风，坟头的草动都不动。虽然是自己每年都来烧纸的祖坟，吴畏也觉得眼前的一切变得面目可憎起来。

海枭下山的步伐异常快速，和上山时的娇柔完全不同。眼看自己第一次带回老家的女朋友越走越远，吴畏想追上去，双腿却感到被什么力量牵住了一样，沉重无比。

吴畏回过头。

余三吉　李愿卿之墓

时间凝固了，仿佛阴间和阳间都在对吴畏表达不满。

“我为什么要说这是我爷爷的坟呢，我又不跟他姓。”吴畏下山的时候一直在骂自己。

吴畏回到家的时候，吴父正在看电视上播的《斗地主》。这是一款深受中老年人喜爱的综艺节目，主要特点是接地气，主持人以及所有嘉宾都说本地方言。由于电视节目时间太过珍贵，一次播出只能打三局，这就导致吴父经常对着电视痛骂剧组完全不懂斗地主的艺术，赛制制定得极其幼稚。痛骂规则是当下最容易达成普世共识的一件事，尤其是在与人相处的时候，实在找不到话题时就可以随便找个规则出来骂，往往能打开尴尬的局面。吴畏每次回家，吴父都是借助《斗地主》节目的赛制逾越了几十年的代沟，生造了一个亲爹孝子合家欢乐的场面。节目组也很配合忠实观众吴父的需求，几乎每个赛季都在更换赛制，而每一次更换都会让吴父想要骂街，积极地贡献收视率。

吴父沉迷于破解节目规则，拿了纸笔又写又画，完全忘了融入紧张激烈的地主斗争，当然也忘了观察吴畏。反倒是吴母在厨房瞟了一眼，拿着大葱出来，问：“你怎么一个人回来了？海袅呢？”

“她家里有急事，先回去了。”吴畏假装冷静地陈述。当然这也不是说谎，对海袅而言，此时离开吴畏和他的家乡的确像是件要紧的事。

“连饭也不吃啊，背包还在这儿呢。”吴母说。

“没事，我回头带回去就好。”吴畏把海袅的背包拿进自己的房间。背对父母，吴畏的勇气似乎恢复了一些，“本来就是挤时间来的，谁知道公司突然有急事，等下次吧。”

吴父放下手里的破解成果，对吴母不耐烦地喊道：“问那么多干什么，你快去做饭，都饿死了！”

吴母掰着葱回了厨房，吴畏感觉自己仿佛被爹看穿了一切。

吴畏瘫倒在自己曾经睡了十几年的床上，感觉被人生压得喘不过气来。这种感觉在自己18岁高考那年也有过，但和此刻相比，那年压在吴畏身上的应该被称作幸福的青春。青春在吴畏考上大学之后就仿佛走进了股市，一路稳步下滑，时不时地断崖崩盘一次，一直崩到毕业。在社会摸爬了几年，勉强能饿不死的时候，吴畏遇见了海袅，一个并不惊艳却很特别的女子，一个让他觉得青春重生的人。

海袅连自己的背包都不拿就急匆匆地离开了，说明她并不喜欢这里，但凡有一点点耐性，好歹会礼貌地吃顿饭再走。吃顿饭能有多难呢？吴畏迷迷糊糊地躺着，疑惑很快就解开了——吴母叫他起来吃饭，他觉得这顿饭对他来说吃起来很难。

幸好，吴父和吴母似乎是达成了默契，只字未提海袅的事，只是饭菜的规模比起吴畏回家之前嘱咐的“要按照儿媳妇上门的标准准备”要低了许多。

吴父时不时用眼角观察一下吴畏。从小到大，吴父都特别在意儿子的情绪变化，由于在其他方面自己能培养儿子的不多，情感上的关心就成了吴父最主要的育儿手段。吴父极其恐惧吴畏长大后成为像自己一样的男人，生活在社会最底层，没有技术，没有资源，更没有改变人生的勇气，还没到退休的年纪就已经沉迷在低成本的中老年游戏中无法自拔。为此吴父十几年来一直感到深深的自责，怨恨自己能给儿子的不多。在整个糖厂大院里，和吴畏同龄的孩子或多或少都有点儿家里的支持，而吴畏只能靠自己。每当吴父想起儿子在外漂泊，自己读书，自己找工作，自己面对生活，就忍不住老泪纵横，把一腔父爱全身心地投入打麻将和观看《斗地主》的行动中才能稍有缓解。

看到儿子吃饭的兴致并不是很高，吴父开始把上午的作业成果与儿子同享。《斗地主》栏目换了新的赞助商，场面比以前气派了很多。新的赛制里，地主选手赢一局可以得三分，输了则扣三分，农民选手赢一局可以得一分，输了则扣一分，一场节目下来，分数最低的就被淘汰。这个赛制颇有几分与国际足坛接轨的意思，但依然被吴父横眉怒斥。吴父手嘴并用对吴畏解释他的观点，讲解了20多分钟吴畏也没听明白，只能频频点头，对爹的钻研精神表示钦佩。斗地主是吴畏的弱项，几乎没有任何实践经验，吴父只顾着自己分享成果，饭也忘了吃，引得吴母很不高兴。烧了一桌子吴畏爱吃的菜，眼看自己的劳动成果被赌博抢了风头，吴母忍不住用筷子敲打吴父挥舞的臂膀。

“江老四的事你还没跟小畏讲吧，人家还在等你回话。”

“哪个江老四？”吴畏也迫不及待地想要结束对斗地主的探讨，进入一个自己也许知道的领域。

“就是你江叔江思哲，以前住对面楼上的，退休后搞了个糖厂老年俱乐部。”吴母答道，“其实就是打麻将。”

吴父一拍桌子，“你妈不说我都忘了，你江叔想请你去搞个讲座，都是糖厂退休职工、老干部。”

“我能搞什么讲座，我不去。”

“嘿嘿，儿子，这你得去，你江叔对你有恩，别人不去你也要去。”

“我都不记得这个人，他能对我有什么恩？”

“你那年考大学，糖厂又派车送你去学校，放假又派车去接你回家，厂里还发了1000块钱奖励，这就是你江叔提的意见，叫重视厂职子女学习，为厂培育下一代知识分子精英。江叔退休之后呢，就在退休干部活动中心当主任，组织活动。他前几天来找我，说趁这几天放假，小孩们都回家，搞一个系列讲座，就是请这些年像你们考上大学的职工子女讲讲课，随便讲什么，学的专业，在外面干了什么事，都可以，题材不限。到时候糖厂领导班子也来，你要好好准备。”

“早知道我就不回来了。”吴畏没好气地回应。

“你爹还指望你露脸呢。”吴母一边收拾剩菜，一边瞪了吴父一眼，“小孩在外面都累死了，回家了还不让好好歇歇，那1000块钱还不够他们起哄请客的，又不是考上北大、清华。那江老四是喝多了，大半夜来讲胡话。”

“行吧，那我准备准备，我去睡会儿。”吴畏明白这是他爹无法拒绝的大事。吴父在糖厂工作了30多年，起初在仓库做保管员，每天的工作就是清点仓货，记上搬进来的，记上搬出去的，虽然只有小学文化，但是仔细严谨，从不出错。慢慢习惯了，吴父就发现仓库管理流程里有不少问题，于是写信给领导班子汇报，建议改良，免得出事。持续写了一年的信，领导班子始终没有任何响应，吴父很沮丧，又夹杂着对国有资产危在旦夕的痛心，一不小心在一次酒席上喝多了，感慨了20分钟。结果厂领导班子立刻有了响应，把吴父从仓库调到了传达室做门卫，以鼓励他将保管事业从保管一个仓库上升为保管整个糖厂。上任刚半年，吴父就发现了传达门卫岗位上的诸多问题，于是又开始写信给领导班子建议改良，防患于未然。这次领导班子反应很快，立刻委派厂生活主任和吴父进行了一次交心的谈话，谈完之后，吴父就跟随厂里组织的“好糖下基层”工作小组去了农村，一去就是半年。

这半年里，梅镇先是发生了轰动全镇的糖厂厂资失窃案。一个不知名的团伙在大半个月的时间里盗窃了糖厂大量物资，直到当时的仓库管理员觉得仓库开始走穿堂风了，才发现原来眼皮子底下少了那么多东西。然而在案件侦破的过程中，糖厂领导神奇地发现丢失的物资都不在自己的账目上，这些被盗去的东西原则上都不是糖厂的。领导班子陷入了长达好几天的沉思——并不是沉思这些物资去哪儿了，而是沉思自己接下来要去哪儿。案件最终不了了之，有人说是贼逃出了法网，有人说是没两天就抓住了，但是被糖厂压住，没对外说。总之，大家都看到的是，新领导班子迅速取代了旧领导班子，糖厂很快就恢复了慢悠悠的节奏，丢了很多糖也没有让糖厂苦很多。

吴父在农村的草棚子里得知这一消息，流了一夜悲愤的眼泪，回厂之后被安排在销售批发部，主要工作是给各个前来进货的批发商出货，一直出到吴畏考上大学。用吴父自己在“热烈祝贺吴畏喜获本科通知书庆功宴”上讲的话说，是“儿子考上本科了，整个糖厂才知道有我老吴这个人”。

看到儿子给了自己在厂里露脸的机会，吴父很是喜悦，当即就通知了江思哲。江主任也很开心，立刻就把通知发了出去：第二天晚上《新闻联播》之后，在糖厂大礼堂召开第一届“常回家看看，常回家讲讲”座谈大会。

整个下午吴畏都是浑浑噩噩的，仿佛分手的痛苦迟到了三个小时，他很想给海袅打电话，问问她到了没有，有没有吃饭，还想不想和他在一起。恋爱的人和失恋的人都像在看相亲节目：恋爱的人在台上，看每一个异性嘉宾幻想出的场景，主角都是自己；而失恋的人在台下，看每一个异性嘉宾幻想出的场景，主角都是别人。在床上翻来覆去了很久，吴畏给海袅发了个短信：

“你的包还在家里。”

海袅很快就回了消息：

“寄到我公司。”

以吴畏普通二本的学历，也明白了这是不想再见面的意思。

吴畏陷入了被分手的深渊，黑暗先是无情地吞噬了他的全部，又把过往每一个和海袅在一起的场景一帧一帧地吐出来，呈现在眼前，慢慢拼凑出一个句号。

晚饭吴畏没有去吃，吴父很激动，觉得儿子这么努力准备，真是有孝心。

02　水巫

庄离此时极其忐忑，但他并不以为耻，第一次总会忐忑的。

幽静的民宅，四处可见砖石木漆一遍遍修补的痕迹，估摸至少有上百年的历史了。这个年头，能在这个地段有这样一处独门独院的破房子，只能是祖上的福荫留下的产业。

“跟我来吧，下楼。”一个窈窕的身影从庄离身边掠过，带着庄离从客厅的转角走下了楼梯。楼梯的尽头是地下室，被一道厚重的大门紧锁着，看样子不仅防火防盗避光隔音，杀人藏尸也应该是很称职的。

“稍等，我找找钥匙。”女子一边开锁，一边跟庄离搭话。门锁开起来很费力，女子穿着短裙的臀部对着背后的庄离上下扭动，仿佛在迎合庄离上下跳动的心脏。

门打开，映射出暗红粉色的光，昏沉无力，两人走进一个极其狭小而又简单的房间，里面只有一张床。

“时间还没到，先聊会儿天吧。我叫水巫，你是第一次吧？”

“是。”

“你挺镇静，一般第一次的人都会很紧张。”

“我也有点儿紧张。”

“是吗？没看出来，你挺会伪装自己的。”

“第一次要注意点儿什么吗？”

“没什么要注意的，尽情享受，尽情放纵，其他的交给我就好了，你躺着就行。”

“那现在要付钱吗？”

“那倒不用，钱什么时候付都可以，但是按规矩还是得先交代清楚。你只买了一夜，准确地说，是8个小时。时间到了我会叫醒你。走出这个大门，这一夜发生的事就烟消云散，咱们谁也不对谁负责。”

“我懂。”

“你放心，这里很安全，我家祖传几代人都做这个，这张床的第一个客人到今天都180多年了。”

想到自己身下这张破床180多年来都在兢兢业业地接待客户，庄离本能地挪了挪屁股。

“时间应该快到了，我去准备一下，你在这儿调整一下心情，准备上天做神仙吧。”

进来有一段时间了，空气并不觉得闷，这间地下室应该设置了通风口。庄离四下望了望，除了斑驳的墙壁之外，实在没有别的可看。庄离走到墙边，才看到墙上四处涂满了各种潦草的笔迹，有的貌似刚刚写上去，有的则已经脱落许久了。

东洲酸腐，
百年无成。
倾家财所当，
半归妻儿，
再半赴庙堂。
余者供升仙一日，
此生不堪尽相忘云霄，
不归不归矣。

一身江湖一身刀，
江湖不问暮朝朝。
书卷兵马诛长河，
夜雨破窗问几宵。
谁在坟狱吟悲调，
谁在云端唱仙谣。
斩情斩念不斩怨，

一梦觉醒已做妖。

我抬头所见的不是晴空就是星辰，
我侧耳所听的不是鸟语就是虫鸣，
谁在乎这是祖先的庇荫还是恶魔的糖果，
我已迷恋，
在永不再会是原来的我中。

“这些都是以前的客人留下的，从我爷爷的爷爷那辈就有了，现在很多已经被刷掉了，再留字的人也不多了，唯恐成为自己来过的证据。”水巫不知什么时候回到了房间，“对了，你要不要留个纪念，你文笔那么好。”

“不了，我不比这些前辈有文采，能看懂就已经庆幸了。”庄离回过身，水巫已经铺上了新的床单。

“时间到了，外衣脱掉，躺下吧。”水巫冲庄离迷人地一笑，让出了上床的位置。

庄离躺下的时候，房顶粉色的灯光暗了下来，整个房间只剩下角落一盏微亮的小壁灯在指引门的方向。水巫点上了一种神秘的香料，围着床挥洒了一圈，香料燃烧的味道仿佛是枯草混合了动物的毛皮，庄离再也闻不到水巫身上成年女性的气息。昏沉中，庄离感受到一双温润的纤手在抚摸他的身体，从胸口一直到额头，手指经过了他的嘴唇、他的鼻梁、他的眼睛、他的眉毛，穿过他杂乱的头发，最后到他的耳朵。庄离闭上了什么也看不见的双眼，一阵浓郁的睡意涌上大脑，仿佛全身的肌肉和骨骼都在向他告别。双腿消失了，双手消失了，身体消失了，庄离渐渐抽空了自己，彻底进入了梦乡。就在那最后一刻，一个声音在他耳边响起：

“人间一日，天上一年，120天的神仙，有梦常圆。”

03　甜到夕阳俱乐部

江主任第二天一大早就来敲吴家的门。吴母刚把早饭摆好，准备去叫吴畏起床，看到江主任登门很是尴尬。油条只买了一根，两条生死相依的面棍一起经历了油锅，强行把它们分开给两个男人吃似乎略有残忍。江主任穿着熨得笔挺的厂服，头上焗了油，感觉就像今天被厂里返聘去做总经理。吴母的尴尬并没有影响到江主任的任性，干了一辈子各种主任的他擅长使用各种主题的表情，其中有一种就叫“我知道我做得不对，但我是为了你好”。江主任简明扼要地说明了来意，希望能了解一下吴畏今晚的演讲内容，毕竟是厂领导出席的高级别活动，作为主办部门，一把手还是要尽责的。

吴畏从昨天下午到今天早晨，浑浑噩噩地在海臬的梦魇中渡劫，仅有的几段神志清醒的时刻都用来去网上学习前辈的失恋心得，分秒必争地加以练习如何面对人生，根本没把“常回家讲讲”的政治任务放在心里。与噩梦斗争了一夜，头痛欲裂，要不是膀胱抗议，吴畏干脆就打算像死尸一样躺到海枯石烂。看到江主任在自己的早饭前笑对自己，吴畏立刻继承了吴母的尴尬，努力睁开被眼屎糊住的双眼叫了声“江叔早”。吴母被吴畏借去了尴尬，心里只剩下紧张，生怕江老四坐的位置会引发误解，连忙招呼吴畏：“去洗脸刷牙，然后快点儿来吃我刚给你买的早点。”

吴畏利用刷牙的时间快速回忆了一下昨天的情况，恍如隔世，勉强只记得是要给糖厂的退休老工人说说自己的专业和行业。在极短的时间里整理思路吴畏是比较有经验的，在过去工作过的数家企业里，吴畏经常遇到“吴畏，人事部叫你去一趟”“吴畏，你跟我到办公室来一趟”的情况。在不断突发的磨炼下，吴畏已经接近曹植七步成诗的水平，比如八步求情、九步歌颂、十步表态等。吴畏一次次用急智应对这些剧本，每一场表演都令自己脱胎换骨，但结局都一如设定好的未曾改变。

“江叔，我大学学的……品牌传播，这些年从事的也是这个行业，我就说说这个行吗？”吴畏每次介绍自己的学历出身，都会把广告学换成品牌传播，这样便于对方不会把他的专业理解成街边的打字复印店。

“可以，可以，很好，很好。”江主任持续保持着恰到好处的微笑，皱纹的角度都纹丝不动。

“那我就简单说说品牌是怎么让消费者产生喜好的。比如同样都是洗发水，为什么家里的男主人喜欢这个牌子，女主人喜欢那个牌子，父母又喜欢另一个牌子。”

“可以，可以，很好，很好。”

“我在公司里做培训的时候，差不多一堂课要一个小时，您看要不要缩短一点儿。”吴畏略微偷换了下概念，让听众觉得培训是他在做老师一样。果不其然，吴父脸上浮现出骄傲的油光。

“可以，可以，很好，很好。”

“江叔，您还有什么要交代的吗？”吴畏吃完了早点，把塑料袋裹了裹丢进了垃圾桶，吴母总算松了一口气。

“小畏啊，你很了不起，是厂里第一个考上本科的大学生，我们都很骄傲。这次请你给我们这些老年人讲课呢，也是让厂里知道，厂里没有白培养你这个高才生。”江主任高兴得手舞足蹈，就差深情地抚摸吴畏的后背了。

吴畏心头一紧，这种开头先表扬的套路，在自己的经验里通常接下去就是转折。

“我们这些老东西，一辈子没出过厂子，外面是什么情况我们也都不知道，你们年轻人见过世面，随便讲一讲，对我们来说那都是学习。但是我们毕竟都是退休的老年人，学习能力有限，你讲的时候尽量浅显易懂一点儿，不要太高深。这里面有很多我的老同事，退休前都是厂子领导，他们早些年决定要培育厂职工后代，才有了对高学历子女的好政策。”

吴畏大概明白了江主任的苦心，讲什么内容不重要，重要的是要感谢厂感谢领导，当然也包括他这个主任了。吴畏拍拍胸脯，大义而委婉地表达了对江主任用心的回应。江主任见吴畏后生懂事，当即对吴父又是一顿“虎父无犬子”的吹捧。吴父激动得在上午9点半就要留人吃午饭，外带喝两杯。江主任目的达到，当即告辞，吴母又松了一口气。

吴父被江主任吹捧得有些不能控制自己，硬要在《斗地主》节目开播之前和吴畏探讨一下讲座。吴畏本就情绪低落，加上江主任专程拜访反而把事情变得简单，吴畏顿时感到这场政治任务也没什么难度，便不打算再费多少心思。吴父见儿子兴致不高，领悟到儿子必然已是胸有成竹，欢喜之情溢于言表，主动去厨房洗菜。

在这次回家之前，吴畏刚刚被公司辞退，两个月的试用期并没有给他带来新的工作岗位，只给了他一个新的工作经历。对于一个已经在这一行打拼快10年的资深人士而言，这并不是一件光彩的事。好在吴畏也没有沉沦的情绪，一方面是习惯了在行业里颠沛流离，另一方面是海臬给了他很大的支持，在他心里，海臬什么也不做就已经是很大的支持了。海臬没有戳破吴畏称自己是主动辞掉工作的谎言，她深知身边的这个男人也有要面子的时候，答应陪他回老家散散心，也是出于对吴畏特殊阶段的特殊照顾。吴畏带着复杂的情愫体验着失业者的乡愁，却在中场加入了失恋的高潮。在一个先是被事业抛弃，紧接着又被爱情抛弃的人嘴里，亲妈买的油条也是苦涩难咽的。

更难的是，虚荣心强迫他还得在爸妈面前强装无事，在邻居面前强装成功，在从小玩到大的厂子里强装后生可畏。吴畏面对可畏，摇摇欲坠。

中午，吴父的手机收到了来自厂广播站的短信：

“厂通知：今晚7：50于大礼堂举行‘常回家看看，常回家讲讲’讲座，主讲人吴畏——我厂第一位本科大学生。欢迎厂职工及家属旁听。——甜到夕阳俱乐部”

吴父看到甚是激动，主动拿给吴母过目，吴母也是露出骄傲的笑容。厂广播站只有在厂里发重要通知的时候才会动用短信平台，平时都只是大喇叭播播，也没人听。短信平台也是江主任的杰作，他曾慷慨激昂地表态说，糖厂不能走在时代的尾巴上，信息时代的高速路，广播是追不上的，必须要借助现代化手段。短信平台能够及时向全体厂职工传递厂领导班子的指示，传播厂里积极向上的新闻动态，让糖厂充满爱。

整个下午吴家的气氛都很融洽，吴父观看《斗地主》的时候，吴母还破天荒地给他沏了一杯菊花茶。吴父一边欣赏电视节目，一边破解竞技赛制，一边期待家里有客人到访，或者是晚上一起活动的邀请。——主动跟别人说自己儿子要去厂里演讲有吹嘘炫耀之嫌，被动告知的尺度总是可以的。

吴畏一家7点半到了大礼堂，这里由于常年没有活动，至今仍保持着20年前的样子。绿皮三合板的椅子，真材实料，每次翻下座位板，都会结结实实地发出巨大的响声。前几排座位设有长条桌，圆弧形漆面复合板，在当年很高档，但现在已经看不到漆面的样子了，大块大块的窟窿遍布桌面，仿佛画了一幅等高线地图。礼堂的舞台很大，在以前是用来表演大型合唱的，合唱是最能体现大厂气魄的文艺形式，好学好练，队伍里有几个会唱的人带着调，其他人提供分贝就好。由于空间太大，礼堂里无法配备空调，只装了吊扇。这些吊扇原本都是绿色的，现在也看不出来了，只有斑驳的锈色。由于年久失修，这些吊扇现在的主要职责已经从制冷变成了保证自己不掉下来。

大礼堂的观众席稀稀拉拉坐着几个人，舞台上有两个厂里的年轻人在整理舞台，放了几盆花，挂了一个条幅，然后在打扫卫生。江主任还没到，吴家三口只能在观众席傻等。吴父默默数了一下人头，心情不是很好。

约莫到8点的时候，江主任才出现在礼堂大门，身后带着现任副厂长王大健。王副厂长也快到退休的年纪了，今天算是提前适应一下“甜到夕阳”的生活方式。王大健就位没多久，礼堂呼呼啦啦来了一票中层干部，各个部门的股长、主任、科长、科员，有的离夕阳生活还得奋斗几十年，他们每个人脸上都洋溢着积极进取的喜悦，纷纷从王大健面前走过。老年俱乐部组织的夕阳活动，老年人没来多少，毕竟这个时候是打麻将的黄金时段，放弃了很可惜。

江主任首先上台讲话。大礼堂唯一健全的设备就是音响了，因为这个设备主要的使用人是厂里的各种领导，让领导在台上不断地喂喂喂是很要命的。江主任没有很长的开场白，估计是为了照顾王大健的感受，毕竟副厂长已经听了几十年江主任的发言，应该希望少听一点儿是一点儿。

吴畏在江主任热烈的带头鼓掌下走上舞台，上一次吴畏登上这么大的舞台还是小学时歌咏比赛，他和七个小朋友一起唱《王二小》的时候。这么大的场面对于吴畏而言，理所应当是要有些怯场紧张的，但是他已经被海粤折磨得看淡生死，看到台下一百来个被人生磨平棱角的脑袋，反而产生了一种豪迈的冲动。人固有一死，或轻于鸿毛，或轻于橙黄绿青蓝紫毛，既然大家只是岁数不同的毛，那就看谁在有生之年飘得更高。

“各位尊敬的叔叔阿姨，我叫吴畏，是一个生在厂里、长在厂里的厂职子弟。请原谅我在外学习工作多年，每年只有逢年过节才能回咱们厂里看看爸妈，所以在座各位，我也不太清楚谁是领导，谁是职工，也叫不出名字，但是在我心里，你们都是我在糖厂的亲人，是看着我长大的家人。谢谢你们今天能来听我讲话，尤其要谢谢江叔叔，从小他就很关心我们这样的厂后代，也一直为厂里的文化教育活动操心。几十年来，厂里一直让江叔叔负责这项工作，直到退休了还在发挥余热，我觉得真的是非常肯定江叔叔的理想和责任心。”

吴畏这一通开场白水平极高，不动声色就把现场从王大健到江思哲，再到每一个来参会的人都顺毛摸了一遍。厂领导英明神武，慧眼识“江”，江主任胸怀后代，鞠躬尽瘁，其他各部门领导要么参与了领导工作，要么参与了执行工作，再不济也是个主讲人的亲人。吴畏讲完开场白，江主任带头鼓掌，王大健也很有诚意地拍了很久，其他人更是贡献雷鸣。

“我在大学读的是品牌传播专业，就是平时大家深恶痛绝的广告，毕业后也在这个行业工作，差不多有10年了。其实广告虽然让人讨厌，却无时无刻不在影响我们的生活。大到美国总统选举，小到买酱油、肥皂，我们作为广告的受众，每一次消费行为都或多或少被广告影响。今天早上，我妈给我买了油条当早饭。我小时候就爱吃油条，就是厂门口右拐崔胖子早点铺的，卖了几十年，但是今天早上，我妈给我买的是用刀切过的油条，很粗，是论斤称的，我妈说是新开的一个早点铺，卖的是无矾油条。我说你为什么不买吃了几十年的油条了呢，我妈说这家干净。其实，我想绝大多数人都搞不清无矾到底是什么含义，对油条有什么影响，但是大家都觉得无矾油条应该是健康的，矾一听就不像能吃的东西。与此同类的还有无磷洗衣粉、无氟牙膏，都是同一种做广告的道理。”

江主任没有带头鼓掌，而是带头“哦”了一个长音，表示原来如此。吴母有些不好意思，一方面被当成了儿子的案例，另一方面全场人都知道了她背叛了崔胖子。

“品牌传播……也就是广告，在国外和国内有很多理论和体系，是一门很完整的学科，直到今天我工作快10年了也还在继续学习，关于理论的部分我就不多说了，很枯燥。做品牌不像打麻将，牌好就做大牌，牌差就做屁胡，做品牌是要在抓牌之前，就想好我这把牌要做什么定位，我是要做跑得快，还是要做胡得大，定好了就要坚持下去。一个好的品牌，能在别人只能赚1块钱的时候让你赚3块钱，能在别人求人买的时候，排队来抢购。这就是我所学专业和所从事行业的职能。两个商品，功能一样，成本也一样，但是价钱却相差几倍，这就是品牌的作用。比如，无矾油条的成本比崔胖子油条要低很多，价格却卖得更贵，还是会有很多人排队去买。”

江主任还想带头鼓掌，但是没找到鼓掌的节奏点，专业名词没听明白，打麻将的案例听明白了。吴母已经从不好意思转变成了义愤填膺——她不仅背叛了崔胖子，还被人蒙着头占了便宜。

“我一直在想，咱们厂历史悠久，始终坚持以生产质量为生命，以厂风厂纪为准绳，为祖国的制糖事业做出了巨大的贡献。但是随着时代的进步，咱们厂也需要与时俱进地发展。比如，我调查了一下，一袋3两重的红糖，咱们厂生产，成本大概是3块钱，批发出去，这一袋红糖能挣5毛钱。但是现在好的红糖品牌，3两一盒的红糖可以卖到30块钱，一盒能挣12块钱的纯利润。这还不是很高档的产品。如果在红糖里加上姜汁，可以卖到40块钱；如果再加上一些中草药，可以卖到70块钱。为什么呢？因为品牌化的操作，让这些红糖有了不同的附加值。中草药红糖，是给产妇喝的，你老婆生孩子，喝一口红糖水，你不会心疼吧？姜汁红糖，是治疗体寒的，很多女孩子一到冬天就手脚冰冷，喝这个比喝药好吧？普通的红糖，是给女生特殊时期喝的，一个月就那么几天，肚子疼的时候，给自己喝点儿好的红糖水，这是应该的，虽然并没有什么用。”

王大健不知从什么时候开始眉头紧锁，听得很认真。江主任也眉头紧锁，听得很生气，这明明就是在说厂领导没有与时俱进的先进思想，才导致厂子只能做加工生产，帮别人挣钱。吴母旁边的老街坊，也是吴母的资深牌友李大妈对吴母竖起大拇指，小声夸赞说：“我媳妇也说她喝红糖水没有用，还是疼，你家小畏懂的可真多。”

“最后，我想我作为一名厂职子弟，希望看到糖厂的生产欣欣向荣，也更希望糖厂生产的那么好的糖能成为著名品牌，享誉四海，让所有喜欢吃糖的人都能在咱们糖厂买到想吃的糖，这样的话，咱们糖厂才会更富有，更强盛，更有生命力。谢谢大家，我的讲话完了。”

江主任看吴畏并没有在间接批判厂领导的道路上继续前行，松了一口气，立刻站起来鼓掌。王大健也跟着站起来鼓掌，导致全场观众，除了几个腿脚实在不利索的，都站了起来。

江主任请示了下王大健要不要上台讲两句，王大健摆摆手就离开了大礼堂。江主任看领导已经走了，草草发表了下结语，第一场“常回家看看，常回家讲讲”活动就结束了。由于结束得过于高效，吴畏还没走到爸妈旁边坐下就开始散场，并没有中老年粉丝过来索取签名。

吴畏并没有理解到江主任转瞬即逝的恼怒，倒是吴父凭借多年的人生履历，察觉到了王大健摆摆手离开的举动不是个善意的信号。果不其然，吴家三口刚到家，江主任的电话就到了。江主任语速急促地对吴父说：“老吴啊，我可被你家小吴害惨了。”

04　墓园

清洁工在下午4点钟就开始动手打扫墓园。正常情况下，他们可以赶在天黑之前顺利下班，只要离开这个鬼住的地方，再黑的夜也是光明万丈的。

云州近几年在城市化的道路上撒腿狂奔，一跃从一个名不见经传的小镇变成了一座城。快速的人口增长使得墓地价格越来越高，云州东南西北四个方向的郊区连续兴建了新的墓园。西边的靠山，主打的卖点是复古的山景坡地陵位，据说一些黄金位置可以一览云州正大力打造的森林公园，风景独好。南边的靠湖，主打特色是风水财运，一旦入住必然福泽后人。而东边和北边由于缺少自然资源的支持，交通又不便利，只能强调性价比，立志为普通百姓奉献优质墓地，让死人死得放心，让活人活得安心。即便如此，市场竞争毕竟是存在的，硬件不行，服务就得跟上。墓园规定，祭奠产生的垃圾，包括给墓主献的花和供品，当天就要清理干净，保证每天清晨第一缕阳光照亮的是一座整洁有序的墓园。但是墓园的后勤部门并不太认可这种服务理念，毕竟墓主的家人好不容易来送点儿东西，前脚送到后脚就被当垃圾扫了，难免会引发阴阳两界的误会。

庄离几乎每个月都会来墓园一趟，而且都选在太阳快落山的时候。这个时间人少，除了低头扫地的工作人员，整个墓园几乎就没什么人了。

但这次例外，一个女人站在庄离正要去的陵位旁，一直盯着面前的墓碑，过了一会儿，女人从旁边的陵位上拿了两支花，放在了墓碑上。

“你有事吗？”庄离从她背后问道，吓了女人一跳。

女人带着恐惧的眼神回头，正对上一双满带厌恶的眼睛。这双眼睛像尖刀一样划过女人的脸庞，望向了墓碑上刚刚转移坐标的花。

庄离把女人放上的花拿回它们原来的位置，然后放上自己带来的一束紫色的野花。

“对不起，不好意思，我也是来拜祭的，这花是我自己带来的，不是偷的，这是我朋友的陵位。”女人慌张地向庄离解释，但庄离没有回应。

“那个……请问这墓碑上的诗是您刻上的吗？我就是偶然看到，觉得写得特别有感情，才看了很久，没有要冒犯的意思。”女人继续解释道。

“没关系。既然是给过世朋友的花，就别再分给我女儿了。”庄离道。

看到庄离开始拂去墓碑上的灰尘，女人也蹲了下来，她看到庄离刚刚像尖刀一样的眼神此刻变得极其温柔而灰暗。

庄离用手帕轻轻擦拭黑色的墓碑，墓碑上的字是他自己刻上去的。

云遮银河离九天，
月下惊啼灼苍颜。
既然此生留不住，
换得青墨照人间。

爱女庄青墨之墓
父庄离、母李云月立

“庄青墨，好美的名字，世间之颜，万物之色，庄重苍生，一定是个很漂亮的女孩。”

庄离抬起头，“你知道青墨的意思？”

“诗里面有你们一家人的名字，我特别感动。就像您上次在博物馆讲秦朝故事，一个小人物说个谎，却彻底改变了整个东海文明一样。”

庄离仔细看了看旁边这位女子，又仔细想了想博物馆。

“庄老师，您不记得我了吗？当时我问您徐福是怎么说服秦始皇的，您说即便是千古帝王，在面对欲望的时候也会被冲昏理智。”

庄离脑中渐渐浮现出一些模糊的记忆，想起自己在博物馆做讲解的时候，好像是有这么一个场景。大部分现代人对历史的态度并不敬畏，尤其是年轻人，去博物馆的初衷往往也不单纯，庄离经常遇见为了自我炫耀而向他提出莫名其妙问题的人。

“庄老师，我觉得您回答得特别准确，多少皇帝最终都死在了自己的欲望上，多少朝代都因个人膨胀而灭亡。您还说，历史之所以是历史，是因为后人已经看不到真相。”

“别叫我老师，我只是个义工。”

“但您是老师呀，我看过讲解员介绍，您是云州学院的历史老师。”

“那是以前，现在我已经不是老师了。”

女子顿了顿，可能是感觉自己失言了。

“庄老师，您怎么一个人来了，您爱人呢？”

庄离站起身，把花又摆了摆，“青墨走了之后，她就离开了。”

女子停顿了许久，说了句“对不起”。

“没关系，我每次都是一个人来看青墨，难得今天遇见你，这个点儿都不会有人来祭拜的。天快黑了，也该走了。”

“庄老师，您想见您女儿吗？”

庄离瞪着眼看着她，没有说话。女子低着头与他对视，好像有话要说。

“我没有别的意思，我是说，您会做梦梦到您女儿吗？”

庄离把目光移向了墓碑。

“青墨是我一生的希望。”

“庄老师，这是我的联系方式。人死不能复生，但思念也许能让你们重逢。”

05 千里马

结束了政治任务，吴畏摇身一变，继续在家里躺尸。躺尸是一种很无私的行为，既不给家人添麻烦，也不浪费粮食，更不会给社会带来安全隐患。但吴畏仿佛树袋熊成精，把睡觉变成了毕生的事业，睡起来连呼吸都要斟酌。吴父吴母这几天下来精神萎靡，好像睡眠都被儿子借了去。吴父主要在担心江主任电话里说的话，吴畏把他害惨了，但吴畏把江思哲害惨了不要紧，万一要是把王大健害惨了，那就真把吴父害惨了。吴母则并不担心江主任是什么意思，她深知自己家已经处于糖厂的最底层，就算吴畏说错了话，也很难对生活质量有什么影响。吴母担心的是假期已经过去快一周了，吴畏还没有要回云州上班的意思。

趁着吃饭的时候，吴母试探性地询问吴畏工作的情况，吴畏以在休年假，要过一阵子再上班为由搪塞，并不着急。吴母心生疑虑，却无从开口。儿子大了，事业和爱情都已经不再依靠父母，甚至不需要他们给出意见，吴母只能在心里叹气。

吴畏的演讲并没有对吴父在厂里的地位有什么影响，不管是棋友、麻友还是牌友，都没有人提及此事，生活还是一如既往的平静，连今天是星期几都不需要知道。这几天吴父偶遇过江主任两次，匆匆而过，没有交流，既不感谢也不怨恨，吴父都没法决定用什么姿势打招呼。

吴畏躺了一周，吴父接到厂里的电话，秘书办公室戴凡询问吴畏的近况。得知吴畏尚在家中“休假”后，戴秘书当即表示，王大健厂长要到府上拜访小吴同志。

挂了电话，吴父开始不停地出汗。退休后自己也看了一些江湖书籍，加上自己在厂里混迹数十年的所谓经验，他觉得王大健来得不一般。首先这是通过戴秘书来电，表示这是公务行为；其次戴秘书用了“拜访”这两个字，表示来找吴畏有正事。吴父感觉这与吴畏的演讲有关，想给江主任打电话问问情况，但想起江主任后来说的话，又觉得草率，想来想去，还是决定先问问吴畏。

吴畏在床上也在持续性地出汗，失恋的打击已经进入了高潮期，肉体和心灵也开始沦陷在这种痛苦中，并且随着时间一天天过去，休假的谎言已经撑到极限。听到王大健要来看望自己的消息，吴畏也有点儿慌张，演讲是一对多的表演，两眼一闭走流程也能胡扯个七七八八，但面对面访谈就不一样了，电视上访谈节目嘉宾动不动就流泪哭泣，多半也是实在接不上话的缘故，自己总不能对着王大健哭吧。

吴畏看着吴父，吴父看着吴畏，两个人都在等对方给自己些许信心。就这么等来等去，敲门声响起，戴秘书的声音从门外传来。

“来了来了！”吴父高声回应了一声，接着又嘟哝了一句：“领导班子什么时候效率这么高了，说来就来。”

王大健和戴秘书端坐在吴家客厅，吴母热情地上了茶，吴父热情地递了烟，几十年来除了有一次镇电视台给糖厂拍纪录片，领导班子集体带着摄像师来吴家送了三分钟年货，这还是第一次有副厂长专门来家里。

吴畏抓紧时间穿衣打扮，叫醒了休眠一个礼拜的智商，来到王大健的旁边，叫了声“领导好”。

王大健已经临近退休的年纪，白发和皱纹已经攻占了他身体的制高点。在新的总经理上任之后，年长其15岁的王大健就专注于糖厂的后勤、文化、送温暖工作，往年经常在脸上浮现的疾风迅雨也变成了慈眉善目。

简短的家常之后，王大健向吴畏表达了来意。

糖厂是市场经济初期的试验产物，在物资匮乏的年代，糖厂的产品半卖半送，一直供不应求。整个梅镇周边100里，靠给糖厂种植原材料，养活了几十个村子。但是建设糖厂的时候，看中的是梅镇地处原材料产区，便于生产加工，却忽略了对外交通，市场经济一旦成型，销路就成了问题。在落后的工厂体制下，糖厂迅速暴露出竞争弱点：生产成本高，缺少产品力，缺少品牌意识，缺少人才。到了如今物资过剩的年代，糖厂每年要依靠国家大量的补贴才能维持，亏损严重，厂里的生活水平也一直原地踏步。厂里的年轻人不愿意回到糖厂做工人，外面的人也不愿意来梅镇这样一个小地方。大家都知道糖厂已经走在倒闭的末路上，对于厂里时不时拖欠退休工资也都保持着一颗平和的心。

王大健一直希望糖厂能够进行企业制改革，把大厂体制进行拆分重组，把生产和销售两个环节分离，形成自我供需关系，融入大市场格局，但是努力了几年，直到要退休了，才勉强推进了一步，成立了一个独立子公司——白梅糖业，负责糖厂的产品研发。但是子公司刚刚成立，就有一帮牛鬼蛇神霸占了重要岗位，这些人都有一个共同的特征：背后有人。

王大健并没有强调这一部分，因为他也是其中某一些人背后的人。

这个新建的高级领导班子对糖厂的忠心是日月可鉴的，但对要开展的工作却是两眼一抹黑。

在子公司成立仪式上，镇报记者采访产品研发小组临时组长，准备如何开展全新的工作，组长胸有成竹地说，我们将立刻制订一个攻坚计划，力争在三个月内将糖厂的大罐白糖改良成小罐装。

王大健也并不明确这个子公司究竟该如何开展工作，但对于即将离开权力岗位的他，有一点点变化总比一事无成要好。

吴畏见王大健滔滔不绝地深情讲述，也颇为动情，关切地问了句："现在子公司都有哪些研发成果呢？"

王大健回应了吴畏深情的眼神，气定神闲地回答道："从成立到目前大半年了，还在研发小罐白糖。"

吴畏的演讲从某种程度上启发了王大健，当时他听完了立刻摆手离开，是因为年纪大了，怕一打岔就把刚开了头的思绪岔没了。

吴父心里一块石头落了地，连忙给王大健的茶杯续了水。

王大健觉得吴畏让他明白了两件事：首先，子公司要有个明确的研发目标，我是要把糖卖得贵还是要把糖卖得快。其次，要有个体系外懂行的人参与进来，最好是就任重要岗位，次好是辅佐重要岗位，再不行也得能观察重要岗位。毫无疑问，吴畏是目前最适合的人选。

"小吴，你是专家，又是糖厂的孩子，我很希望你能来指导一下糖厂改革工作，哪怕是时不时来坐坐，给我们上上课也是好的。"

王大健离开之前的这句话，让吴父感动得浑身颤抖，也让吴畏觉得自己离王大健的水平差得还有十万八千里。

王大健先行离开，戴秘书留了下来，邀请他去外面走一走。吴畏带着忐忑的心情跟随其漫步在历史气息浓郁的居民区楼下，戴秘书以一种难以名状的口吻告诉他："王厂长希望您能担任品牌改革小组的组长，主抓新产品研发，厂里给你开绿色通道，给编制，给10年工龄，工资按子公司科室副主任标准，同时在厂里挂职车间副股长。小吴啊，我进厂的时候，还跟过你奶奶学做会计，这么多年了，像你这种千里马，还是头一个。"

06 巫术

庄离想把这一晚发生的事写下来，但是不知道怎么动笔。

庄离在清晨离开了水巫的宅子，送他时，水巫换了一身牙色的长裙，头发盘了起来，穿着青色的布鞋，即便走在破旧的木地板上也完全没有声音。

太阳刚刚升起在远方的天际线上，灰尘掺杂着烟雾，即便是道路两旁种上巨大的梧桐，也依然掩盖不住城市糟糕的环境。庄离感觉自己的脑中充满了无数的问号，包含了数不清的信息，从走进那间地下室开始，自己就好像不在这个世界上了。在那之后是漫长而又转瞬即逝的时间，在一个从未去过的地方，也有日出日落，也有高山流水，没有高楼，天边有奇怪的光，通天的光芒像一把剑，也有人经过，但是没有交流。那是既新鲜又孤独的一段日子，好像什么都有，但又好像什么都没有。

手机上显示的日期只过去了一天，庄离买了一份报纸，日期和手机上显示的一样。

那是昨天的事。

庄离开始努力地回忆。

昨天……昨天好像去了博物馆，有一个爱国主义参观团，是附近的小学组织春游，自己全程带着孩子们了解历史故事。中午给那个在墓园偶遇的女人打了电话。下午仍然是带小学生参观，一直到晚上。很晚，去了一个在市中心僻静胡同里的宅子，就是自己刚刚出来的地方。

感觉很遥远，好像已经是很久之前的日子，枯燥到不值得去记忆的一天。这一天所有的细节，庄离都记不清了。

那个叫水巫的女人，她真的会巫术。

庄离看到女儿的墓碑上放着一束鲜花，和旁边墓碑上的一样。今天墓园的夕阳有些刺眼，庄离用手挡着霞光四处张望，除了清洁工人就再也没有人影了。庄离想了想，拨通了水巫的电话。

“我刚走，要一起吗？我在停车场。”电话里的人说道。

水巫开的是一辆并不奢华的红色轿车，车里扔了各种乱七八糟的东西：鞋子，书，玩偶，还有一张云州博物馆的活动简介。一上车，水巫就把高跟鞋脱了，一只脚光着，另一只换上一只运动鞋，高跟鞋就扔在黑色的长裙底下。

“你住哪儿?”水巫戴上墨镜，驶出了停车场。

“就在博物馆附近，东门前面一点儿。那个……谢谢你的花。”

“这次是专门送给庄小姐的，您应该不会生气了吧?”

“抱歉了，从来没有人来看过我女儿，我也是一时冲动。我上次的钱还没给。”

“我去过博物馆，但是他们说现在已经不招义工了，博物馆装了智能机器人，把解说词都录好了。他们真蠢，机器怎么能代替人呢?”

“机器不会犯错，也不会累，去博物馆的人也不爱听絮絮叨叨的解说，好像街头推销一样。”

“机器不会犯错，所以历史就不会犯错，对不对?”

窗外是下班高峰期的大堵车，黑夜已经降临到这座烟雾缭绕的城市上空，远近建筑的灯光、车灯、路灯、霓虹光影把整个世界变了个模样。并不是所有的人都有资格住在这座城里，为了生计，他们不得不在清晨从郊区赶到市区，傍晚再返回去，城市需要他们的清醒，却不需要他们的睡眠。庄离还是历史老师的时候，大部分学生对待这门课的态度都是厌烦，每次因为死记硬背的知识点没能记牢而丢分，庄离就会对他们说：“历史不会犯错，错的是你们。”

“历史不会犯错，错的是我们。”庄离望着窗外应道。

“看样子我们得堵好一阵子了，我们先在这附近吃点儿东西吧，我好饿。”

水巫费了好大劲才挤到了辅道，拐进了主干道旁的小路里，艰难前行了约莫20分钟，在一处小区的门口找到了一家云上咖啡。这是云州本地的连锁品牌，从招牌上看虽然是咖啡馆，主打的却是商务套餐，也正因为如此，云上咖啡才能在洋咖啡馆如雨后春笋的这几年活了下来。

“我……应……该……找到了。”水巫在钱包里翻来翻去，翻出一张云上咖啡的会员卡，“应该还有不少钱，随便点。”

“我还欠你钱，怎么能让你请呢，你还是个女同志。”庄离说。

“不用来这一套凡夫俗子的礼节，都是你们男人装模作样用的。”水巫点了一份鲍汁虾仁套餐，一份水果沙拉和一壶水果茶，把菜单递给庄离。

“庄老师，你说机器会比人更懂历史吗？”水巫撑着头问。

“你别叫我老师，我都说了我早就不是老师了，我叫庄离，你就叫我名字好了，我现在什么都不是。”庄离点了个畅销套餐，把菜单交还给服务员。

“不过，历史真的挺适合机器去研究的，不需要逻辑，不需要创造，如果考试可以带电脑，每个人都可以考100分。”水巫说。

“不需要逻辑，不需要创造？”

“不是吗？历史都是已经发生过不可能改变的事，历史被记录成什么样就是什么样，没有被记录下的就不存在，考试也都是考记忆量，挺枯燥的。”

庄离捧起服务员端来的柠檬水，盯着杯子里半片漂浮的柠檬，许久，抬起头对水巫说：“之前在博物馆，你好像问过我徐福东渡的事，那我给你说个故事吧。”

“好，反正上菜还得等好一会儿。”

“大概十几年前，我快毕业的时候，去教学实践，给一群小孩子上历史课。有一个名叫倦之的小男孩，问了个和你差不多的问题，他问我徐福欺骗了秦始皇，为什么还敢回来呢？秦始皇那么残暴，徐福不怕死吗？”

“你怎么回答的？”

“我当时回答他，那个时代信息和交通都很不方便，想找到一个人很难。徐福可能觉得藏起来秦始皇就找不到他了，甚至都忘记有这件事了。”

“有点儿勉强。”

“对。”庄离自嘲地笑了笑，“当时还年轻，没什么经验，本来上实践课就很紧张了，遇到这样的突发情况，真的很不会应变。有时候想起这件事，我都会问自己，如果那个小男孩此时此刻又问了我同样的问题，我该怎么回答呢？”

“你怎么回答？”

“此时此刻，我只能说没有为什么，徐福就是回来了，就是不怕死。”庄离放下水杯，看着水巫说。

“但是……这样不是更勉强？还不如前面的回答吧。”

“是啊，因为历史没有逻辑，也没有创造，史书这么记载的，只能这么回答了。”

水巫愣了一会儿，终于明白庄离的意思，顿时凝滞了表情，脸上泛起尴尬的红润。幸好服务员举着托盘送来了沙拉和茶，水巫才闷闷地低声说：“你们老师真是怼人都要拐大弯。算是我说错话了，我以茶代酒，自罚一杯。”

水果茶的杯子很小巧精致，两层杯底，端在手上轻轻一抿就见了底。庄离被酸味呛了舌尖，脸上的表情反而真的像喝了酒。

“说真的，庄老……庄离，你会怎么回答？”

“认真回答吗？那我会说，因为徐福是长生不老的人，他不怕秦始皇，因为秦始皇羡慕他。”

“认真……回答？这是认真回答？”

庄离拿起银光色的叉子，见沙拉水巫还没有动过，又把叉子放下。

“看过《寻秦记》吗？秦始皇经历过怎样的人生？”

水巫摇摇头。

“秦始皇嬴政的爹秦庄襄王嬴楚从小不受他的爹秦孝文王喜欢，20多个儿子里选了他去赵国当人质，在赵国生下了嬴政。嬴政即位秦王后，吕不韦把持朝政，自己的生母赵姬和吕不韦偷情，又和嫪毐生下两个私生子后叛乱政变。从13岁即位到23岁亲政，嬴政平定了叛乱，车裂了嫪毐，幽禁了赵姬，摔死了自己同母异父的弟弟，流放了吕不韦，逼他自尽。随后，嬴政花了16年时间统一六国，经历战争和刺杀，废除贵族掌权的分封制，建立中华历史上第一个大一统的帝国。你说这样一个千古帝王，这样一个从小在敌国长大，逼死干爹，摔死弟弟，关押亲妈，杀人无数的大皇帝，会相信一个山东农村的江湖术士吗？”

水巫摇摇头。

“好，就算徐福这个人巧言善辩，秦始皇相信了他，给了他3000童男童女、粮食、船、给神仙的贡品，让他替自己去找仙山，以秦始皇的智商，他不会派一个心腹跟着去吗？”

“您好，这是您二位点的套餐，请慢用。”服务员揭开了装菜的砂锅，顿时桌面上蒸气缭绕。

“一次就算了，徐福空手回来，人也没了，东西也没了，也没找着长生药，也没来跟你汇报工作，你就不怀疑吗？你不但不怀疑，还又给他童男童女，还给他工匠技师，给他五谷种子，还派军队保护他。你都派了军队了，都不舍得派个靠谱的人观察观察，这像秦始皇吗？”

水巫还是在摇头。

“秦始皇这么做，只有一种可能。”庄离把上身往前凑了凑，低声对水巫说，“徐福有一个让秦始皇必须相信，无法质疑的理由，这个理由强大到秦始皇无条件去服从他所有的需求。”

“长……生?”

庄离点点头，把脑袋收了回去，扒了两口饭。“假如徐福见到秦始皇的时候已经200岁了，他说吃屎能长生秦始皇都会信。”说完觉得自己打的比喻不太应景，硬是把饭吞了下去。

“200岁，世上真有长生的人吗?”

“有啊，彭祖，据说活了800岁。还有轩辕国人，据说是黄帝的后代，命短的也能活七八百岁。别说七八百岁了，春秋战国时期，中国人的平均寿命也就20岁，超过30就算生命力很顽强了。你能活到现在退休的年纪，在那个年代就是活寿星了。长生是神话人物的标配，都是上古时代的角色，没有遗迹和文字记载。好像一有了文字，这些长生人就突然灭绝了。嗯……对了，我听以前学院老教授说过，清朝有个叫李庆远的，活了200多岁，一直从清朝初期活到民国，老婆就娶了20多个，200岁了还出国去讲学呢。国外也有类似的记载，多见于教派的文献。”

“是真的吗?”

“当然不是，人活200岁，那还不被抓去做实验研究长生药啦。我逗你玩的，你还当真了，历史不需要逻辑，有逻辑的历史是瞎编。”

“可是，万一瞎编是真相呢？那历史的真相不是比历史更有趣吗?”水巫皱起了眉头，活像她车上的玩偶猫。

“真相并不重要，活着才重要。”庄离用碗挡住自己的脸，在心里默默地答道。

07　姓吴的梦

吴父听吴畏汇报完戴秘书的肺腑之言，恨不能朝东方跪下磕头，吴家的祖坟就埋在东方，在梅镇太阳升起的地方。

“儿子，我就知道你有出息，厂长这么器重你，你早就应该回厂里来上班。”吴父激动地说。像这样平等对话的机会，以后就只能在家里了，只要吴畏一上任，按职称就应该算是吴父的领导。

“我不想掺和这个什么品牌改革小组，厂里情况外人不了解，我从小在这长大还能不知道吗？糖厂已经革不出什么东西了，我不想背这个黑锅。”吴畏随便扒了两口饭，就打算回房间继续角色扮演。

“别人也许不行，但是你一定行。吴畏，我给你取这个名字，就是希望你能无所畏惧。糖厂是我活了一辈子的地方，我不想——”

“你取的名字叫吴宝柱。”吴母在一旁打断了吴父激昂的腔调。

“吴宝柱是谁啊？”吴畏问道。

吴母用冷漠的眼神瞟了一眼吴畏，狠狠地说：“是谁？就是你！你爹原本给你取的名字就叫吴宝柱，叫了你几年，要不是你奶奶把你的名字改了，你现在就叫吴宝柱。”

吴畏看了看吴父，惊出一身冷汗，吴父面如猪肝，恐怕也惊出了一身冷汗。

“我奶奶还是有点儿水平的。爸，戴秘书说他进厂子的时候，还跟奶奶学过会计。”

“对，那时候全厂就你奶奶一个女技术工人，还是厂里好说歹说聘到厂里来上班的。你奶奶不但识字，还会算账。当时苏联人来支援建设，修水库，你奶奶就在水库工程上做会计。”吴父谈到自己的母亲，脸色总算掺入了一些骄傲。

“你们老吴家这么有文化，怎么生了你这个什么都不会的儿子？”吴母及时地泼了一盆冷水。

“你奶奶进厂的时候，已经40多岁了，干了几年，厂里开始有大学生了，你奶奶就想走。想走厂里又不让走，你奶奶就把我调进厂里了，然后就一直干到退休。”吴父说。

“你爹命里就是个钢铁厂的钳工，半道上来搞糖，那不肯定一事无成吗？”吴母的冷水一盆又一盆。

吴父倒不在意吴母的冷嘲热讽，继续给吴畏讲故事：

“你奶奶是个了不起的人，大家闺秀，但是命苦，本来能去大城市，甚至搞不好还能留洋，结果最后在这小地方过了一生，这就是特殊的历史时期造成的。所以你小子，今年也30了，要有出息，要努力。”

“你奶奶啊，就是被你两个爷爷害的，这就是命。”吴母继续给吴父捧哏，也终于惹恼了吴父：“你瞎说个啥，他两个爷爷你又没见过！”

“就是因为没见过，所以才不是什么好人。”吴母反击道。

吴畏把碗递给吴母，让她去盛饭。吴母见儿子今天格外开恩，要多吃一碗，立刻忘记了自己捧哏的身份，去了厨房。

吴畏趁机问吴父：“我两个爷爷都是什么人啊？我从来没听你们说过，我奶奶活着的时候也没讲过。”

吴父叹了口气，说道：“你奶奶在世的时候不让我们讲，那个年代的人都比较忌讳再婚。你亲爷爷在‘三年困难时期’得了重病，饿得1962年就去世了。那时候我才五六岁，不要讲你没见过你亲爷爷，我都完全不记得我亲爹长什么样。后来你奶奶下乡到了这个地方，就认识了你后爷爷，你后爷爷那时候还是这块儿的干部，一直没有结婚，组织知道之后就撮合了一下，两个人就结婚了。然后你奶奶就没回去，在梅镇扎根了。”

“我后爷爷还是干部啊？我都没见过他。”吴畏接过吴母盛的米饭，特别后悔——吴母像上供品一样盛了满满一碗，还堆出来半个球。

“不要讲你没见过，我其实也没怎么见过。你这个后爷爷经常不在家，去山里面跑，一跑就是几个月、半年，回来了呢就关在房间里写资料，只有你奶奶能进去，我都不能进。”

“干部还要自己下乡啊？”

“嘿嘿，那个年代，讲是干部，其实就是政府给退伍军人一个光荣的饭碗。你爷爷在这儿打仗负了伤，就地治疗。本来政府是给他一个闲事干干，不用动，但是你爷爷不爱干，去了搞文艺文化的办公室报到，找了个最没人干的活，去农村收集革命事迹做素材。其实就是到处去采风，也没人管你采不采得到，你爷爷就干这个。”

“所以你们一家子从老到小，头脑就都不正常。”吴母又回到了自己熟悉的角色。

“那他老人家回家就写资料，那些采来的革命事迹呢？”吴畏问。

“采来的资料后来出了一本书，公家名义出的，叫什么我也想不起来了。”吴父回答。

“果然文艺青年还是好找对象。”吴畏说。

“你爷爷那时候都已经是老头子了，比你奶奶大了快20岁，还青年？”吴母道。

“那委屈我奶奶了，政治婚姻，没有爱情啊。”

“你们这代人不懂，你奶奶那代人，到我们，都是战争年代过来的，生存、生活比什么都重要，爱情也有，但不是你们现在理解的爱情，我们理解的爱情就是过一辈子。实际上你奶奶跟你后爷爷感情很好，他们两个人都读过书，那个年代识字的人是很少的，你后爷爷还懂古文、懂历史，身份证上面只比你奶奶大5岁，但实际上不止，那时候改出生日期很普遍。你妈的身份证也改过，所以我们都不给她过生日。”吴父勉强从侧面反击了一下吴母的气焰。

“1974年……我奶奶守了20多年寡啊，好可怜。”吴畏撇了撇嘴，吃菜的动静收敛了些。

“所以你奶奶不容易，最喜欢的就是你，你真应该多去给她磕磕头。”

一种复杂的情绪涌上吴畏的心头，自己还没来得及给奶奶磕头，她老人家就把自己孙媳妇吓跑了。

“所以，吴畏，你奶奶对糖厂做出了贡献，你爹我谈不上有什么功劳，但是苦劳是一定有的，你要把握这次机会，反正你现在也没有工作。”

吴畏头皮一麻，吴父对付外人不行，对付自己儿子还是手到擒来。吴畏想了三秒钟该如何化解尴尬，吴父却已经轻轻地去厨房刷碗了，没有给吴畏任何机会。

“儿子，烈酒一杯清风不清明月不明苍穹之下有豪杰，龙胆一横废兵不废老将不老岁月之上出英雄，要无所畏惧啊！”

“你别管儿子，洗你的碗！”

08 蛮荒大陆

“梦见什么了?”

庄离睁开眼，一时间还不太适应，脑子里的碎片在一点点归位，两个世界的记忆渐渐回到了理智的控制下。

水巫摇着一把江南纸扇，戴着一副很夸张的眼镜，头发放了下来，微卷着披在裸露的肩膀上。纸扇扇动轻柔的风，混杂着水巫的香水味，飘过庄离的脸。

庄离深呼吸了一口，坐了起来，这间地下室房间的样子没有任何变化。庄离扭了扭脖子，问水巫:“我睡了多久了?”

“4个小时啊。说好的4个小时，一分钟都不会便宜你的。我沏了茶，上来坐一会儿吧。”

趁水巫去换衣服，庄离这才认真地打量了这座老房子。与现代的房屋格局不同的是，这座屋子对空间的利用率很低，与其说是一栋别墅，不如说更像捉迷藏的密室。门很多，通道也多，居然还有柱子，如果这套房对外出售，公摊应该很难让买家接受。

水巫换了一身青色的连衣裙，绣着千纸鹤的花纹，3寸宽的腰带垂下一支墨绿色的流苏。她盘腿坐在茶海对面，开始泡茶。

“这宅子是祖产吗?”庄离问。

“对。”

“你们家人一定挺多的，这一层就有那么多房间。”

水巫嘴角扬了起来，“这房子就我一个人住，那么多房间那都怪我妈，都是她改的，为了挂她的画，搞了那么多墙出来。”

“你母亲是画家?”

“算是吧，你看我身后这幅，就是她的处女作。这套木雕的茶海，也是按这幅画雕的。”水巫纤细的双手上下翻飞，娴熟地在庄离眼前舞弄茶具。

水巫身后的画巨大无比，铺满了整面墙壁。画中的大半是浓云翻滚的天空和波涛汹涌的大海，一艘气势磅礴的巨船带着几艘小船向太阳初升的远方驶去。

“郑和下西洋。”庄离点点头道，“画得真好。”

水巫把沏好的茶点在茶碗里，双手摆在庄离面前，说：“这是徐福东渡。”

庄离有点儿尴尬地抿了一口，“我理解错了，难怪你对徐福那么感兴趣。”

“怎么样?”水巫问。

“画得很好啊，气势磅礴。”庄离答道。

“我说茶，茶怎么样?”水巫没好气地放下手里的茶碗。

两个人都忍不住笑了起来。

“见笑，其实对画和茶我都不懂，你问我我也说不上来。”庄离坦白。

“那你就喝吧，说说你梦到了什么。”

庄离把茶一饮而尽，思考了一下。

“我梦见我在一座高山的山脚下。山的这一面很陡峭，像悬崖一样，每天清晨，阳光照在峭壁上，反射出金色和绿色的光芒。山脚下有一座石头房子，是用巨大的灰白色的石柱搭起来的，石头上爬满了青色和黄色的藤蔓，长着很多像糖葫芦一样成串的果子。每天我就吃这种果子，味道有点儿甜，像是几种水果拼在一起。这种果子长得很快，今天摘下来，过几天摘掉的地方就会长出新的，而且它生长的方式很有趣，先是长出一颗，长到足够大了，这颗的下面会再结出一颗，一般结出五六颗才会停。房子的外面是一片森林，有的树特别高，笔直向上，有十几层楼高。有的却很矮，一人多高。森林的地上铺着很厚的软泥，五颜六色的树叶落在上面，红色的居多。穿过森林就是大海，很长的沙滩，海浪能冲上来很远，各种奇怪的海洋生物。有八只脚的海星，六边形的贝壳，还有捏它会发出呱唧呱唧声音的鱼。海的那边……”

庄离停下了讲述，眼神盯在了水巫背后的那幅画上。

“海的那边怎么了？”水巫问。

庄离摇摇头说：“不像。”

“什么不像?”

“海的那边我也不知道是什么，在海平线上有一道垂直的光，像一根通天的柱子，包裹着浓密的云彩，上端淹没在云层里，下端和天际线连成一体。白天的时候仿佛是一道龙卷风，到了夜里，云柱里会闪烁金色的光，时隐时现，像是……世界在漏电。”

“漏电？一个蛮荒大陆在漏电？”水巫用宽松的长袖掩面笑了起来。

“有一天我太无聊了，摘了些葫芦果子，沿着山脚边一直走，从清晨走到中午，才绕到了山后。山后是缓坡，长满了绿草和鲜花，踩在上面很柔软，也很舒服。我顺着后山山坡往山顶走，经过丛林和流水，遇见了很多奇特的小动物。有一种黑白相间的猴子，有两只尾巴，头上一只，屁股上一只，它就把自己挂在两棵树中间来回晃。还有一种倒着跑的老鼠，有小野猪那么大，跑起来连滚带爬，经常把自己撞翻过来。我在山腰找了个山洞过夜，洞里还有几只像手掌一样大的猫，耳朵是半圆形的，尾巴很粗很长，叫起来像刚孵出来的小鸡。我睡觉的时候，它们围着我，把尾巴搭在我的身上。一直到第二天下午我才爬到山顶，从山顶上看，那道漏电的龙卷风才叫壮观，云层翻滚，不知道离岸边有多远。海面上还有一个小岛，弯弯曲曲的，和那种猫的尾巴一样。往山后望，还是连绵不绝的山脉，山脉的尽头好像有一座城市，能看到建筑的线条，人工打造的痕迹，但是这座城市是绿色的，就像悬崖发射的绿光一样。我估摸着走过去恐怕得一两个月吧。我在山顶向下望，还能看到我的篝火，我在房子门前生起了一个巨大的篝火，森林里有一种褐色的树，这种树的木头只要一堆就能燃烧一整天。当时我就想反正是在做梦，要么我直接跳下去好了。”

“你跳了吗？”

“没有，虽然知道自己是在做梦，还是没敢跳。我沿原路返回，遇见一匹青色的马，就和你这身的颜色一样。这匹马看见我了，就跟着我，一直跟到山脚下，我想你既然这么跟着我，干脆你送我回家吧。我就问它愿意驮我吗？它还真点头，于是我翻身上马，它的皮毛很滑，摸起来像丝绸一样，我怕摔下来，就死死搂住它的脖子，夹紧它的肚子。等我们回到石头房子的时候，我两条腿已经抽筋了。打那以后，我每天就多了一件事，学骑马，到后来我已经能比较轻松地驾驭它跑来跑去。我给它起了个名字叫青彩，我骑着青彩，像一个原始人一样生活，捡柴，捉鱼，生火，饿了就和青彩一起吃葫芦果子。”

“这个世界是金色和绿色的，这应该是对你有特殊意义的两种颜色吧？”

“绿，就是青。金色……金色没什么特殊的。”

“还是没见到庄小姐吗?”

庄离摇摇头，伸手端起茶碗，低头品茶。

“在你心里，已经把庄小姐化为了天地万物，每个场景都是她的化身，你幻想出来的这个世界，是你希望她生活的地方。”

“也许吧，梦境真是个很难解释的东西。”

“在心理学上，你也许是因为思念过重，产生的压力让你内心本能地排斥它，所以你白天朝思暮想，梦里却完全不会。”

庄离安静了下来，只是喝茶，女儿可爱的样子倒映在茶汤里，涟漪扭曲了她叫爸爸的声音。

“没关系，明年一定可以遇见的。”水巫安慰道。

“明年?”

“老祖宗定的规矩，一年只能做一天的梦，超过了会遭报应的。”

“是为了生意好才定这种规矩吗？这叫……饥饿营销?”

“不，不是为了生意好，是为了你好。”水巫重新换了一次茶叶，开始烧水。

“挺玄乎的，不过也的确是玄幻的买卖。”

“梦做多了，人会变的。一年做一天梦，已经很久了。”

庄离抬起头，水巫在硕大的油画背景前，就像是一个从遥远的年代穿越而来的女子，举手投足、眉目发肤都丝毫没有眼下时代的气息。水巫耳尖上方，在油画的角落里，几行隽秀的字藏在天际线的光芒里。

群帆孤航祭东方，
杯酒纷飞敬帝王。
此去仙山偿如愿，
尧舜挥鞭治盛唐。

“尧舜挥鞭治盛唐……”庄离低声念了几遍，皱着眉头，问水巫：“这诗前三句都好懂，最后一句有点儿奇怪。”

“是吗？我也不懂，你是写诗专家，你跟我说说呗。”水巫回答。

“前两句是写徐福东渡出发时的场景，一群扬帆起航的船，向东方出海，徐福端了杯酒，向岸上的秦始皇告别。但是后两句就不太明白，是说如果这一去找到了仙山，实现了愿望，尧舜就能治理盛唐。徐福出海的愿望是找长生药，按道理如果找到了长生药，尧舜是可以活到唐朝，但是长生药不是起死回生药，而且尧舜已经死了2000年了，穿越时空吗？”

“我妈是个画画的，写的诗是有些莫名其妙。不通就不通吧，我反正是从来没懂过。”

“油画上题古体诗……阿姨的艺术是有些跨界。”

“对了。”水巫像是突然想起什么，“你送我一首诗吧，就当是……服务费。”

“送诗？不行不行，该给的钱要给的，总共多少，我现在给你。”

水巫边沏茶边笑着说：“你可想好了再拒绝。”

“你说吧要付多少，我虽然穷，但是不欠人钱的。”

“500。”水巫说道。

“没问题，我有。”庄离掏出了钱包。

“500一天。”水巫又道。

庄离看看她，“一年不就只能做一天梦吗？”

“梦里的一天。”水巫一字一句地说道，把茶捧到庄离面前。

“梦里的一天……半年？180天……9万？”庄离感到头皮如触电般炸开来，“你宰人吧？”

水巫一脸无辜地看着他，“我可没宰你啊，我不是说了吗，你送我一首诗就够了，送诗叫宰人吗？”

“你到底……是什么意思？”

“我在这一行都是明码标价，一分钱都不坑你。”

“你不早跟我说价钱，要是我知道……”

“要是你知道你还会来吗？你有钱吗？”

庄离沉默了，不知道自己应该生气还是应该难堪，总之时间突然放慢了脚步，每一秒都很漫长。

“如果你不愿意写诗，那我也没办法，谁让我冒犯了庄小姐呢，就当我赔礼了。”

“你知道我没钱，为什么还要做赔本买卖？”

“就当我培养潜在客户吧，明年你还得来消费呢。”

“你就这么确定？”

“我不确定，但是我其他的客户都是这样，除非真付不起钱了。明年的价钱翻一倍，每年的价钱都比前一年翻一倍。”

“9万，18万，36万，72万……第5次就超过100万了，哪有人会这么消费的？你太离谱了。”

“不是我离谱，老祖宗定的规矩，离谱也是他老人家离谱。”

“会有人消费5次吗？”

水巫再也忍不住，大声笑了起来，笑了很久，笑得庄离不敢直视。

“有人消费过20次。”

09 新同事

思来想去，吴畏决定还是先去找王大健见个面，戴秘书立刻就给安排好了，在江思哲管辖的退休职工俱乐部里。由于吴父每日沉迷在民间赌博活动中，从来不参加俱乐部号召的活动，吴畏也就从来没来过这个地方。俱乐部是废弃电影院改造的，空间很大，但是条件一般，主要是夏天太热，冬天太冷，只适合做体育活动场所。王大健经常来这里打羽毛球，60岁的人还能左杀右挡，在俱乐部宣传栏的新闻里被长期称为亮丽的风景线。

“王叔，您身体可真好，还能再干10年。”吴畏想说几句恭维的话作开场白，说出来却连自己都觉得尴尬。

王大健依旧慈眉善目地保持微笑，把休息室的房间门关上，示意吴畏坐下。

“小畏，你父亲那年被厂里下放到乡下种甘蔗，是谁把他调回厂里的，知道吗?”

“知道知道，就是王叔你哎。”

王大健倒了两杯水，坐在吴畏身边，拍拍他的肩膀，说道：“所以啊，这里没外人，有话直说。”

吴畏勉强挤出一丝微笑，说：“王叔，我有几个问题想请教您。”

“你说。”

“我这个组长有哪些权力去推动改革?”

“你想要哪些权力?”

“分工和决策。”

“这两样你都没有。”

吴畏感到智商上受到了打击，瞪大双眼看着王大健，“那我能干啥?”

王大健倒是不着急，喝了口水，对吴畏说："白梅糖业是个正规企业，分工和决策是企业制度规定下的权力和职能。从编制上，品牌改革小组是糖厂组建和委派的临时组织，改革小组是来帮助企业的，而不是来取代企业的。"

"没有权力我怎么改呢？我要推进计划，总需要人来执行，没人听我的我不就成个广播了吗？"

"小畏啊，这世上想做成一件事，有两种方法。一种就是你刚才说的，我有做成这件事的权力，我使用我的权力解决我的问题，最后实现我想要的结果。还有一种，我没有直接做这件事的权力但我也可以利用我其他的资源曲线救国，未必就实现不了，甚至有时候会比直接掌权要更合适。"

"您教我。"吴畏似懂非懂地点点头，他知道这场谈话他已经躺在王大健脚底了。

"小畏，三国赤壁之战，诸葛亮在东吴，既无兵权也无政权，他怎么就能把事办了，还全身而退呢？"

"王叔，您太看得起我了。"

"更何况，你还不是什么都没有。我给你找了个帮手，还给你一把尚方宝剑。"

江跃龙，27岁，糖厂学历最高的锅炉工人，年纪轻轻的他正在面临人生第一次下岗的考验，而迫使他下岗的正是他自己。

和吴畏一样，江跃龙赶上了糖厂福利政策的好时候，能坐着糖厂特派的面包车去大学报到。学校就在隔壁市，面包车只要开两个小时，虽然不是什么名校，但对于江跃龙全家已经是极大地超出了期望。江爸爸给儿子取名叫跃龙，是希望他能像鲤鱼跃龙门一样，用智慧和力量改变自己的命运。但由于家庭条件一般，从小营养跟不上，江跃龙不但体格瘦弱，性格也很胆小，在他小学毕业的时候，家里就把力量的选项删掉了。江跃龙智商并不低，在大学里主修计算机，如鱼得水，仿佛天生就听得懂电脑讲话，依靠奖学金，每年给家里省了不少钱。江家为了让这个光荣的证据留在身边，一边游说儿子要知恩图报，毕业务必要投身到糖厂的建设中，另一边托关系找了一圈，希望能在厂里安排个好岗位。

江跃龙本不想回厂里工作，临近毕业时和其他同学一起四处打探招聘，由于学校一般，应届生就业压力大，每一次尝试都近乎失败。江跃龙感叹人生艰难，在同学面前高呼找不到就回厂里干算了，结果收获一片艳羡。几次下来，江跃龙谜之上瘾，找工作也不再用心，看着身边的同学一个个投奔社会，江跃龙选择了回家听天由命。

江爸爸找到厂里的表亲江思哲，江思哲毫不犹豫就答应了，厂里正是缺少接受过高等教育的年轻人，江跃龙顺势就成了厂职子女回厂报效的典型，还上了厂报。厂里为了让这个典型更加地典型，一不做二不休，为江跃龙定制了一个完美的接班人形象，为了这个形象，江跃龙在一片表扬声中进了车间，从基层开始做起。

江爸爸从未收获过这些殊荣，沉浸在内部媒体的歌颂中，完全忘了儿子不用上大学也能进车间做个工人。

由于像江跃龙这样回厂的年轻人实在是太少，像吴畏这样一去不复返的年轻人实在是太多，江跃龙每年过年的时候都会被厂报拿来填补素材上的空缺，每次都被评为年度优秀青年，评完了就被调到另一个基层继续当典型。几年下来，江跃龙学会了制糖、装袋、搬糖、仓储等一系列技术，职业生涯的闭环就差烧锅炉了。

然后，江跃龙在今年春节后如愿被调到了锅炉车间烧锅炉。

如果江跃龙再大智若愚一年，到明年厂里就会发现这个年年优秀的青年已经没有基层可以下了，也许就会考虑把他提个初级干部，继续在金字塔的这一层转一圈。但是江跃龙做了一件对糖厂有巨大贡献的举动，把自己推到了下岗的边缘。

糖厂在建厂初期，经济效益还是不错的，政府的扶持，垄断的市场，加上低成本的原材料，使糖厂在市场经济的大潮中上下翻滚，扩大了规模，扩招了人力，扩建了厂区，并且率先引进了进口的数控锅炉。这套锅炉使糖厂的生产力得到了空前的解放，以至于当时与锅炉合影成了厂里的时髦。但随着糖厂效益的衰落，岁月不仅催人老，也催着设备更新换代，这套锅炉就逐渐被市场淘汰，成为一套被时代抛弃的笨重设备。

江跃龙到岗不久，就发现锅炉房的这套设备与时代不符，不仅硬件老化破损严重，而且能耗和浪费很大。更要命的是，这套锅炉的数控系统已经迷失了自我，不但控制效率低下，还会擅自做主，一不留神就会导致制糖失败，甚至发生安全事故。糖厂为了把锅炉伺候好，专门安排了六个人轮岗去监视，就像看管一个调皮的孩子。

锅炉车间的工作实在是空前的乏味，江跃龙翻了几本书，运用自己的专业知识，自费把锅炉系统改造了一下。实验取得了巨大的成功，江跃龙兴奋地请来生产主任和车间主任，热情地向他们演示了如何把一个调皮的熊孩子改造成一个听话的工人，改造后的锅炉不但不需要人手动运行，出现意外还会自动报警。

生产主任和车间主任十分惊叹，异口同声地严肃批评了江跃龙，令其回家反省，等待厂里处分。

一直生活在鲜花与掌声中的江跃龙再一次感受到了人间的“温暖”，那是他爹扇他脸颊的火热。

“看锅炉的老张是车间主任的爹，老赵是生产主任的老丈人，你把锅炉修好了，他们干什么去?”江跃龙的爹恨铁不成钢。

江跃龙顿悟到了在车间悟不到的真理，是靠努力换来的挫折。江思哲夜访江家，向他们通报了最新的动态，车间主任打了报告，以“擅自改装厂重要生产设备，造成安全隐患，易引发国有资产流失”为名，建议予以处分。生产主任考虑到江跃龙虽然没背景但是有光环，批了个“待岗半年”。对于江跃龙这个级别的工人，不需要再往上走流程审批，只需要按月报备，就可以批准执行了。

江爸爸从床底下拿出了准备给儿子结婚时喝的五粮液，为今之计只能灌倒江思哲了。

五粮液有效地刺激了江思哲思维的运转，一瓶见底，江思哲形成了一个初步的应对计划。

“让小龙准备个发言，就讲讲计算机对社会建设的好处，过几天放长假，让他来参加俱乐部的一个活动。”

江爸爸满脸狐疑。

“跟小龙讲，千万不要再提锅炉的事，一个字也不要提，就当没发生过。我走了，我得抓紧去趟老吴家。”

10 工作

47185920000。

“个、十、百、千、万、十万、百万、千万、亿、十亿、百亿，四百七十一亿八千五百九十二万。”

庄离倒吸了一口凉气，这个数字对他来说，就是自己努力活500年，再向老天借500年，也未必能挣到的财富。

“故弄玄虚，无聊的把戏。”庄离自言自语。

两个月了，博物馆没有通知庄离去做有偿义工，自然也没有再给过任何补贴。庄离辗转过招聘会和中介，也在各个求职网站上留下过自己的简历，但是零星的几次机会都不了了之。这座城市不需要历史老师，也不需要历史。

庄离打开钱包，一堆零钱里夹着张卡片，上次离开时水巫给的。

“我有个学术界的朋友在做一个历史研究，缺一个人手，我觉得你挺合适的。”

“哪方面的研究?”

“你知道夏商周断代工程吧？跟那个差不多，但是没有那么高科技的东西，主要还是文化方面的，待遇还不错，具体内容你去了自己问吧。”

“那我考虑考虑。”

庄离看看钱包，拨通了电话。

水巫给的地址是在城西的一个别墅小区里，这是云州第一个商品房的别墅小区，距今已快20年了，江南风格，白墙灰瓦。在岁月的洗礼下，白墙早已不在，灰瓦还留了不少。这片地方在十几年前还是非常偏僻的郊区，房价也很便宜，但是当年有钱买得起别墅的云州富豪热衷于金碧辉煌的欧式建筑风格，以浮夸的纹理和厚重的石材为档次的衡量标准，对这个小区一笑而过，反倒是周边一些富裕的农民购买居多。时日推移，房价暴涨，原本不到4000的别墅一跃涨至4万仍遭疯抢。之前错过的人扼腕叹息，只能游说自己不能买农民小区聊以自慰。

庄离摸索着来到小区的A7号别墅，是独栋，院子很大，看得出曾经被精心打理过。地面铺着仿古的地砖，靠一边的院墙下挖了鱼池，摆了些石雕，另一侧是个花圃。但此时鱼池中没有鱼也没有水，花圃中也只剩下杂枝，应该是荒废了许久。

院子的门没锁，别墅的门也没锁，庄离在门上敲了几下，没人应答。庄离推门没走两步，就撞见一双眼睛直勾勾地盯着自己。

“你谁啊?”那人问。

别墅的一层应是客厅，堆了两排大的书架，书架中间是几座黄皮沙发和一个茶几，阳光从书架旁的窗户射进来，隐约可见灰尘弥漫在空中。地面四处散落着废纸和杂物，门口放置了一排垃圾桶，花里胡哨的垃圾堆在其中。正对大门的沙发上坐着个男人，身材瘦小，戴着黑框眼镜，白衬衣黑裤子黄皮鞋，头发黑白相间，年龄有五六十岁的样子。

“来找工作，介绍来的。”庄离答道。

“谁介绍的?”那人又问。

“一个叫水巫的人。”

男人闭上眼想了一会儿。

“你以前是干什么的?”

“大学历史老师。”

“历史老师？研究哪段历史?”

“做过一段明史的课题研究。”

“明史?”男人脸上明显露出不屑的表情，小声嘀咕了一句：“那有什么用?”

庄离没有答话。在他青年时代，这样的场景经常在他找工作的经历中出现。

“你坐吧，我去给你倒杯茶。”男人起身，把手里的香烟摁灭在茶几上的烟灰缸里。

庄离四下望了望，原本象征高档生活的独栋别墅已经被改造得像一个档案馆，书架上塞满了各种书籍，地上则散落着凌乱的纸屑和垃圾。

“喝水。”男人把一个纸杯放在庄离面前，里面是开水和劣质的茶叶。

“谢谢……我想问下这里是做什么研究工作的?”庄离问。

“小颜没跟你说吗?”男人在庄离旁边坐了下来，看着庄离。

庄离摇摇头。

“没说就对了，我也不知道要做什么研究。”男人两手一摊。

“那我能做点儿什么呢?”

“你想做什么都可以。”

“我不是很明白。”

“历史研究有几个是明白的?”男人说完又点起了一根烟，顿时空气中荡漾着燃烧的气味。

“是个民间学术组织，开始只是个网络论坛，以讨论野史为爱好。”男人吐了两口烟圈，“后来有人开始资助这个组织，对他们感兴趣的课题做专题科研，证实或者证伪，就有了这个地方。”

“那现在的课题是什么?”

“现在的课题是从这些……”男人挥挥手，“从这些史前材料里，悟出现在的课题是什么。”

庄离又望了望周围，春秋、战国、商周这些字眼频繁地出现在眼帘里。

“断代工程吗?”

“断代工程？两码事，断代工程的秘书都是博士后学历，我们可参与不了。我说了，我不知道要研究什么，而且也很久没有新的材料送来了。每天对着这些东西，就像出家当和尚，得靠悟。”

男人像突然想起了什么，抓起烟盒抖出一支，递给庄离。庄离摆摆手，说：“谢谢，我不抽烟。”

男人又把烟盒放下，吸了两口，道：“但这样也好，没什么压力，既然来了，就待着吧，不吃亏。”

“那我总得干点儿什么?”

“看书，这么多书，慢慢看，不看也行，不看也有工资。就……从这本，从这本看起，看一年，比教书容易吧?”男人从屁股底下摸出一本线装书，丢给庄离。

“《山海经》。”

“《山海经》是这里最多的书，各种版本，也不知道为什么要弄那么多

《山海经》过来。”

“这里只有您一位吗?”

“还有一个，今天出去了，跟你年纪差不多吧。”男人说完，狐疑地上下打量了一下庄离，放低声音说道：“你最好离他远点儿，他应该对你不会很友好。”

“那我的工资……是跟您谈吗?”

“不用谈，到时候会有人付给你的，应该不会让你失望。”男人起身，挥挥手上了楼，“叫我老杨，有事再说。”

老杨的烟头还在茶几上冒烟，庄离还是决定给水巫打个电话。

水巫听完庄离莫名其妙的遭遇，笑着说：“老杨就是个古怪的古董，你别理他，你有正事的。”

11 李愿卿

车间的处分决定和厂里的调派通知几乎是同步下达的，江跃龙父子的这一天就像《镜花缘》里的双面国人，前脚送走一个来安慰的亲戚，后脚就迎来一个贺喜的朋友，接电话、开门都要先以中性的表情问清楚对方是看到什么通知过来的，再在脸上配上相应的仪容和答话，把感谢对方安慰或者感谢对方恭喜的流程走完。更要命的是有些亲朋刚刚走过一遍流程，回家路上得知了另一条通知，返回头重新来一遍，使江家措手不及。几天下来，江跃龙就像学校机房的老款Windows电脑，外界一有信息输入就蓝屏崩溃，还不知道自我重启。

江跃龙非常崇拜吴畏，在他看来，吴畏几乎拥有了一切他想要却没有的优点：勇敢，自信，眼界，经历……但他也不后悔自己没有背对糖厂走向社会，他觉得那样的话他会比现在的下场还惨。吴畏演讲的时候江跃龙也在台下坐着，江思哲的本意是让吴畏先走个场演示一下，轮到江跃龙的时候心里有底，结果江跃龙看完了不但没有找到底，连自己在哪儿都丢了，天崩地裂地自卑起来，再看自己准备好的发言稿如同小学生作文，心情跌入谷底，近乎以泪洗面。幸亏江思哲察觉不对，第二天帮江跃龙更改了一下演讲主题，把讲计算机改成了讲自己在厂里连年基层的光荣历史，才让江跃龙不至于尬死台上。

吴畏对这个助手并无半分好感，作为一个迈出糖厂10年的有志青年，即便是事业、爱情都歉收，也并不妨碍他看不起回糖厂吃大锅饭的同辈人。在他看来，江跃龙就是王大健应付他的一个工具，表面上说是助手，实际上就是个累赘。江跃龙没有企业从业经验，也完全不懂品牌和营销，甚至认识的方便面都不超过三种，让他给自己做品牌改革的助手，还不如给自己配一辆电动车。但是江跃龙对厂里这个安排非常欣喜，见到吴畏恨不能90度鞠躬拜师，自从接到通知后，每天早上8点半就到吴畏家门口报到，好像拯救他脱离锅炉的就是这位救世主。

王大健并没有给吴畏安排工作地点，而是让吴畏先考虑一下工作开展的计划，所以吴畏答应上任试试之后，还是每天待在家里。江跃龙每天准点儿的报到就像吴家突然多了个认亲的私生子，吴母每天早上买油条都要多花五秒钟考虑一下买几根。热血的年轻人就在眼前，吴畏也觉得不好意思每天躺尸似的思考，他决定带江跃龙下趟馆子吃顿饭，交流交流上下级感情。

饭馆就在厂门口崔胖子早点铺隔壁，叫作“美雅饭店”。饭馆老板名叫李美雅，也是个厂职工家属。早年间饭馆生意挺好，都是厂里同志，有聚餐活动都会来捧场，后来饭馆在互联网平台开了团购，糖厂的人来吃了几次就发现每次结账自己不好意思说要用团购付款，李老板也假装没这回事，从不主动打折，渐渐就没人去了。李老板纳闷了好久，换了两次厨子也不知道是为什么，只能天天在朋友圈感叹生意难做。

吴畏点了两个菜一个汤，要了两瓶啤酒，给江跃龙和自己倒上。既然现在两个人是同事关系，吴畏决定从工作开始聊起。

“跃龙，品牌改革小组的工作，你有什么打算吗？”

江跃龙毫不犹豫地回答：“听吴哥的，你说咋办就咋办。”

吴畏见皮球弹了回来，又张嘴吹了回去：

“那你对品牌有什么想法，或者有什么不明白的问题吗？”

“哥，我就想问一件事，我想了几天都想不明白。”江跃龙表情严肃地说。

“那你问。”

“我就想知道，那无矾油条怎么就比崔胖子的油条成本低呢？你看他的油锅是带自动温控的，油也是炸几回就换，崔胖子那一大铁锅油都不知道炸了多少年了。”

吴畏差点儿一口啤酒喷出来，早听说学计算机的人思维就像运行编程，如果中间有一句卡住，那后面的都会无限期停滞，一直到这句搞明白为止。

“如果单算油条，那无矾油条是比崔胖子的油条成本高，可能高一倍都不止。但是无矾油条是流动摊位，一个月只要交200摊位管理费就行了，崔胖子的是门面，除了租金、物业费、水电，还有其他固定开支成本，这些都要摊到油条里去的。”

“哦……”江跃龙很夸张地表现了一下什么叫恍然大悟。

“跃龙，你觉得咱们糖厂的牌子响吗？”吴畏决定采用启发式引导。

江跃龙把眼珠子向上斜视45度，想了一会儿，答道：“我记得我上大学的地方，超市、商场、小卖部就不怎么能看到咱们糖厂产的白糖了，在梅镇就挺多。”

“是的，咱们糖厂没有自有品牌。其实你在外面吃到的很多糖制品，都是咱们厂代工生产的，但是利润都被品牌商赚去了，咱们厂却连年亏损，这就是悲哀。”吴畏闷了一口啤酒，也很夸张地表现了一下什么叫痛心疾首。

“哦……吴哥，你打算咋办？”

吴畏其实自己也没想好，常年在执行岗位上与失业做斗争的他对于眼下的使命经验几乎为零，但是跟班的问题是必须要回答的。

“我打算先摸清楚咱们厂的产品线，根据产品线去分析优劣势，再想办法提高利润。”

“哥，啥叫产品线？”

“产品线就是咱们厂能生产几种产品，比如白糖、红糖，这就叫产品线。白糖下面又分一级白糖、二级白糖、冰糖什么的，就叫子产品线。”

“哦……那可多了，我在车间的时候，光是生产指标就背了好几页呢。”

“那你说说，咱们厂都有哪些产品线？”

“主要就是榨甘蔗出白砂糖，然后用白砂糖去配不同配方的糖果，加上调味剂。另外冰糖、红糖咱们都能生产，但是做的不多。有一次我问车间主任来着，为啥车间天天就生产这么几种指标，主任说什么指标都能生产，但是现在是市场经济，讲究效益，首先要控制成本，然后是配对口味，头榨的糖和三榨的糖差得多呢，但调味了之后吃不出来，那外面来包工的肯定都要便宜的。”

“你的意思就是咱们厂的生产水平还是很高的？”

“哥，我进厂之前，跟你想的一样，咱们厂又穷又破，肯定水平不行。后来我在各个车间转了一圈才发现，咱们厂只从生产能力上看，其实是很厉害的。我悄悄告诉你，每年咱们厂都会封闭生产一批糖，白糖红糖冰糖什么的，但是包装上没有一个字，生产完了就全部密封运走，听说是送到……”

江跃龙用手挡着嘴，轻声细语地跟吴畏说了几个字。

“不光是糖。”江跃龙又恢复了声调，“咱们厂还能制什么木糖醇、酒精、有机肥料、纸浆……好多呢，都是制糖的副产品，老早前我们还有这些车间，后来都关了。”

“跃龙，现在咱们车间忙吗？”

“不忙，一点儿也不忙，锅炉都不怎么开，好几个车间厂房都锁着。”

“如果厂里现在来个客户，说要试验几个配方，厂里会怎么对待？”

“那生产主任肯定都屁颠屁颠地陪着，别说试验几个配方了，就是给你个车间你自己随便配都没问题，只要别把机器玩坏了。”

“要是我给你个配方，你会配吗？”

“会啊，别说配配方了，选原材料，压榨提汁，混净去杂，蒸馏结晶，分蜜精炼，过滤脱色，加工调味，分离称重，包装收口，仓储运输，我都没问题。”

吴畏看着眼前这个所谓没出息的小弟，突然有点儿明白了王大健为什么把他挑给自己当助手。

“你懂得挺多啊。”吴畏表示了赞许。

江跃龙抬起吃菜的头，一脸意外的表情。

“我每年都是优秀青年，有奖状的。”

“我如果想用最短的时间了解这些内容，有没有什么办法？”

“我想想……嗯，每个车间倒是有生产手册，里面有生产流程什么的，但是现在的生产手册没有老版的好用，现在的里面都是很绕人的话，工人们都看不懂，就是印得好看。比如说白糖生产完了要封口装袋，老版的手册里就是要你封口装袋，新版的就非要说，以厂规范指标及商品需求方要求的规格，实现机械化无菌封装并核检重量是否在规定合理误差内，你说是不是有病。”

“那老版的你那儿有吗？”

“我没有，我也是在厂图书馆里看到的。”

“厂还有图书馆？我咋都不知道。”

“我之前也不知道，就在老澡堂子后面，好几年前就有传言说那片儿要拆，拆了要盖集资房分配的，厂里没钱盖不起来。图书馆以前是放档案的，里面都是厂里的古董，还有革命小人书呢。你要找生产手册，回头我带你去。噢，对了，我还在里面看到过你奶奶的书。”

“我奶奶？”

江跃龙又添了一碗米饭，一直在不停地打嗝。

“我之前不是改装锅炉嘛，想找锅炉的说明书，人家说车间没有，都归了档案资料了。我去图书馆，看门的说不认得我不让我进，我就让我爸带着我去的。你奶奶叫……李愿卿，我爸说你看人吴畏的奶奶，30多年前就那么有文化。”

“我奶奶写的什么书啊?”

“叫什么……大离山区村落什么选址什么的，也不是书，是一份给厂里的材料，我没怎么翻，里面好像是让厂里选几个村子种甘蔗。”

“你吃饱了没？带我去看看。”

“哥，我还想喝碗汤。”

糖厂的图书馆是一个连门都没有的地方，早年间因为离宿舍生活区近，这里曾被划给组织宣传部用于普通职工的二次教育，后来发现普通职工对受教育参与度实在太低，就干脆把教育材料连同厂里大大小小的档案资料全部搬了过来，厂里书记还为图书馆亲笔题匾。由于图书馆人迹罕至，四周拆房盖房的时候忘了给图书馆留路，就导致要想去图书馆，得从厂职工刘大爷家的大门进后院出。刘大爷在半年后得了间歇性失聪症，不熟悉的敲门声一概听不见，给图书馆的值班人员造成了极大的困扰。厂里最后决定，返聘已退休的刘大爷为图书馆档案管理员，并从图书馆侧面开一条小路，刘大爷欣然康复，光荣上任。

江跃龙带着吴畏，穿过林荫密布到像钻草丛一样的小路，很热情地和刘大爷打招呼。刘大爷从午睡中惊醒，抬头瞟了两眼，翻了个身继续休息。江跃龙仿佛得到了许可，从刘大爷的桌子上拿了个手电筒，直接奔了二楼。

“就是这本。”江跃龙从黑咕隆咚的书架上翻出了一本黄到泛黑的书。

《心系贫农，共奔小康——我为大离山提畅想征文集》

“这也不是我奶奶写的书啊，这不就是厂里宣传部年年没事干摊派的东西吗?”吴畏一边翻一边道。

“我爸就是说你奶奶特别厉害，30多年前就能发表文章了。你先看，我去给你找生产手册。”江跃龙打着手电筒走开了。

吴畏找了盏亮着的灯。图书馆的档案室年久失修，为了防雨，平时都把窗户关着窗帘拉着，灯棒坏了厂里也经常不修，就导致大白天室内也黑乎乎的。

前言

在改革开放的春风下，祖国大地处处盛开着繁荣富强奔小康的花朵，经济建设的成果日新月异，改变着我们每一个人的生活。作为四化建设的重要产业之一，糖厂既肩负着革命建设的重担，也担当着带领大离山区普通人民致富的责任。在各级政府和相关单位的支持下，在厂支部及改革小组坚持不懈的努力下，大离山区甘蔗联产承包责任政策正式落实，大离山区大量肥沃的土地将在生产队的统一领导下，分包给愿意建设、愿意承包的农民，而同时，我们厂也将积极配合生产队和政策落实小组，将农民种植的甘蔗作为经济作物回收生产，形成良好的“种植—生产—流通”格局，为祖国的建设步伐添砖加瓦。在这样热火朝天的大好形势下，无数同志用笔写下了他们澎湃激昂的心情，厂宣传编辑部特别征订了其中优秀的作品，让我们共同迈向更广阔的未来。

吴畏拿手划着书上的字，自言自语：“从这一句……到这一句，换成厂里今年的事，一样在用。30多年了，就不能写点儿别的吗?”

在希望的田野上

特别作品　郑思华

大离山是我的家乡，也是我成长的摇篮。

我爱大离山，不仅因为她给了我生命，还因为她给了我去战斗的信仰。

我爱大离山，我要为她奋斗理想，我还要为她纵声歌唱。

……

大离山的明天叫富强

厂宣传部书记 关向前

联产承包责任制是祖国建设的伟大政策，它大大解放了广大农民阶级的生产力，让土地生产出更多粮食和作物。在全国经济一盘棋的大好局势下，一切有利于生产建设的政策都将受到人民群众的热烈欢迎。大离山沃野千里，物产丰富，是农业生产的天然福地。糖厂作为整个大离山区重要的农产品工业生产基地，有责任带领广大农民通过勤劳的双手走向富裕的生活，而这一天终于来临了。

……

吴畏一目十行地翻看，所有征文的中心思想极其统一。

关于南水村等五个村落不宜选址生产的建议

厂会计 李愿卿

尊敬的厂领导：

获悉联产承包责任制的生产政策已落实到大离山，广大农民兄弟即将能够依靠自己的双手勤劳致富，而咱们糖厂也将成为这一利国利民政策的领头兵，身为厂里普通职工的一分子，我深感欣喜。大离山绵延千里，历史悠久，地势、人情、风土复杂，尤其是土壤和局部气候变化很大。相隔20里，就可能在农季、物产等方面有很大的不同。作为大离山区目前最大最重要的制糖厂，我们有责任带领广大农民脱贫致富，但在如此复杂的环境下，仍需要做好充分的农业调研工作，避免不应有的损失。我夫余三吉生前曾担任山区民间采风工作，常年深入山区，对梅镇周边的村落情况有一定的了解。根据与他的交流以及他留存的一些资料，南水村、九斗村、茉花庄、浮船村和清水冲这五个村落不适宜种植甘蔗，望本次甘蔗联产承包村选址时务必多加注意。

1983年6月5日

江跃龙抱着一摞书回到吴畏身边，往他面前一放，说："厂里以前的生产手册都在这里了。"

"我不要生产手册，我有你不就行了。"吴畏合上书。

江跃龙表情很失望，抱着书又回去了。

吴畏在背后喊江跃龙："这里的书能带走吗？"

江跃龙大声喊道："只能偷，大爷不准带走。"

吴畏又翻到奶奶写的这一页，拍了张照。

打发走了江跃龙，吴畏在厂里转了一圈。这片曾经代表着最先进生活方式的地界，从医院、学校、电影院、体育馆到澡堂子、理发店、光盘出租、凉皮麻辣烫，一应俱全，宛如一个迷你的小城市。吴畏的父辈一代，除了逢年过节去镇上的百货大楼采购点儿年货，添置些新衣新被，平日里几乎不用走出厂大铁门。在这里，生产就是生活，生活就是生产，生产是青壮年职工的工作，劳动换来的工资，拿去消费厂里的生活所需，而大部分出售生活所需的经营者又是职工们的家属，家属的小买卖补贴了家用，流通了商品，也固定了一代人的世界。

吴畏走在厂大街的路上，想起小时候，从早晨开始路两旁就人声鼎沸，第一排是卖菜的，第二排是卖早点吃早点的，第三排是早晨起来遛弯儿锻炼的，走两步就得打招呼，遍地都是熟人。到了傍晚，车间下班之后，卤菜、炸串的小摊陆续摆起来，年轻的工人吆五喝六，半夜才归。吴畏就是在这种摊位上第一次喝了啤酒，被吴父的工友灌醉，哭了一夜。

而如今这条曾经最热闹的大街已经失去了往日的面貌，暮色沉沉，年轻人越来越少了。

不知不觉，吴畏走到了自己家楼下，刚进楼道，就碰到戴秘书走出来。戴秘书笑道："我刚从你家出来，厂里给你下了聘书，我给送来，交给你爸了。"

吴畏愣了愣，诧异道："聘书是要干啥？"

"你王叔说了，既然是正式请你来指导工作，厂里要有个态度。知道你在外面的待遇肯定比厂里要好，也是委屈你，聘书虽然不值钱，也代表厂里一片心意。"

"王叔真有心，难怪能做厂长。戴秘书，去家里坐会儿呗。"

"不坐了，你王叔很关心你工作的开展情况，我觉得你有想法的话还是尽快去跟他沟通一下，人上了年纪，爱着急。"

"戴秘书……我送送你，想问您点事儿。"吴畏转身，陪戴秘书一起走出了楼道。

"戴秘书，我想把工作的事跟您交代一下，您给提提意见。"吴畏家的楼下是篮球场，小时候吴畏就坐在场边的石头台阶上看吴父打球。厂里近两年已经没再举办过篮球比赛，看台的夹缝里长满了野草。

"行，现在你是老师，我们都要向你学习。"戴秘书答道。

吴畏勉强挤出一丝微笑，拔了几根狗尾巴草挥动起来。

"我是这么打算的，厂里现在的情况是生产力剩余，车间停工，工人没活儿，而同时几个长期合作的公司包工量不稳定，不但需求量在下降，价格还在跌。为今之计，最好的改变手段是自主去做产品，打开市场，从B2B转型到B2C，就是面对大众消费市场。"

“对，你王叔也是很看重这一点。”

“厂里目前最成熟的生产线是白糖和红糖的加工，技术和设备都没问题。但是常年生产的都是低成本低价格的产品，工作量大，利润还低，这些双低产品基本都是销往乡镇、县城和一些生活超市的油盐酱醋区，作为廉价商品出售，很难扩大营业额。这种产品线，实际上是厂里的负担，只是因为现在生产力不饱和，才不得不去维持这种亏本的生产。”

“你观察得很对，厂里现在的生产实际上就是补贴式生产，产多少亏多少。”

“但是厂里有两个优势是很重要的：一是原材料直购，成本低，品质好。二是30多年的老厂品牌，全国起码有一半人都吃过咱们厂的糖，知名度高。有这两个优势在，我觉得只要厂里上下齐心，这个事就一定能成。”

戴秘书面露喜色，把身子转过来正对着吴畏，“来说说，有哪些具体的计划？”

“我打算从三个产品开始试验配方。第一个是烹饪冰糖，现在人做菜喜欢放点儿糖，尤其是冰糖。但是传统冰糖大小不一，做菜难以控制剂量，我想把冰糖做成小包装，比如做家常炒菜就放一袋，做红烧菜放两袋，做糖醋排骨、糖醋鱼就放三袋，科学规划，省事省心。”

“就像油壶一样。”

“对，把普通冰糖变成大厨专用冰糖，解决一个实际问题。第二个是女生红糖，这个市面上有，我想做一下改良。把红糖和姜丝分开，其实红糖水对身体没什么用，不能止疼，也没营养，姜丝是有用的，但是很多女生不喜欢生姜的味道，把这两个分开，方便她们自己搭配口味，还可以搭配一些姜丝以外的中药材。最后一个是无糖分甜味剂，是给高血糖或糖尿病群体的产品，做成佐餐调料，比如无糖炼乳。”

戴秘书沉思了片刻，点了点头，说：“小畏，你想的这几种产品，厂里生产都没有问题。专业上的事你是专家，我没有什么意见，但是根据我对厂里的了解，我建议你先从一个产品开始，如果能获得成功，后面工作就好开展，连续的小成功比等待长久的大成功要更有实际意义。”

“行，厂里情况肯定您更了解，我听您的，明天我就去跟王叔当面说一下，如果他不反对，我就尽快推动配方的调试。”

“好，太好了，我都有些迫不及待看到咱们厂的新产品了。”

吴畏松了口气，把狗尾巴草丢在一旁，问道：“戴秘书，您之前说您进厂的时候，跟我奶奶学过会计?”

“对，学过半年，那时候进厂的年轻人都要在基层轮岗，学习生产技术，但我当时可能文凭好一点儿，在车间干了没多久就被调去学会计。”

“我奶奶是个什么样的人啊?”

戴秘书抬头深深地吸了口气，想了想说：“你奶奶啊，是个挺干练的人。那时候女性地位没现在这么高，你奶奶算是出类拔萃的一个，不但会计工作做得好，写文章也是一把好手。可惜你爷爷去世得早，你奶奶在厂里其实也很辛苦。那个年代，真的都是螺丝钉，都把工作当成了生命。”

“您是哪年进厂的?”吴畏问。

“1992年。”

“我刚在图书馆找厂里老的生产手册，看到一本书，叫《心系贫农，共奔小康——我为大离山提畅想征文集》，里面是关于八几年厂里搞联产承包责任制，让周边的乡村种甘蔗的事，您知道这事吗?”

戴秘书凝思了许久，答道：“我好像有点儿印象，那时候我刚到你奶奶那儿学会计，在校课上学习过，但那时候生产很累，校课都是夜课，学习也都不好好学。”

“那您看看这个。”吴畏把手机打开，找到拍的照片，递给吴秘书。“这就是那本征文集里的，我刚拍的。”

戴秘书边放大边仔细看了一遍，“这名字是你的奶奶，但是这内容……是挺奇怪，给厂领导写信不适合征文活动啊。”

“我翻书的时候也觉得很奇怪。”

“我觉得可能是拿错了，要么是你奶奶把信当文章错拿给了厂宣部，要么就是厂宣部印刷的时候搞混了。你奶奶的文笔，当时在厂里是有点儿名气的，厂里老领导都经常去让她指点公文通知什么的，厂宣部有可能发现了不合适，但看到是你奶奶署名，也给刊发了出来也不一定。”

“我奶奶说的这几个村子您知道情况吗?”

“这几个村子都是在梅镇南部，开车大概两三个小时，我跟厂里去过一次南水村，大概是在……我想想……1995年好像跟厂里的老同志去收甘蔗，那一路颠簸，吐了一天。”

“联产也在那儿种甘蔗了吗?”

“种了，全县都种，尤其是越穷山恶水的地方越要去种。政府指望种甘蔗脱贫，免得遇上灾年出土匪。要不是种了甘蔗，这几个村子到现在恐怕还通不了车，那就得走上一天山路。”

“这几个村子甘蔗种得好吗？”

“好，特别好，南部地区气候适合，土壤也好。就因为甘蔗好，政府才大力给他们修了路，通了桥。”

“那我奶奶为什么说这几个地方不适合种甘蔗呢？”

“我估摸着你奶奶也是为厂里操心，怕厂里受损失。她是会计，厂里的经济情况她最了解。”

吴畏心里慢慢浮现出一些思虑，对自己这个了不起的长辈知道的还是太少。

“小畏，这几个村子相互离得都不远，都在一个叫大王尖的山脚下。现在山脚下南边一圈都是我们的甘蔗田，厂里每年都要专门去几趟，你要是想看看我们的原材料园区，就跟我说一声，我安排采购车间去的时候叫上你。好了，天不早了，我还要去老年俱乐部找你江叔，你快回去吧。”

“行，替我谢谢王叔。”

“你啊，还是自己谢他比较好，你是你王叔最大的希望。”

吴畏以一脸尴尬的笑容目送戴秘书离去，王大健在他心里是个做什么事说什么话都刚刚好的长者，而这位戴秘书则是个做什么事说什么话都不犯错的兄长。

12　未婚夫

“乔伊是我的朋友，常年在国外生活，三代移民了，但是对中国文化特别感兴趣。他自学了中文，虽然说不太好，但也能听得懂大概。”

水巫打开手机，放了一段视频，一个中年男子在对着镜头用蹩脚的中文说话。

“尊敬的庄先生，很高兴认识你，希望你能帮我找到隐藏在古老历史中的故事，让世界见证伟大的华夏文明，让那些愚蠢的欧美洋人知道自己和猩猩并没有什么区别。我相信你。”

“他是个中年愤青，他的爸爸、爷爷、太爷爷在国外受歧视了很多年，三代人教育他一定要为华人争口气。轮到他这一代，终于发财了，就赞助了这个研究小组。”

“但我压根儿也不明白到底要研究些什么?”

“写过作文吗？题材不限，随你发挥，只要研究成果够给力就行。比如……你研究过的徐福怎么忽悠秦始皇的。”

“就是去验证徐福有没有活到200岁吗?”庄离无奈又带着一丝不满。

水巫笑了起来，“事儿就是这个事儿，你要真不愿意也不勉强。不过……如果你真有研究成果，我可以考虑免去你明年做梦的费用。”

“老杨也是你的客户吗?”

“对啊，老杨在梦里挖土，一挖就是一年。古远就从来不干这事，只会花天酒地。”

“你能知道他们做什么梦?”

“不知道。”水巫摇摇头，“老杨是自己跟我说的，古远是说梦话。其实不说梦话也能猜到，他平时就是那种人。”

庄离想，古远应该就是老杨口中劝自己离远点儿的人，又问：“老杨为什么要在梦里挖土？”

“挖土就是他的梦想，他挖了洹北商城，但是没有获得任何名誉，他就立志要挖一个更有名的遗迹，这把年纪了，应该是没可能了。”

“那……古远为什么也会参与这个研究？”

“他太黏人了，我嫌他烦，打发他来的，当然他也不是一无是处，他爹挖了殷墟的妇好墓，也算是考古界有头有脸的人物。”

“我感觉自己研究不出什么古老的秘密，我只是一个历史老师，不是考古学家。”庄离摇摇头，心里的确没有什么自信。

“你知道吗？考古学家最大的优点也是最大的缺点，就是他们从不想象。如果挖出了遗迹，历史就是真的；如果挖不出，历史就是假的。但是事情往往是有另一种状态的，瞎编的状态。”

“历史的真相比历史更有趣，你说的。”

“对，我建议你试一试，实在不行，找到新的工作再换也OK。”

庄离叹了口气，道：“我怎么感觉自己在配合你诈骗华侨呢。”

水巫嘴角微微一扬，伸手打了庄离一下：“乔伊是我很好的朋友，我怎么会做这种事呢，况且，他又不给我发工资。”

“那我试试吧。但是我想自己做，不想和其他人一起掺和，可以吗？”

“当然可以，老杨那儿只是个资料馆，你随时可以去查看，也可以去问，其他时间你自行安排。怎么，还有问题吗？”

“没什么问题了，哦，对，还有一个，但不是工作上的。”

“说。”

“老杨嘴里说的小颜，就是你吧。”

水巫笑了笑说：“对，是我，水巫是个外号，我的真名叫渥颜，你怎么叫我都可以。”

渥颜叫了服务员来埋了单，和庄离打了个招呼就走了。饭馆就在别墅小区的门口，这一排门面基本都是生活必需的买卖，虽然不高档，但住别墅的人也得买菜。

庄离离开饭馆，返回了别墅。不管怎样，还是要先了解一下别墅里现存了哪些资料，自己心里有数，也好方便日后来取。

“先让自己有饭吃吧。”庄离自我安慰道。

老杨在客厅的沙发上听广播，闭着眼睛，手指有规律地一点一点，应该是没睡着。庄离静悄悄地走到书架旁。书架很杂乱，并没有明显的被归类整理过的迹象。书类很多，往往同一本书摆着不同装帧的版本，庄离快速浏览了一遍，并没有看到什么特别的书籍，这些书即便在大学的图书馆里也很常见。

老杨上午丢给庄离的《山海经》还躺在茶几上，庄离捡了起来揣在怀里，准备出门。

“你刚才见过小颜了？”身后老杨的声音传来。庄离回过头，老杨还保持着同样的姿态，也没有睁眼。

“刚才一起吃了个饭，我就问问她到底需要我做什么。”

老杨指了指沙发，示意庄离坐下。

“你们是什么关系？”老杨不紧不慢地问道，敲沙发的手指一直没停。

“没什么关系，可能连朋友都算不上。”

“没关系就好，我劝你别胡思乱想，小颜不是一般的女人。”

庄离感到莫名其妙的好笑，和眼前这个老头认识不到三个小时，他已经劝自己要远离两个人了。

“我觉得应该是您别胡思乱想，不是谁都好这一口。”

老杨突然从沙发上弹坐起来，睁开眼盯着庄离，又转瞬露出了祥和的面容。“没有就好，我是看你正值当打之年，不想你误入歧途。”

“那您倒是告诉我，她怎么不是一般的女人了？”庄离笑道。

老杨把收音机关掉，挠了挠头，把身子往庄离跟前凑了凑，小声说：“小颜啊，有妖气。”

庄离没有答话，他以为老杨会进一步解释这个听上去很弱智的观点，但老杨一直盯着他，仿佛在等他做出惊讶的反应。

“哦。”庄离率先打破了沉默的尴尬，老杨也像松了一口气一样靠回了沙发。

“唉，就知道你不信，你们这代年轻人……”老杨扭过头，表情很不满。

“没有，杨叔，没有不信，我们这代年轻人，看到……小颜这样的女人，也经常会评价说有妖气的。”庄离按捺住想笑的冲动，拼命地打圆场。

“我说你们这代年轻人，不懂这种妖气。”

“哪种？”

老杨收起脸上的表情，眉头低垂，端起半尺高的大茶杯喝了一口，又吐了两口茶叶末。

“你今年有30了吧，我在你这个年纪，已经挖了四五年的墓了，考古是一个在任何年代年轻人都不愿意从事的专业，挖遗迹，挖墓葬，挖化石，总之一听到哪儿出土了可能是文物的砖头瓦块，就立刻得去挖。挖了几十年，3000年前的挖过，2000年前的挖过，1000年前的也挖过，挖得久了，人就变了，看见活人没什么感觉，看见死人倒是觉得挺亲切，死得越久就越觉得有生命。还有这些东西……”老杨挥手指了指周围，“这些东西如果在地下能埋1000年，那就都是宝贝。宝贝天生就带一种气，你看着它，这种气就会钻到你身体里，让你害怕，让你激动，让你觉得自己有再多钱再大权力，在这东西面前屁都不是。它就是一个碗，就是一个酒杯，也让你不敢看，你只要看了，你就已经跪在它面前了。”

“是因为这些东西的背后是历史。”

“不，历史？历史是你能看见的东西，但它们是你永远都看不见的东西，你想看的越多，越想从它身上找到东西，你就越像个笑话。”

老杨盯着天花板，空洞的眼神仿佛穿透了时间。

“小颜，身上就有这种气。”

“你就是那个新来的？”庄离身后突然响起一个成年男子的声音。

庄离回过头，一个头发油亮、上身穿着夸张花纹外衣、下身套着反光皮裤和高帮皮靴的年轻男子站在门口，用冷傲的眼神正望着自己。

“是，我叫庄离，今天刚到。”庄离站起来，示意自己是友好的。

“你今天不是说不过来吗，古远？”老杨对他说道。

“我来拿东西，顺道认识一下新朋友。”古远走到庄离身边，伸出了手，“我是古远，渥颜的未婚夫。”

庄离刚伸出手握住古远，就听到老杨在背后说：“你要不要脸，小颜根本看不上你，甚至都不看你。”

古远似乎并不尴尬，看着庄离回答：“没关系，我们考古讲究的就是坚持，坚持就一定有成果。你说对吧，庄兄？”古远把手掌用力捏了下去，但庄离并没有什么疼痛感。

庄离道：“不好意思，我不懂考古，我和渥颜也没关系，你不必把我放在心上。”

古远拍拍庄离的肩膀，说道："不懂可以学。"

"不好意思，我也不想学。"

"你不必紧张，渥颜的追求者很多，我习惯了。"

"……我也不紧张。"

"好吧，认识你很高兴。Je suis content de te connaître（法文：很高兴认识你）."

"认识你就不会高兴。"老杨替庄离回答道。

古远放下胳膊，不屑地瞟了老杨一眼，道："我已经破解了华夏之谜，你个老东西，就等着参加我和小颜的婚礼吧。"

老杨举起双手，拜了拜古远，还点了点头，道："那我真谢谢你，为国家作出了巨大贡献，你这次又是从哪个小说里剽窃的剧情？"

古远没理老杨，拿出手机，拨了渥颜的电话，按了免提，电话响了几声，被挂断了。古远又拨了过去，立刻又被挂断了。

"看见了吧，小颜根本就不想理你。"老杨道。

古远一脸阴郁，一指老杨说："你打！"

老杨冷笑了两声，道："我打也没用，不信你自己试试。"说罢把手机掏出来丢在茶几上。古远拿过手机，拨了出去，没响两声，果然被挂断了。

古远的脸色沉得仿佛是放了三天的烂西瓜，鼻孔都能喷出垃圾堆的丧气。他把手机丢回给老杨，瞟了一眼庄离，说："你打。"

庄离摇摇头，"我不打。"

"你打吧，不然你走不了。"老杨在一旁继续冷笑，"小颜不会接的，这一套他已经玩过无数次了。"

庄离见古远的眼神已经越来越像一条饿狗，无奈掏出手机，拨了渥颜的电话。蜂鸣声响起，一声，两声……

"喂。"渥颜的声音从扬声器传了出来。

庄离还没来得及回应一声，古远就把手机抢了过去。"亲爱的，怎么不接我电话啊？我有特别重要的事情要告诉你，你能来一下吗？我过去也行，你在哪儿啊？"

电话那头沉默了几秒。

"没空儿。"

"真的很重要，你知道夏朝的遗迹为什么挖不到，因为——"

电话挂了。

庄离赶忙把手机拿了回来，放回口袋里，学着古远拍他一样拍拍古远的肩膀，道:“下次她会接的。”

古远瞪了庄离一眼，道:“你不要以为这样你就有机会，小颜对我闹脾气那是爱我的表现，你要知道，每天清晨，小颜醒来的第一件事，就是摸我……”古远陶醉地扭动着自己的上肢，“……送给她的窗帘。”

“那是看在你爹的面子上。”老杨在背后道。

古远回头瞟了老杨一眼，转身就要离去。庄离伸手拦住了他，道:“别走啊，我想听听你的发现，夏朝遗迹挖不到是因为什么?”

“因为夏朝根本就不在中华大地上!”古远怒吼了一声，吓了另外两人一跳。

13　成人礼

王大健对吴畏的计划非常认可，激动地在办公室走来走去，时而拍拍吴畏的肩膀，轻抚其头，时而面向墙上挂的“海纳百川”字匾沉默不语。吴畏在一旁提心吊胆，生怕没有配合上对应的情绪迎合领导。王大健生动地给吴畏举例子，说自己女儿第一次给他做饭，就没有把握好白糖的量，吃得王大健夫妇既感动又痛苦，这种让天下父母心不再可怜的想法一定能打开市场，成为一个孝子孝女热衷的产品。

当天下午，王大健就组织子公司“白梅糖业”的主要领导干部举行座谈会，吴畏正式登上了糖厂品牌改革的舞台。

吴畏按照对王大健汇报的内容，在座谈会上又陈述了一遍。考虑到不是所有人都了解这件事的背景，吴畏还特地详细解释了计划当中可能会引发不理解的内容。30年来，这是吴畏第一次正式地把自己的智慧与才能贡献给陪他一起长大的糖厂。会议室里鸦雀无声，每个人的脸上都表露着严肃认真，不停地在小本子上记录吴畏陈述的内容。即便是已经听过一遍的王大健和戴秘书，也同样无比专注地聆听。吴畏感动了，戴秘书昨天对他说的话回响在他的脑海里，让他近乎热泪盈眶。

你是你王叔最大的希望。

陈述完毕，全场响起了雷鸣般的掌声，要不是王大健举手示意大家可以了，掌声得持续到吴畏再鞠10个躬。王大健要大家轮流发言，对白梅糖业的未来表个态，提提想法，提提意见，结果从总经理到各个科室主任都高度一致地肯定了吴畏的思路，表示一定要把白梅糖业的新产品推向全国。

由于会议结果高度统一，讨论环节很快就结束了，一众人等散了场，回到了自己的工作岗位，会议室里只剩下王大健、戴秘书和吴畏。王大健的激动之情依然没有平息，老泪纵横的他拉着吴畏的手，不停地拍手背。戴秘书在一旁也很感动，嘱咐吴畏道："小畏，你看厂里从上到下对你的工作都特别支持，后面不管遇到什么困难，你都要坚持下去啊。"

吴畏想都没想，就立即表态说："王叔，戴秘书，你们放心，我一定竭尽所能，为咱们厂做点儿贡献。"

告别王大健之后，吴畏找到江跃龙，回到自己家关在房间里，把整个工作开展的计划排了一个分工时间表。按照江跃龙的经验和吴畏的思路，最快在一周之内就能生产出制糖样品，一个月内就能够包装成品样品。只要样品成功，就可以借助糖厂闲置的大量生产力批量生产，同时依靠糖厂的影响力快速获批上市，到那个时候，不仅是梅镇，甚至全省各个地方的大小超市都会摆上糖厂的新产品。

"一年，跃龙，一年我们就一定能摘掉糖厂亏损的帽子。"吴畏对已经困得不行的江跃龙说。吴畏看看手机，已经凌晨1点了。

次日清晨，整夜未眠的吴畏带着江跃龙和分工时间表，一路健步如飞，来到白梅糖业的办公楼。这栋办公楼是糖厂重要的固定资产，前身是糖厂的高级宾馆，负责接待各级视察的领导和重要的客户。随着这两类来宾的逐年减少，宾馆渐渐入不敷出，硬件软件的标准都大幅下滑，最后近乎停业空置，只在逢年过节的时候临时起用一下。白梅糖业的成立给宾馆楼带来了生机，不仅把整整一层客房重新装修了一遍作为办公室，还把大堂扩建了一倍，以安置前台。

吴畏走到前台询问总经理办公室在几楼，前台的接待员问道："你有预约吗?"

吴畏答道："预约倒没有，但是我们昨天下午刚在一起开过会。"

接待员问了下旁边的领班，领班问道："您贵姓?"

"免贵姓吴。"

领班拿起电话拨了个号码，"前台有位吴先生找赵总。……嗯，嗯，好的。"

"对不起，我们赵总正在开会，要不您稍等?"

吴畏和江跃龙只好在大堂的沙发上等着。昨天的经历令人过于兴奋，导致整夜吴畏都在盘算新产品的设计。10年广告的经历让他习惯了在深夜思考，深夜的男人是孤独的，进入状态的那一刻，世界与我无关。除了内部的分工协作，接下来这两天还要思考新产品的名称、包装、颜色、广告、投放渠道……这些是吴畏的专业，也是他第一次自己做自己的客户。

“吴先生，吴先生?”吴畏从梦中被人叫醒，“赵总请您上去，在二楼出电梯左转走到头。”

吴畏看看手机，已经过去快一个小时了，不知道自己什么时候在沙发上睡着了。

吴畏赶紧叫醒江跃龙，乘电梯直奔总经理办公室。二楼的通道仍保持着宾馆客房的样貌，狭长的过道铺着老气的红色花纹地毯，两侧有规律地排列着一扇扇房门，门前挂着各种办公室门牌。

“吴组长，欢迎啊，要知道你今天早上就过来，我就把会推掉了。快坐快坐，卢秘书，快倒茶。”白梅糖业总经理姓赵，叫赵松龙，是从厂基层锻炼上来的干部，年纪和戴秘书差不多，40出头。昨天的座谈会，他就坐在王大健旁边。

吴畏对这样的场合极其不适应，在他的从业经验里，就不曾有过高级别的会谈经历，更是从来没有接触过商务场合的规则和窍门，赵松龙一口一个“吴组长”，让吴畏心虚不已，连茶杯都不知道怎么端才好。反倒是江跃龙，仿佛见惯了大场面，毫不掩饰地四下张望，开口问道：“赵总啊，您这间办公室肯定是总统套房改造的，好大啊。”

吴畏把做好的分工表摊开，跟赵松龙解释道：“赵总，昨天开完会，我和跃龙连夜把咱们接下来的分工做成了推进计划表，研发新产品需要全公司各个部门的协作支持，还需要厂里车间的支持，您是大领导，我想先跟您汇报沟通一下。”

赵松龙仔细端详了一遍计划表，点点头，十分肯定地说：“这个计划非常详细，吴组长，昨天会后我也想了很久，咱们糖厂和糖业公司正是需要你这样的及时雨啊。作为糖业公司的总经理，我举双手支持你所有的提议，也一定会发动全公司各个科室给你最大的协助。吴组长，新产品研发是一件非常重要也非常困难的工作，研发得好，市场欢迎，对糖厂和糖业公司是大好事，而一旦研发不好，强行上市，最后带来的是全厂职工家庭的损失，所以你肩上的担子很重，你也很勇敢，我很佩服。”

吴畏认真听完，昨天座谈会上的感动又浮现在胸口，见赵松龙如此表态，吴畏当即表示道：“感谢赵总支持，不敢当，都是为糖厂，那我们就立即进行第一步配方调制工作吧。”

赵松龙若有所思了一刻，对吴畏说：“糖业公司新成立没多久，各方面的工作机制也才刚刚完善，可能你还不太了解，不便于你开展工作。要么你先和各个科室的负责人谈一下，把你的分工计划和他们通个气，让他们知道自己应该做哪些配合，你看这样是不是会好一些?”

吴畏想了想，点了点头，感觉自己的确有点儿操之过急。

赵松龙开门叫了卢秘书进来，吩咐道：“你现在立刻通知各个科室的主要负责人做好准备，今天吴组长会陆续和他们见面通气新产品研发工作，要强调，务必尽最大努力配合吴组长工作。”

在卢秘书的带领下，吴畏和研发科、财务科、销售科、行政人事科等负责人挨个儿面谈了一次。和赵松龙一样，每个科室负责人都异口同声地表示将尽全力配合吴组长的研发改革工作，并同时把本科室的职责与现状和吴畏做了通气。一趟下来，就已经快到傍晚了。卢秘书见时候不早了，和吴畏表示就留在食堂聚个餐，既然以后要在这里工作，提前适应一下伙食很重要。

吴畏婉拒了卢秘书的邀请，就此告别，带着江跃龙又来到了美雅饭店，点了一个火锅、三个炒菜，要了一瓶白酒。点完了菜，吴畏掏出手机，给戴秘书打了个电话。没20分钟，戴秘书从饭店外走进来，喜笑颜开。

“吴组长请客啊，我这是有口福了，但是我可不喝酒啊。”

吴畏和江跃龙一脸疲态，强打精神，又叫了盘花生米。

“今天我和跃龙去糖业公司了，和赵总经理还有各个科室的负责人都详谈过了，给他们看了这个分工计划表，您看看。”吴畏把分工表递给戴秘书。戴秘书摊开细细看了一遍，一直看到服务员端着酒精炉上桌。

“真的是很专业啊，这里面把各个科室，包括糖厂各个车间需要配合的工作事项，启动和完成的时间都列得清清楚楚，你们考虑得很周全。跃龙，你这几年的优秀青年没有白干啊。”戴秘书称赞不已，眼看火锅就烧开冒泡了。

江跃龙听到戴秘书表扬自己，顿时眉头舒展，端起酒杯就豪饮一口。

“看来，你们的工作推进得很顺利，效率很高。”戴秘书收起计划表，还给吴畏。

“顺利?”吴畏冷笑了一声，也闷了一杯。

“怎么了，是不是遇到困难了?”戴秘书问，“遇到困难很正常，要坚持啊。”

火锅已经沸腾翻滚，切成片的牛肉被冒泡的汤汁顶开，下层垫锅的豆腐果、大白菜和粉丝渐渐露出真容。端来时看上去堆成小山的牛肉火锅，原来只是表面上一层是薄片牛肉，下面看不见的全是不值钱的素菜。空气中偶尔掠过一丝刺眼的工业酒精，熏得人两眼流泪。

“行政人事科说，我不在他们的OA系统里，要组织各科室生产，就需要先办理OA录入，要录入就要先办入职，办入职需要厂里开证明，要体检报告，要学历证明和档案，厂职子女还要提供父母档案资料。办完入职才能进OA系统，OA系统需要OA供应商的专业人员操作，他们每半个月才来操作一次。进了OA之后才能在各科室之间发起工作联系单，才能进入工作程序。”吴畏道。

“哦……”戴秘书点点头。

“财务科说，他们每个月要做下个月的资金计划，经审批，下个月就能花计划里的费用。如果产品研发需要经费，那这个月没有额度，最快要下个月才能有钱，因为上个月报的资金计划里没有这一项。”吴畏又说道。

“哦……”戴秘书又点点头。

“研发科的人说，产品研发的配方是从研发科发起，但是配方试验是在糖厂，糖业公司和糖厂是两个独立企业，如果要进行新产品的研发，就属于商业合作，需要签商业合同。有了合同，研发科才能和糖厂的相关车间进行对接，没合同的话，糖厂也不会理你。”吴畏继续说道。

“哦……”戴秘书继续点点头。

“销售科的人说了，他们的工作职责是负责糖业公司所属产品的销售和配发，市场调研不是他们的工作，他们也不知道怎么开展，需要请专业的人去做。”

“哦……”

“招采科说了，如果要和糖厂签新产品试验、生产的合同，要走招投标流程，如果只是试验的话，他们可以争取争取，不招投标，直接竞争型谈判，努努力的话，10天差不多能内部传签完，然后就能给糖厂去传签。”

“哦……”

“总而言之，从总经理到每个科室负责人，都表态要积极努力地配合新产品研发上市工作，但只要一提到立即推进，就都是问题。”吴畏愤愤不平，气得连牛肉都吃不下去。

“而且都是合理合规的问题。”戴秘书补充道。

“按照他们说的情况，半年能把配方样品做出来就不错了，难怪他们小袋装白糖搞了大半年都见不着影子。”

戴秘书笑着从火锅里夹了一筷子大白菜放在吴畏碗里，安慰他道：“别生气，多吃点儿白菜。多吃素菜保平安。”

吴畏吃不下，自顾自地喝酒，戴秘书拦住了他一杯又一杯的胳膊，对他说：“你知道为什么素菜保平安吗？”

吴畏问：“为啥？”

“因为素菜没有油水，没有油水就叫平安。”

“那有油水的呢？”

“叫赌。”

吴畏听得戴秘书话里有话，干脆把筷子放下听他指教。戴秘书乐呵呵地看着脸已经开始泛红酒精上头的吴畏，转头叫服务员拿了个杯子。

“得，戴哥陪你喝一杯，上班反正也就那么回事。”

菜齐，三人推杯换盏，酒能抚慰一切跳崖的心灵，也能煽动所有蠢蠢未动的情欲。

“小畏，你记得厂里以前发生过一起厂资失窃的案子吧？”

“记得啊，我爸时不时就念叨，说他给厂里写了多少封信都没人管，结果出事了吧。”

戴秘书点点头，道：“后来人抓到了，秘密审讯的。当时的情况很特殊，如果几个人都咬定只是顺手搬走了一些不知道是谁的东西，就很难判他们重罪。”

“为啥？贼物没找到吗？”江跃龙问。

“人赃俱获，人还是有案底的惯犯。”戴秘书答道，“但那些物资在厂里没有入账，也没有明确的标识，厂里因为这个情况，不好声张，提供不了什么证据。”

“那年领导班子大换血就是因为这个事吧？”吴畏问。

戴秘书“嗯”了一声，继续说道：“这个就不提了，都是体制的漏洞，你爸管仓储的时候还是有点儿水平的。后来我听我公安局的同学说，他们是怎么审的：先把几个人集中起来，也不吓唬也不打，找了个老教授来给他们普法。老教授拿着《刑法》一条一条指给他们看，还告诉他们应该怎么办。如果几个人都不认罪，就咬定从糖厂偷了些不知道是什么的垃圾，那就是3年以下有期徒刑。如果几个人全都认罪，这种盗窃国家财产数额巨大的，就是3年以上10

年以下，认罪态度好的话酌量减刑，预计在5年左右。如果其中有人认罪有人不认，那么认罪的属于立功举报，可以缓刑或者直接释放，没认罪的属于特别严重情节，10年以上或者无期徒刑。普法完了就分开收监，结果全部主动认罪。”

“他们咋不商量好都不认罪啊？不就都少判几年了吗?”江跃龙问。

“我同学说这是犯罪心理学，把他们认不认罪从一个个体行为转变成群体行为，个体行为的时候，你能控制自己，而群体行为的时候，你能控制自己但是你控制不了别人，控制不了别人的时候，你就会为自己打算，给自己做最好的选择。对这些人而言，如果同伙都不认罪，对自己而言最好的选择是认罪；如果同伙有人认罪，对自己而言最好的选择也是认罪。既然反正是要坐牢，那就坐个少的，这就叫两害相权取其轻。”

吴畏和江跃龙算了半天，才搞明白戴秘书说的事，顿时钦佩不已。戴秘书说完，给他俩倒上酒，干了一杯。

“戴哥，你的意思是，糖业公司这些科室领导就和偷糖的贼一样，是在两害相权取其轻?”吴畏问道。

“我可没说啊，这是你说的。”戴秘书笑道。

吴畏继续琢磨道：“我懂了，我懂了戴哥，还是你了解这帮人，是我太天真了。戴哥，王叔说给了我一把尚方宝剑……”

“我给你找了个帮手，还给你一把尚方宝剑。”

“在哪儿呢?”

“你的帮手叫江跃龙，你的尚方宝剑叫体制外。”

“体制外的意思，大概就是说你不必被这些体系规则束缚吧。老厂长必然早就预料到了，他这么安排肯定有他的道理。”戴秘书吃了两口菜，把杯里的酒喝了，起身告辞：

“小畏，要坚持，改革如果是一帆风顺的，我们就不需要英雄。”

> ……改革小组是来帮助企业的，而不是来取代企业的。
>
> 小畏啊，这世上想做成一件事，有两种方法。
>
> ……但我也可以利用我其他的资源，曲线救国……
>
> ……甚至有时候会比直接掌权要更合适。

“跃龙，把酒干了，咱们明天还得去一趟。”

14 祖先从哪儿来

外卖送了一提啤酒，还送了一只烤鸭。老杨说他埋单，但是他不会叫外卖，庄离就代劳了。

古远从楼梯下面推出来一块白板，抓了几支笔和黑板擦，但是发现自己一手拿笔一手拿黑板擦就没有手拿啤酒，又把白板推到书架旁边，把啤酒放在书架上。

“考古学家老杨，历史老师老庄，你们即将见证一个关于历史真相的历史时刻的诞生！说到做到，明天，你们要帮我约小颜。”

老杨和庄离一起鼓掌，“好，好，好，没问题，你放心吧！来，开始你的表演。”

古远脱下外套，以一个潇洒的姿势丢到一旁，但是没算好角度，外套刚好罩在垃圾桶群落上。古远定格了一秒的帅气姿势，在白板上写了个大大的数字5000。

“中华5000年，小学生都知道的常识，但是在国际上并没有被认同。考古界有一个标准：没有证据，就不存在。老杨挖的洹北，我爸挖的妇好墓，多久？公元前1200年左右。整个商朝的起始，也就在公元前1600年，到今天3600多年，离5000年历史还差1400年。这1400年，没有考古证明，没有文字和文物，只有传说和记载。”

“那是西方人的标准，西方人懂什么文明。一个古希腊人写两本诗都能作为文明正史，凭什么《史记》不能啊？凭什么《山海经》不能啊？”老杨以高昂的声调打断道。

“老杨，你不要一提到西方就一副万恶的资本主义，千刀万剐的行不行？

来，来，喝一杯。”古远举起了啤酒，“Santé（法文：干杯）!”

“剩下这1400年，有400年是夏朝，有1000年是三皇五帝的上古时代。这段找不到证据，中华文明就定格在3600年，要到公元3400年，我们的国人才能说中华5000年文明，那得多郁闷，是不是？那么《史记》里记载的‘虞夏商周’究竟是否存在，今天由我来揭晓。”

没有听到掌声，古远不是很高兴。

“关于商之前的历史，我们能掌握的确切材料是周以后的古人记载的，《尚书》《史记》记载禹传位启，建立奴隶制王朝，持续了400多年。二里头在某种程度上证明了这段文明的存在，有人说是商都遗址，有人说是夏都遗址，没有文字出土，不可知也不可证，就算证实了，那也是夏朝后期的遗址。再往前都是神话，伏羲，神农，黄帝，女娲，三皇五帝没有一个是人类的造型，这1000多年文明，不但没有出土证明，连神话是谁写的都不知道，悲怆啊。”

“你讲重点。”老杨道。

“重点就是，我们挖到了商朝的遗址在河南，就认为夏朝就应该在中原，三皇五帝就应该在黄河流域，这个出发点本身就错了。为什么中华大地找不到商以前的遗迹？为什么尧舜禹治水20年，现在却找不到大洪水的痕迹？为什么《山海经》细节翔实却被认为是荒诞假想？因为要找到5000年文明的前1400年，眼界要开阔一点儿。”

古远喝了口啤酒，去茶几抓了根鸭腿啃了几口，一脸陶醉的表情，“在法国想吃这个比去罗浮宫偷幅画都难。”

“要找到上古文明的位置，就首先要确定其坐标。古代人没有经纬，没有GPS，对于地理位置的判断只能靠造型奇特、体积巨大的山川海洋，比如：不周山和昆仑山。《山海经》记载：‘西北海之外，大荒之隅，有山而不合，名曰不周负子。’不周山的北边是群山，东边是群水。不周山往西北840里再向西500里再向西南400里，就是昆仑山。记载叫：‘西海之南，流沙之滨，赤水之后，黑水之前，有大山，名曰昆仑之丘。’共工怒触不周山、女娲补天的传说就在不周山，三皇之一的伏羲就在昆仑山修炼，所以不周山和昆仑山一定离得不远，而且是华夏文明的源头。找到这里，就找到了答案。”

“那你找给我看看。”老杨拿着鸭翅膀指点道。

古远得意地给白板上的重点画圈，“要找到不周山和昆仑山，首先要定位西海。可以肯定的是，西海不是青海湖，也不是罗布泊，古人不是没见过东海，不至于把两个小湖泊也称为海。西海在哪儿？我们知道西天取经，知道下西洋，对古人而言，印度的方向就是西，那么西海就理所当然是印度洋。印度洋之外，有流沙、红水、黑水的地方就叫昆仑山。西周典籍《穆天子传》记载：‘山去咸阳三十六万里。’周秦汉时期，一里大概是400米，36万里就是14万4000千米。玄奘西行，长安到印度取道新疆，走了10万8千里，也就是4万3000千米，而我们用现代地图拉一下直线距离大概3000千米。折算一下比例，14万千米的直线距离大概是9700千米，这9700千米要分成两段，第一段要到今天的苏伊士运河，过地中海和红海，第二段再回到印度洋的边上。那么，注意，在这个范围，昆仑只有一个可能，就是今天坦桑尼亚的乞力马扎罗山。”

古远闭着眼睛，一字一顿坚定地吐出“乞力马扎罗山”六个字，就感到脑袋受到了巨大的冲击，回过神看到一只皮鞋掉在自己腿边上，再一抬头，看见老杨光着一只脚瞪着眼睛看着他。

“你爹要是知道你把祖宗认到非洲去了，现在就不是用鞋打你了。”

古远捡起皮鞋要扔回去，庄离拉住了他，一边抢下皮鞋，一边劝解。

“老杨你不要这么激动，我觉得古远说得还是挺有逻辑的。”

老杨穿上鞋，回应道：“我当然要激动，不然我为什么要请客。”说完反应过来这顿不是自己请的，顿时有点儿尴尬。

“我付的钱，听我的，别激动，让古远说完，说完你再扔。”庄离拿起啤酒，跟古远碰了一杯，示意他继续。

“只有你这种狭隘的民族主义思想的老东西，才会用肤浅的意识去看待世界文明的大同。”古远愤愤不平，“东非是目前公认的人类最早的发源地，但这并不是重点，重点是‘山而不合’，不周山的意思就是没有合在一起的山，就只有在乞力马扎罗山下才有。”

“东非大裂谷。”

古远啪啪啪鼓起掌来，“知音，所见略同。古董，啥也不懂。”

“东非大裂谷，全长5800千米，深度可达两千米，宽度从几十千米到100多千米不等。大裂谷地带汇集了大量的火山和湖泊、森林、草原、湿地，到处都是生命。设想一下，你站在大裂谷的谷底，你看到的是不是山而不合的景象。并且《山海经》记载，昆仑山下‘有弱水之渊环之’‘有炎火之山’，不就是火山和湖吗？还有，记载不周山‘有两黄兽守之。有水曰寒暑之水。水西有湿山，水东有幕山’。两黄兽就是沙漠和黄土，寒暑之水就是说冬天与夏天有巨大变化的水，就是旱雨两季的尼罗河。水西的湿山，应该是地处乌干达的鲁文佐里山，她的主峰是非洲第三高峰玛格丽塔峰，山上终年积雪，山下经常下雨，在赤道极其罕见。水东的幕山，应该是埃塞俄比亚的瑟门山，瑟门山的南坡是一面巨大的悬崖峡谷，仿佛是一面天地幕布。所以，不周山就是东非大裂谷，昆仑山就是乞力马扎罗山，我们的祖先顺着大裂谷和尼罗河到了埃及，埃及女王就是西王母。在公元前2300年左右，我们的祖先在迁徙途中遭遇了大洪水，鲧治水的策略是堵，堵的是水，禹治水用的是疏导，但疏导的是人。把人从两河流域东迁，10年的时间到了中原，才有了夏和商。这就解释了为什么我们挖不到夏朝早期的遗迹，更挖不到夏之前1000年的任何证据，也解释了什么叫‘天命玄鸟，降而生商’，因为这一支人类原本就是迁徙来的。《山海经》记录的是西至中非，东至东海，横跨整个亚欧非大陆的地理和历史，只可惜有些老古董带着迂腐的心态闭目塞听，以……鞋为脸。”

古远丢下白板笔，拿上啤酒，开始吃烤鸭。

“庄离，点评一下这个畜生。”老杨道。

“我觉得他说得挺好的。不是恭维，上古历史本就虚虚实实，记载本身就有限，真假也未可知，作为推论，只要合逻辑也不是不可能。”庄离予以了正面的肯定，古远看他的眼神都充满了同志的友谊。

“那我问你，‘共工怒触不周山，天柱折，地维绝，天倾西北，故日月星辰移也；地不满东南，故水潦尘埃归焉。’如果不周山是条裂谷，共工怎么触？用头撞地？”老杨问。

“这你还真问着了，老古董。我告诉你，共工怒触不周山，天柱折，地维绝，有说不周山就是天柱了吗？你用鞋砸我，要是没砸着，砸到他了呢？老古董怒砸古老师，庄兄折，说得通啊。”古远擦擦嘴上的油，继续喝酒。

“你少跟我扯文字游戏。”

“没有啊，老古董，我给你看个东西。”

古远掏出自己的手机，刷了几下，把手机放到茶几上，推到老杨和庄离面前。

手机屏幕上是一座雄伟的巨山，山体呈梯形，红褐色，山顶是平的，覆盖了一层白雪，山下是茫茫的草原，笼罩在浓雾之中，远方的天空泛着霞光，通透遥远。

“看看这山有什么问题？”古远问。

“没有峰，像是被削平了山尖一样。说到天柱折，你还别说，真有点儿像一根柱子从中间断掉了。”庄离道。

“对嘛，我们年轻人就是比某些老古董思维开阔。这张照片是我在Gap Year旅行时拍的。乞力马扎罗山我去过，大裂谷我也去过，当我亲自站在我们祖先5000年前的摇篮里，我就知道这个秘密只能由我来揭开。”

“我还是那句话，我不打死你，你爹也会打死你的。还有你，这种歪理邪说的胡扯你也信?”老杨道。

庄离立即摆摆手，笑道：“我不是信。我是历史老师，不是考古学家，考古的事是求证，历史的事大多数时候是听个乐。今天听的这个就挺乐的，值一顿烤鸭。”

“老杨，老古董，相信我，这辈子你是不可能去非洲挖土了，所以死了这条心，好好养老吧。”

老杨放下啤酒罐开始脱鞋。古远一看不对，立刻转身就跑，垃圾桶上的外套也忘了拿。

15 演员

吴畏带着江跃龙出了厂，来到梅镇市中心的大超市，买了些进口的水果和零食，大包小包装了一行李箱，让江跃龙推着。江跃龙从来没吃过这些奢侈的美食，好歹过了一次血拼（Shopping）的瘾。很显然，这一定是吴畏用来打通各个科室领导的行贿物。吃人嘴软的道理江跃龙还是懂的，过去每年过年，他爹都让他拿点儿咸鸭、香肠的年货送到自己要新报到的车间主任家里，过了正月十五去上班的时候，果然主任就会把特别优越的岗位分给他。

跑了一上午，总算把一箱奢侈品推回了吴畏的家。路上碰见熟人打招呼，吴畏就大大方方地表示，过两天就要回城里了，公司催得急。

在吴家吃过饭，吴畏把水果、零食分成若干小份装，装在一个硕大的编织袋里，让江跃龙拿了一份先出门去老年俱乐部，自己则扛着编织袋，一路来到白梅糖业的办公楼。

一到前台，接待员还没问话，吴畏就放了一袋零食到桌上，招呼领班道："昨天赵总夸咱们前台管理得好。一线员工是辛苦啊，来慰问慰问你们。"

领班和两个前台接待姑娘受宠若惊，自打宾馆前台变身为白梅糖业前台以来，她们从来只有服务领导服务客户的份儿，被客户服务还是头一次。三个女同志拿也不是，不拿也不是，一时不知道怎么反应。吴畏正和前台打成一片，江跃龙从外面进来，比了个OK的手势，接过编织袋。

"我今天还是约了赵总，麻烦美女通报一下卢秘书。"吴畏道。

"是厂品牌改革小组的吴组长。"江跃龙补充道。

前台领班也不清楚品牌改革小组是个什么部门，但从自己的经验判断，能在名字里称"改革"的一般都不是好惹的，立刻端正姿态，露出6颗牙微笑，然后电话告知了卢秘书。

江跃龙提着编织袋，在领班客客气气的陪同下进了电梯。

上了二楼，吴畏和江跃龙兵分两路，吴畏直接进了总经理办公室。

和昨天一样，赵松龙脸上依然洋溢着热情的微笑，欢迎吴畏的到来。吴畏也不客气，进门就往沙发上一靠，拍拍旁边沙发的扶手，对赵松龙说："赵总好，来坐这儿。有红茶吗？绿茶喝不惯。"

卢秘书尴尬地看了看赵松龙，赵松龙倒没什么反应，直接招呼卢秘书去沏壶大红袍。

"吴组长有什么指示？"赵松龙客气地问道。

吴畏把脑袋夸张地一甩，道："我能有什么指示，昨天结束得太晚，也没来跟您打招呼，今天来跟您汇报一下情况。"

赵松龙点点头，道："哦……吴组长，我听卢秘书说了，昨天聊得的确挺久，很辛苦，我还特地让卢秘书晚上留你们吃个饭。"

吴畏道："吃饭就算了，厂里伙食标准就那样，吃不吃都不碍事。"

赵松龙嘿嘿笑了两声，道："现在厂里条件不太好，将就呗。吴组长，糖业公司当时成立的时候，厂里也是下了极大的决心，所有的工作机制、流程、组织机构都是按照现代企业的标准去构建的，公司的目标就是做大做强。刚成立的时候，不瞒你讲，就包括我在内，都不适应这种工作方式，厂里专门找了全国最好的企业培训机构来做了一个月的培训，才有白梅糖业。所以不了解的人，可能会有些不适应，慢慢来，熟悉了就好。当年在厂里，想批个什么东西，都得靠一层一层领导签字批示，碰到哪个领导出差啊下乡啊，就只能等着，效率很低。现在我们各个科室都是无纸化办公，不管人在哪儿，一个电话，手机点两下，流程就走完了，效率特别高。"

吴畏也笑了两声，眼神已经飞到另一边，不再看着正在说话的赵松龙。他心里明白，那些科室主任已经来做过铺垫了。直到赵松龙停顿下来，他才把头转了回来，叹了口气道："赵总啊，企业OA这东西我刚上班的时候就接触了，这么多年也都是这么用。我今天来不是说这个的，我是来告别的。"

"告别？吴组长，什么意思啊？"赵松龙不解地问。

吴畏从包里摸出一个白色的长条盒子推到赵松龙面前，这是他这次带海枭回家，给海枭准备的礼物——智能手表。

吴畏继续笑道："赵总，这次我真要特别特别感谢你。也没准备什么，手边只有这个玩具，余情后感吧。”

赵松龙看看茶几上的手表，大概知道这所谓的玩具也值个两三千块钱，吴畏刚来一天就这么感谢又要告别，不知道是什么意思。

吴畏喝了口茶，竖起大拇指表示不错。

“还是红茶好，以前熬夜做项目，就靠喝绿茶提神，反正年轻也能折腾，结果搞得日夜不分，经常失眠。后来经常去山里找和尚喝斋茶，没味道，平淡如水，但是修身养性，就再不瞎喝了，平时就喝点儿红茶和普洱。”

吴畏吹完这一段，自己又从壶里沏上一杯，道：“我这趟回家掺和厂里这点儿事，真是没办法。我爸是老职工，还犯过错误，我上大学的时候又享受到了厂里的福利，王叔、江叔非要我掺和，从我回家第一天起一直讲了一个多礼拜，讲得我爸妈都不敢听到人敲门。我哪想干这个事情呢？我是休假回来的，还得回云州公司去，上礼拜公司就在催我了，事情太多了。”

赵松龙道：“我看厂里发的通知，已经允许你在厂里就职，还有编制的啊。”

吴畏摆摆手，“我没要，我也没法要，我在云州有工作，那边没辞职，这边怎么入职？再说了……”吴畏把身子前倾，声音放低，“我回厂里上班我图什么啊？我疯啦？”

赵松龙本能地往后挪了点儿，应和道：“吴组长在云州是挣大钱的。”

吴畏又靠回沙发，道：“我把情况说了，最后我爸妈看不过去，他们还要在厂里生活，我就跟厂里说了只干一个月，能干成就干，干不成就算，不耽误厂里继续搞改革，也不耽误王厂长退休。”

“一个月，那这不才刚开始吗，三天都还没到呢。”

吴畏继续他那练习了一晚上的笑容，“所以要来谢谢赵总你啊。我已经把材料都整理好给厂里了，一个月肯定出不来什么东西，过两天我就回云州了，车票都买了。”

赵松龙眉头皱了起来，“一个月……一个月恐怕是出不来东西。糖业公司和糖厂现在是独立企业，涉及商务合作，肯定是需要时间的，但也不是没办法，你怎么不早说啊？”

“早说？早说我怎么回去？我王叔一提到这个事就老泪纵横，那戴秘书天天到我家盯着我，我怎么走？”吴畏把嘴角一斜，表演了一副小人得志的嘴脸。

“吴组长，我觉得你这个情况还是要慎重，毕竟这是厂里上上下下一起抓的工作，你这儿刚开了头就走了，那我们这些着急上火的同志们怎么办？”赵松龙端起茶壶，给吴畏倒茶。

“哎呀，赵总您怎么还不明白呀。”吴畏直拍自己大腿，“新产品研发这就是个应付厂里的东西，那三个产品你觉得有市场啊？冰糖分小袋跟你们一直在搞的白糖分小袋有什么不一样？红糖搭生姜你不会自己分开买啊？无糖佐餐那不就是木糖醇吗？哪个超市收银台边上没有？”

赵松龙若有所思地想了想，道：“你这么说好像是挺有风险，但这不是你提出来的吗？”

“冰糖和红糖那是我妈提的，无糖佐料是我爸提的。我妈做了一辈子菜都放不好糖，我爸高血糖，这就是我们仨吃晚饭的时候聊的。”

赵松龙觉得作为糖厂的领导，此时应该痛斥批评吴畏这种弄虚作假的行为，但毕竟人家是来感谢自己的，又送了礼，还掏心窝子地把机密告诉他，当场发作不太像话。两头一矛盾，赵松龙脸上的肌肉不停地颤抖。

“好了，我该走了，还是那句话，感谢，以后要是到云州，一定找我，我请你喝酒。”吴畏说完，起身就告辞，赵松龙愣了一会儿，连忙上去阻拦，但是没拦住。

吴畏下楼，江跃龙已经在大堂候着，编织袋被窝成一团捏在手里。吴畏示意了个眼神，两人一同快速走出了白梅糖业。

“哥，我们这么干有用吗？”江跃龙在路上问。

“先别管有没有用，你那边什么情况？”吴畏道。

“都按你说的，挨个科室每个主任各发一袋，都是昨天当面聊过的领导。该说的我也说了，就说吴组长特别特别感谢主任的配合，后天就要回云州去了，新产品不搞了。”

“江主任那边呢？”

“也送到了。我跟江叔说了，吴哥把我开除了，让他给我找活干，再不行回车间也行。江叔说你们啥情况啊，不是厂领导牵头的工作吗，怎么能把你开了？我就说吴组长说搞不过糖业公司的，怕连累我，就让我走了，他也马上回云州上班去了，反正糖业公司又不给他发工资。别的就没说了。”

“行，走，咱们还去撮一顿。今天想吃啥？”

“嗯……咱们能换个馆子吗？”

“能！把手机关了，明天中午11点才准开，开了机就来我家吃午饭。”

16　青墨

“你别走。”

庄离心里一直在喊着这句话，但是嘴巴却说不出口。妻子上了一辆黑色的车，没有回头多看一眼。车子发动，离去，消失在雾中。

“你别走。”

庄离四周的浓雾越来越重，小区的居民楼不见了，身边的花坛不见了，脚下的路不见了。庄离抬起自己的双手，眼睁睁看着它们也渐渐消失在灰白色的雾气中。

“你别走。”

什么都看不见，只有自己的心跳声，还有自己说话的声音，听不清楚自己在说什么，好像在对自己说话。没有方向，没有力气，听到的声音忽高忽低，高时刺耳，低时喘息。

“爸爸，你别走。”

是女儿，是青墨在喊自己，但是青墨在哪儿呢？声音好像来自四面八方，就在自己面前，又在自己身后。青墨的身影浮现在浓雾中，穿着胸口有小红心的连衣裙，在摇摆自己的小辫子。浓雾很快又把青墨吞噬到消失，庄离不停地拨开浓雾，找不到方向，只有细微的声音。青墨出现了，双手捧在胸前，闭着双眼，一动不动，披着白色的床单，床单缓缓盖上她的脸。床单的颜色和浓雾一模一样，床单盖上的那一刻，青墨又一次消失了。

庄离醒了，还是一样的梦。每次从这样的梦里醒来，庄离都会在床上僵硬半个小时，睁大双眼，仿佛梦魇会再一次把他拖入深渊。

女儿走了，永远地离开了人世。妻子也走了，永远地离开了他。

都怪自己没出息。

如果上学时没有报考历史专业，自己也许能做个别的行业，一个能挣钱的行业。

如果早一点儿面对自己性格上的缺陷，再勇敢自信一点儿，自己也许能在学校评个职称，混个干部。

如果能早一点儿明白钱有多么重要，早一点儿放下身段去拼搏奋斗，青墨就能有条件获得好的治疗。

如果能给家庭多一份保障，让妻子更有安全感，她也不会毅然决然地离去。

如果银行卡里有多一点儿余额。

如果房子可以大一点儿。

如果出门不用挤公交车。

如果过节过生日的时候能买一束花。

如果……

如果自己不叫这个名字，人生还会有那么多离别吗？

从床上爬起来之后，庄离从信箱里把近几天没拿的报纸统统拿了回来，一边看登报的招工信息，一边登录招聘网站。

从别墅里拿了几本书回来翻看了几天，庄离才发现自己虽然是历史专业毕业的高才生，却已经很难顺畅地阅读这些典籍。历史本已是冷门的领域，上古历史更是冷门中的冰柜，几乎无人愿意触碰。在现代人看来，研究上古历史几乎和研究神话故事是同等性质，既没有科学的方法去学，也没有现实的用途去用，更何况任何研究的成果都无法验证。庄离连蒙带查地读完了《山海经》的第一卷，只觉得脑袋比读之前大了许多，里面塞满了神秘的未知。那一天古远和老杨的争吵时不时地呈现在庄离的眼前，一个土生土长以挖土为毕生事业和理想的考古界前辈，一个土生洋长以颠覆历史为乐趣的考古界后代，两个人虽然看不起彼此，却对古文典籍出口成章，毫不迟疑。自己想要达到这样的水平，恐怕给自己整整一年的时间，自己也没有心力再沉浸在这样生涩的过去。

既然自己迟早会被发现是个没有用的累赘，不如早一点儿主动离开。

中高考补习班招培训老师。

招聘小中高冲分一对一家教老师。

全市保安、保洁、杂工、服务员中介免费录入信息。

招聘家政会做饭男保姆。

招聘网络营销专员、网络客服专员、网游GM。

庄离先生，昨日您的简历已被7家企业浏览过，新收到面试邀请0个。

尾巴花助学平台，与你一起圆孩子们一个上学的梦。

庄离点开了邮件。

尾巴花助学平台（简称“尾巴花”），原名“尾巴花山区支教助学公益平台”，是一个旨在让更多贫困山区的孩子能享受教育的非营利性民间公益组织。

六年前，尾巴花组织了第一批优秀的支教老师奔赴广袤的大离山区，为山里的孩子带去了知识和希望。六年来，尾巴花已经成长为一个集善款捐赠、支教助学、医疗合作、媒体运营于一体的全国性综合助学慈善机构。我们相信，有一种爱超越了时间和空间，超越了年龄和距离，超越了出身和命运。我们相信有一群人以奉献为理想，以传递爱为幸福。尾巴花正是这样一份爱和这样一群人的聚集地，也一直坚持在做这样一份事业。

尾巴花的创始人是三个来自贫穷山区的年轻人，他们亲眼见证贫穷是怎样残酷地剥夺一个人受教育的希望，也亲身经历过全家人节衣缩食供自己寒窗苦读的泪水。走出大山后，志同道合的年轻人走到了一起，一拍即合，用自己的知识和青春返乡支教，为他们的下一代带去了成才的种子。山里的孩子为了表达自己的感激，用亲手摘的尾巴花做成花环，献给亲爱的老师。尾巴花是大山里遍地生长的野花，不美丽，也不值钱，但它具有顽强的生命力，象征着永远的希望，每一次风雨过后都能以不灭的热情面对大自然。随着越来越多的支教志愿者陆续加入，创始者就把组织正式命名为“尾巴花”。

尾巴花有着成熟而完善的运营体系，是合法注册的非营利性民间公益组织，我们和山里的孩子迫切需要有爱的社会人士投身到公益助教的事业当中。如果您具备以下条件并真诚愿意做一名光荣的助教老师，请随时联系我们。

应征条件：

1. 具有国家认证的教师资格，任何科目均可。

2. 不以功利为目的地热爱教育事业，热爱公益事业。

3. 能够忍受艰苦的生活环境和清贫的生活。

4. 信守承诺，身体健康。

支教待遇：

我们会为每一个合适的支教老师提供人身保险和基本生活开支，所涉及的支出费用均由民间公益赞助，经尾巴花基金会严格审核后发放给志愿者，但很抱歉，我们无法予以确切金额的承诺。

庄离和李云月是大学校友，庄离学历史，云月学中文，两人相识于图书馆，因占座产生了争执。云月很凶悍地在众目睽睽之下推倒了庄离，把一巴掌厚的《辞海》砸到庄离的脸上，导致庄离鼻腔大出血。有旁观者拍下了这一幕，并发到了校园网上，引来了学校的注意。庄离一边跟学校求情，一边跟校园网站长联络，最终才平息事件，没有让云月受处分和影响。毕业后，庄离继续读研，云月去了企业工作。庄离研究生毕业后留校任教，两个人在当年结了婚。

云月曾经问庄离，为什么受了伤还要帮她求情。

“两个人都没有错，就不应该有什么后果。”庄离回答。

云月最常挂在嘴边的理想，就是做一个支教老师。至于为什么想做一个支教老师，她说自己也不知道，也许是喜欢孩子吧。

青墨的去世击碎了他们之间最后一点牵挂，云月最终还是选择了离去，选择了生活的另一边。

“我想我找到自己想要的生活了。”云月在离别前对庄离说了最后一句话。“你别走”，成了庄离没能说出口的请求。

这座城市曾经给了庄离学业、事业、爱情、家庭、女儿和所有关于下半生的打算，然后又在短短的一年间一样一样地拿了回去。庄离从一个一无所有的穷学生，变成了一个一无所有的中年人。

既然这座城市都已经认为自己是个没用的累赘，那不如早一点儿主动离开吧。

“庄先生，我们需要视频验证一下您的情况可以吗？”

“可以。”

“庄先生，根据您提供的材料，您是大学老师，也有做义工的经历，很符合我们支教老师的条件，非常感谢您投身社会公益。”

“应该的。”

“我需要和您确认几件事，请您如实回答，我们会录像作为档案留存。”

“可以。”

“您确定您的家人同意、支持您做这件事吗？”

“确定。”

“您确定您可以接受艰苦的支教环境，不因为物质条件而中途放弃吗？”

“确定。”

“您需要设定支教地区的偏好吗？还是接受尾巴花平台的统一安排？”

“我都可以，你们安排吧。”

“好的庄先生，您以上的回复仅仅是作为面试的档案留存，不具备法律约束力。但如果您因家庭或个人原因中途放弃支教助学，我们将停止发放来自民间赞助的生活补助金，并有权永久拒绝您再次申请支教的机会。”

“我知道了。”

“庄先生，非常感谢您的配合，尾巴花代表所有受到帮助的孩子感谢您的无私奉献，我们会及时通知您支教助学相关的行程安排，请您留意。”

“好的，谢谢。”

第一次争吵是在孩子上什么幼儿园的问题上，虽然青墨刚刚出生没多久，咿呀学语，刚刚会说一些简单的话。云月希望青墨能上私立幼儿园，从小接受更全面的教育，培养兴趣和能力，而庄离既没有认同也没有反对。高昂的学费让庄离羞于开口，青墨的可爱让庄离不知所措。云月开始带青墨去上各种早教班，报了私立幼儿园的学前托班，并自己支付了各种费用。终于有一天，庄离发现青墨的学费有很大一部分来自某个人暗中的资助。男人的面子让庄离彻底爆发，自己20多年的成长道路上自始至终是平和老实的心灵，在这一刻变成了吞下熔岩的魔鬼。他对云月怒吼，摔掉手边所有能触碰的东西，不理会青墨恐惧的哭喊，亲手摧毁了家里的一切。

云月没有反抗，也没有反驳，等到庄离用尽了力气沉默下来的时候，只对他说了一句话：

“我也不想这样，是你给不了她。”

“庄先生，新一批支教助学岗位已经公布在平台，您可以在本周自主查看并申请，也可以交给平台安排。自主申请不一定会通过选中，没有选中的话需要等下一批或者最后看有没有剩余的空缺；平台安排的话基本都没问题，但您不可以拒绝。”

“我服从安排。”

“好的，庄先生，那本周末我会再次联系您，告知您安排的结果。请您做好下周出发的准备，我们会给您快递一份支教志愿书，请您签字后回寄，或在出发时交给我们的志愿者。”

“没问题。”

“那么再一次感谢庄先生您的爱心，愿好人一生平安。”

云月再一次联系庄离是告诉他青墨住院的消息，碰面也是在医院的病房。云月看庄离的面容并无表情，但青墨非常高兴。那一次争吵后，云月带着青墨离开了家，不知道去了哪里，庄离试图寻找过，但又总是点到即止。他不愿意面对云月有了别的依靠，也不愿意面对自己是一个失败的丈夫和父亲。医院给出的诊断书让庄离和云月有了简单的交流，主治医生建议保守治疗，但即便是再保守，预期的费用让他们又一次开始了沉默。

“云月，把房子卖了吧。”

“那你住哪儿？”

“我们可以重新租房住。”

沉默。

“这个病并不是完全没有奇迹。”

“我问过其他专家，不要有希望。”

“什么叫不要有希望。”

“有希望就会有绝望。”

沉默。

“哪怕再小的希望，我也不会放弃。”

“我会想办法的。”

“我们一起想办法。”

沉默。

沉默。

“庄先生，非常感谢您对尾巴花的信任，我们为您安排的支教岗位在大离山梅县南部的茉花庄，距离云州大约要一天的车程，时间是下周二出发。今天会有身在云州的尾巴花志愿者联络您，给您送去相关的资料和车票，您看可以吗？”

“可以的，我在。”

“好的，庄先生。大离山是尾巴花自成立以来重点的支教地区，也是尾巴花诞生的地方，这几年通过尾巴花的努力，整个大离山区已经有数十位支教老师在岗支教助教，并且成立了互帮互助组织，如果在您支教的时候遇到任何问题，可以求助于他们。”

“好的，谢谢。”

“庄先生，未来一年茉花庄的孩子们就拜托您了，请您务必按照我们之前的约定，为他们的人生点亮未来的希望。尾巴花代表所有即将见到您的孩子向您表示感谢。”

“我们离婚吧，协议你看一下，没问题就约个时间去办手续。”

“没意见。”

“近期我可能会回去拿几件东西，不多。”

“行。”

“不管如何，夫妻一场，希望你好。”

“你也是。”

“那……我先走了。”

“再留一会儿吧，这里……是我们订婚的地方。”

“再留一会儿也没有什么意义，你也别经常再来这里，留着对过去的回忆。过去首先是要过得去吧，真的希望你放下。”

“不会再回来了吗？”

“不会，未来虽然不可知，但有些注定的事不会改变。真的爱过你，再见吧。”

“庄老师，我是尾巴花云州志愿者小鸭，这是给您的助教能量包。”

“好，辛苦你了。”

“不辛苦，庄老师，您才是辛苦了，真的特别羡慕您，也很崇拜您。”

“为什么？”

“羡慕您能把梦想化为行动，崇拜您能把生命献给公益。”

“这是你们的口号吗？”

“不是啦，是我的真心话。您看一下，这是您的行程计划，上面有学校联系人的联系方式，这有一份注意事项，都是支教志愿者多年总结积累下来的，这是车票，这是大离山尾巴花志愿团的联系卡片，这是尾巴花给您的感谢信，如果您支教满一整年，还会给您一个徽章和证书。”

“挺好的，很细心。”

“庄老师，感谢您对教育公益事业的无私奉献，也感谢您对尾巴花的信任和支持。”

“也谢谢你。”

“不用啦，刚才这两句是口号。”

“我来拿东西的。”

“都帮你收拾好了。”

“麻烦了。”

“他不上来帮你拿吗？”

“不了，我自己可以。”

“我送送你。”

“到这儿就可以了，你保重。”

“不会回来了吗？”

沉默。

“大离，我想我找到自己想要的生活了。”

“我打算离开云州了，你介绍的那份工作我可能帮不上忙，也不想给你添负担。麻烦和那位资助人说一下抱歉，不需要给我付工资，我以后也不会再去别墅了。”

“去哪儿？”

“一个很远的地方，以后可能也不会回云州了。”

“明年也不来做梦了吗？”

“……我恐怕负担不起。”

电话那头停了一会儿。

“明天有时间吗？”

“有，周二才走。”

“那明天能过来一趟吗？”

“哪儿？”

“我家。”

17　光明与黑暗

趁着酒劲儿，吴畏一觉睡到上午10点半，迷迷糊糊爬起来，打开手机，看到十几个未接来电，除了陌生号码之外，还有江思哲和戴秘书的。吴畏给江跃龙发了个短信，让他赶紧过来。

憋着尿，吴畏走出房门，吓了一跳，客厅里黑压压挤满了人，吴父吴母陪着戴秘书和白梅糖业的几个科室主任坐在沙发上，也没话聊，就是递烟倒茶。赵松龙站在客厅的墙边，看着墙上挂着的聘书。

吴畏一时间不知道先跟谁打招呼，倒是戴秘书先开了口：

"你醒啦，你看我刚刚到就看到这么多领导，还以为你们要开会呢。"

吴父一脸不高兴的样子，凶声对吴畏说："你看你睡到现在，让你别喝酒别喝酒，人家赵总和那么多领导一早就来了，硬是不让我们叫你起床，你看你怎么担待得起！"

赵松龙连忙客客气气地摆手："应该的应该的，是我们打扰了才是，吴组长不要见怪。"

吴畏客气了一下，从赵松龙身边把墙上的聘书摘了下来，交给戴秘书，道："戴秘书，忘了跟我爸说了，你今早是来拿聘书的，我爸还给挂着呢。"

吴父顿时心里空荡荡的，仿佛失去了灵魂。

戴秘书和吴畏四目对视，接过聘书，道："那我就不打扰了，先告辞了。"

吴畏送戴秘书到门口，低声道："下午我去跟王叔道别。"

戴秘书高声哀叹了一声，出门离去。

"赵总你们这是……来送我吗？太客气了。"吴畏回身说道，把睡衣没扣的扣子扣上。

“吴组长……要不要先洗个脸?”赵松龙在聘书留下的钉子旁说道。

“吴组长，昨天晚上我们开了个紧急会议，就之前暴露的一些问题提出了一些想法，您给指正指正。”赵松龙道。

“我还指正个啥，您说呗。”

“是这样，我们赵总昨天在会上再一次强调了这次新产品研发的重要性，品牌改革是厂今年的大事要事，一刻都不能耽搁。所以今天我们把各个科室的主任聚在了一起，把各个环节的分工如何打通跟吴组长汇报一下。”卢秘书道。

“我们行政人事科紧急知会了OA供应商，让他们远程进行操作，今天一早就录入吴组长的账号。这是登录账户和密码，还有我的电话，有操作上的问题可以随时找我。”

“我们财务科补录了本月的资金计划，预支了1万元，作为配方调制的启动资金。”

“我们研发科计划在之前小袋装白糖的合同上补签一个协议，将此次产品配方的调制作为协议内容，直接借用合同执行。”

“我们销售科从厂里借调了一批年轻人，把市场调研作为一项实习作业，也让他们锻炼锻炼。”

“我们招采科已经联系了厂里的业务部门，先开工后补流程，厂里答复原则上没有问题。”

赵松龙满面笑容，做了补充发言：“吴组长，厂里的大事，没有像你这样专业的人是很艰难的，一个月也好，半个月也罢，这个时候你可千万不能一走了之。”

吴畏一脸为难，低头叹气道：“我是真要走，我公司那边上上下下都还等着我，我也很为难。”

赵松龙把希望摊派给了吴父吴母，恳求道：“吴畏是咱们厂的人才，您二老不能看着糖厂有了希望又破灭啊。”

吴父吴母用扭曲的表情看着吴畏。儿子事先没有通气，二老的嘴巴只能保持谨慎。

吴畏收起一脸伪装，面无表情地说道：“各位领导是在为难我，我就是伸把手帮帮忙，忙帮不上，我是要回去上班的。”

赵松龙握住吴畏的手，语重心长地说道：“吴组长，千万不要走，今天晚上，我们白梅糖业给吴组长办接风暨品牌改革工作启动宴。”

吴畏把手抽了回来，用温柔却很为难的眼神扫视了一圈，包括赵松龙在内的每一位特别来宾都很努力地组织面部的表情，传递自己发自真心的渴望。若不是已经在白梅公司里见过一面，吴畏差点儿就相信这些人的确是众志成城。一时间，吴畏也想不好该怎么答复，正要假装去上厕所，家里大门轰隆一声被推开，江跃龙闯了进来。

“吴哥，江主任说要带退休老干部来送你……我拦住了，说你已经走了，他们调头就去厂长办公楼了。”

赵松龙的脸唰一下就白了一半，在身后拍了拍卢秘书，卢秘书穿过人群直接跑了出去。江跃龙把卢秘书挡在自己胸前，连连解释道：“去厂长办公楼也被我拦住了，没去，没去。”卢秘书奔袭之旅途刚刚起跑就出现战略目标转移，不知道该不该继续前进，回头看看赵松龙。

赵松龙一拍大腿，强行把吴畏拉起来和自己站在一起，大声说：“同志们哪，我们怎么还在这里讲流程谈纪律，我们是要为糖厂的父老乡亲谋福利谋发展的，我们从厂里各个生产岗位上退下来，进行企业制改革的目的是什么？是要让体制焕发活力，让活力始于压力。吴组长来了，不但给了我们活力和压力，还给了我们动力和能力，我们要把握机会啊。同志们，我们能不能做到？”赵松龙边发表演讲边踱步走到吴父吴母中间，加上吴畏站成一排，仿佛是白梅糖业推出的“四大天王”。

“能!”沙发的观众席一片响应。

赵松龙双手用力地握了握吴畏的手，说：“既然这样，那我们就先谢过吴组长了，告辞了，再见。”说完马不停蹄超过卢秘书的身位夺门而出，留下一群科室主任轮流向吴家道谢，鱼贯退场。

亲眼见证了赵松龙一帮人180度的惊天逆转，江跃龙对吴畏更是俯首帖耳，中午在吴家吃饭，恨不能跪在餐桌旁以热泪拌饭。对江跃龙来说，糖厂的车间主任已经是他能触碰的最高级别了，而吴畏去了趟超市就搞定了糖业公司的总经理和一票科室主任，让平时眼睛长在头顶上的领导班子一大早登门道歉，这就是江跃龙见证奇迹的时刻。

送走了赵松龙，吴畏心里也在不停地颤抖，原本孤注一掷的计划居然比预计的最好结果还要好。吴畏只想狂奔到自己的被窝里狂笑10分钟，但江跃龙一双眼睛眨都不眨地盯着他，他只好强忍心跳，假装风轻云淡，坐下等着吃饭。

江跃龙看他的眼神就像在动物园看猴子，生怕错过了猴子挠屁股的精彩瞬间，吴畏掏出50块钱递给江跃龙，让他去厂门口买点儿卤菜，总算给自己换来了一点儿低调的时光。

自从吴畏接了品改小组长这个活儿之后，吴父就很少主动询问他工作上的事情。在此之前，但凡有机会，吴父总是会把一切话题指向教育儿子工作要努力踏实这条主旋律上来，但现在儿子突然之间成了厂里副股长级别的领导，吴父也觉得以一个退休普通职工的身份与其交流工作不太合适，尤其是以前所有教育儿子的标准都可以反套在自己头上，而自己毫无悬念地一样都没完成，实在是没有脸面。所以这十几天里，吴父与儿子交流的主要是工作累不累、肚子饿不饿、手机有没有电、明早吃几根油条这种能充分体现亲情温暖的话题，吴畏也是有问必答，一家人显得其乐融融。

江跃龙买了一只猪蹄、半斤猪耳朵皮和一些素菜，糊得两只手都是油。洗完手，吴母也把饭菜都端上了桌。江跃龙端起酒杯，对着吴家三口饱含热泪地说道："我敬我吴哥，我佩服。"一口干完了一玻璃杯啤酒。然后又给自己倒上，再举杯，道："这几天吴哥一直请我下馆子，我再敬我吴哥。"一口又干完了一玻璃杯。打了个嗝，江跃龙再给自己倒上，双手捧起道："咱们厂就靠吴哥了，我再敬一个。"吴家三口刚拿起筷子，正考虑要不要把电饭锅从厨房搬到客厅来，眼睁睁看江跃龙以迅雷不及掩耳之势连喝三杯，想拦都没找到机会。

三杯酒下肚，江跃龙已经能游刃有余地控制并发散自己的各种情绪，他吃了两口猪耳朵，叹了口气，道："当时我四叔让我去演讲，我说我不会，他说没事儿，我先给你找个垫背的，你照猫画虎。我就想当然觉得那这人肯定没啥本事，结果真没想到，我吴哥，牛人！当时我在大礼堂底下听着，我就知道一山还有一山高，我四叔那不是在坑我就是在坑我吴哥。你看没想到吧，谁也没坑着，哎，谁也没坑着，坑着赵松龙那帮大乌龟蛋子了。干事情那叫一个磨叽，哎，不好意思，我们是有OA系统的，你们是没有账户不能发起工作的。哎，你们这个计划不好实现的，上个月的资金计划里可没有这几项，财务批不出钱的。呸，一听说我吴哥要走了，立马回过头来求，跟孙子一样。吴哥，别理他们，你走你的，吓死他们，就让他们哭……"

吴父和吴母对视一眼，异口同声地说："好哇，江思哲这老东西。"

"吴哥，你得好好教教我，你是咋想的，我怎么早没跟你……"江跃龙涨红的脸往桌面上一拍，睡着了。

“这孩子实诚，很适合去干大事。”吴父道。

“江老四原来是拉小畏去给小龙当陪衬。”吴母道。

“这叫歪打正着，弄巧成拙，我早就看出来了。”吴父义愤填膺。

“你看出来什么了，是谁一口一个，啊你江叔对你有恩，这你得去。”吴母瞬间开启了“打脸模式”。

“我……我那是将计就计。”吴父反驳。

“你俩别吵了，给跃龙家打电话吧。”吴畏把酒丢在一边，盛了碗米饭匆匆扒拉开来。吴母正要去房里拿手机，大门嘭嘭嘭响起急促的敲打声，吴母转向开了大门，就见江思哲面色紧张地冲了进来。见一家人在吃饭，江跃龙握着酒杯趴倒在桌上，顿时挤出一点儿客套的微笑，着急言道：“哟，正吃饭哪，来得不是时候，不是时候。”

吴父放下筷子，站起来道：“谁说不是时候的？正是时候，正是时候。来，来，赶早不如赶巧，你看跃龙喝高兴了，跟我还没喝呢，来坐下一起。”

江思哲摆摆手，道：“哎呀我不是来吃饭的，我听说一大早糖业公司的领导班子集体上家来看小畏了？是啥情况？小畏不是要回云州了吗？”

吴父一听，双手整理了一下衣服，面向江思哲，深深地鞠了一躬，鞠到90度，还停了3秒。江思哲惊道：“老吴你这是干啥，怎么看着跟遗体告别似的。”

吴父站直了，拉过江思哲道：“老江啊，真得好好谢谢你，要不是你专门为小畏安排一个‘常回家看看，常回家讲讲’的活动，小畏哪有今天这场面。赵松龙赵总带着糖业公司所有的科室主任来给小畏汇报工作，说一定要配合小畏，把业绩搞上去，把咱们糖厂的品牌打出去。你说要没有你，咋会是这个情况。”

江思哲一时语塞，脸上印着“不谢不谢，这是小畏有出息，是我应该做的”，身体却不受控制地左右晃动，仿佛心里有鬼。

吴畏道：“江叔你就吃点儿吧，刚好顺道把跃龙弄回去，他自己把自己灌醉了。”

江思哲道：“这小子，就是登不得台面。”

吴畏简单扒拉了两口饭，把位子让给江思哲，招呼了一句说约了朋友谈事，今天不一定回来，就匆匆出门去了。

吴畏曾经是个很天真的年轻人，这是很宝贵的品性。在他这个年纪，宝贵的东西并不常见，但大多数人却并不在意一个人有没有宝贵的品性，而只在乎贵的东西，所以吴畏这种宝贵的天真也未曾带给他宝贵的回应。在梅镇上学的时候，家里疼爱呵护，让吴畏以为这个世界是歌颂童真和爱的。上了大学，出门在外，校园屏蔽了绝大部分社会的污秽干扰，让他以为成年人的生活也当然是光明正直的。带着和善的笑脸，吴畏一头冲进了专业对口的广告行业，被挤压多年的挫折仿佛报仇雪恨一般涌来，让他领略着所谓宝贵的经历。

命运对吴畏特别重视，所谓天将降大任于他，每一次学到的职场规则都是以沉重的代价换来的。换来换去，大任将一个充满爱的天真少年变成了一个愁眉苦脸的落魄白领，还时不时没有“领”可以“白”。快30岁了，从经理的职位被辞退，重新在新东家做起了执行，吴畏的笔记本上写满了暗无天日。

在新东家努力执行的吴畏认识了新来的海袅，一个和吴畏一样，眼睛里写着天真的年轻姑娘。出于天真的本性，吴畏把自己吃亏长过的记性毫无保留地示范给海袅。也出于天真的本性，海袅有一学一照单全收，仿佛继承了临死前武林高手的内力，在吴畏频繁猝死的战场披荆斩棘。

半年后的某一天，海袅发消息对吴畏说：“谢谢你，我打算辞职了。”

“为什么？你不是做得很好吗？”

“因为我在这家公司，就不能喜欢你。”

这是吴畏第一次感到天亮了。

两个人迅速进入了秘密恋爱的状态。以他们的情况，一旦恋爱被公开，对谁都不会有好处，好在很快这种秘密恋爱的状态就结束了。——吴畏又被辞退了。

在接下来几年，命运反复上演苦吴畏心智、劳吴畏筋骨、饿吴畏体肤的剧目时，海袅始终陪在他的身边，一直保持着天真的心态去崇拜吴畏，完全不理会他的公司对他如何看待。直到吴畏已然迈过了30岁的“高龄”，没有房，没有车，也没有坚持超过两年的公司作为他的事业。而对于身边这个人，没有钻戒，没有婚约，甚至没有一句对未来的承诺。

“我带你回我老家一趟吧，你都没有去过。”

“是要见叔叔阿姨吗?”

“当然要见啊。傻妞，没关系，他们人都很好的，一点儿也不凶。”

“我有点儿紧张。”

“不紧张，我家乡可好了，有山有水有好吃的。回去了我带你爬山，我小时候经常爬山的。也可以去河边玩，我家乡的河有100米宽呢，从小镇中间穿过去，从来没有雾霾，也没有车子按喇叭。”

吴畏没想到，第一次带海袅回家爬山，也成了最后一次和海袅牵手。

“我妈想见你。”

梅镇到云州坐高铁也要三个多小时，下车的时候，天空已经擦黑，城市的霓虹灯也闪烁了起来。小别了多日，回到这座城市，吴畏感觉走路都和在梅镇不一样。吴畏走出火车站，掏出手机，给海袅回了消息。

“我到云州了。”

等地铁的工夫，海袅回了信息。

“晚上7点，在我公司楼下的云上咖啡。”

海袅没有透露任何见面的内容。吴畏忐忑不安地提前来到了约定的地点，他知道如果不是有重要的事，海袅妈妈不会千里迢迢来到云州见她女儿的前男友。但好在以往的交流里，吴畏知道海袅的妈妈是一位性格温和到有些懦弱的女性，相信应该不会因为他带自己女儿上了个祖坟而大动肝火。

7点刚过，海袅搀着她妈妈出现在咖啡馆的门口，吴畏招招手。

近一个月没见，海袅瘦了很多，也精致了很多，化着淡妆，穿着黑色的职业套裙。这些年，在海袅见证吴畏一次又一次在职场习惯性跌倒的过程中，吴畏也见证着海袅从一个害羞含蓄的刚毕业的女生成长为一个事业型新女性。海袅和她的妈妈长得很像，都是个子不高，五官玲珑，神态朴素，只不过海袅妈妈多了几缕白发和几道皱纹。

海袅扶妈妈坐好，没有看吴畏，也没有打招呼。吴畏把菜单送过去，海袅给妈妈和自己点了两杯茶，也没问吴畏要点什么。

吴畏尴尬地叫了声“胡阿姨好”。

胡阿姨点了点头，对吴畏道：“小吴啊，你跟海袅的事，阿姨就不掺和了，我尊重你们两个人的选择。如果能合得来，阿姨接受，如果……合不来，你们也别勉强。小吴，阿姨这次来，还麻烦你跑这么远，真是辛苦了。”

吴畏赶忙表态，这是自己应该做的，自己没有把海袅照顾好，净让她跟着自己吃苦了。

胡阿姨又说：“阿姨这次过来找你，是想问你几个事，请你一定要跟阿姨说实话，好吗？”

吴畏坚定地点了点头，心里已经准备好了答案：我爱海袅。我会照顾好她。阿姨你放心。

胡阿姨从自己的挎包里拿出一个信封，打开，掏出几张照片。

“小吴，你仔细看看，这个人你认识吗？”

吴畏接过照片，照片不是特别清楚，应该是从DV录像中截图冲洗的。照片里是一场办白事的场景：花圈，灵堂，烧纸的烟，还有往来拜祭的人群。胡阿姨用手指在每张照片上都点了点，示意是照片上其中某一个人。

这个人的位置离镜头有些距离，藏在人群里，不像是来参加葬礼的人，反而像是围观的群众。看样子感觉像是五六十岁的中年男人，身材精瘦，穿着黑色衣服，戴着帽子。

吴畏看了半天，在脑子里也想了半天，把自己认得的这个年龄段的男人都过了一遍，摇了摇头。

“不认识。”

“你再好好看看，好好想想。”

吴畏又努力地过了一遍，从自己在云州的房东想到江思哲老年俱乐部里的退休干部，还是摇了摇头。

胡阿姨神情落寞地看了看海袅。海袅把手机打开，翻出电子版的照片，放大，把这个男人的整张脸拉到整个屏幕那么大，放在吴畏面前。

这么大个男人的脸摆在眼前，吴畏突然觉得仿佛是有点儿面熟，只有一点点印象，却怎么也想不起来在哪儿见过。

“不认识，从来没见过。”

海袅一把把手机拿了回去，厉声说道：“你连你爷爷都不认得吗?!”

“啊？”吴畏惊得嘴巴都张得老大，“我爷爷？”

“你爷爷，余三吉。”

“我爷爷，余三吉？”吴畏一时间恍惚了几秒，海袅怕不是甩了他之后精神失常？

海袅没说话，只用冷酷的双眼凝视着他。吴畏又拿起照片看了看，如果说自己对爷爷有点儿印象的话，那只有奶奶还活着的时候家里墙上挂着的那张黑白照片了。

照片的左下角是DV拍摄时间的水印，显示的时间是6年前。

“你如果说这个人和我爷爷有点像，那我承认，但是我爷爷1974年就在山里去世了，死的时候就60多岁了。如果他现在还活着，年纪也得有……110多岁了吧。”

胡阿姨叹了口气，拿回了照片，对海袅说："你这孩子，别放不下了，没有人要害你爸，他身体一直就不好。"

海袅低着头，不停地搓着自己的餐巾，眼圈红红的，明显看得出心里憋着话却说不出口。

吴畏给海袅倒了杯水，轻声问她："能告诉我是出了什么事吗？"

胡阿姨道："你海叔叔6年前得了急病，去世了，海袅想你海叔叔，心里放不下，就会胡思乱想一些，唉。"

"我没有胡思乱想。就是这个人，这个人来过我们家，和我爸说过话，我爸就管他叫三吉，没过几天我爸就死了，我认得他。我爸的死一定和他有关系，不然他怎么知道我爸去世了，还藏在人群里。不然他怎么会一路跟到我爸的墓地，还偷偷给他上坟。"海袅哭着说道。

吴畏总算明白了，在自己家祖坟面前，海袅突然间愤然离去，包都不拿就回了云州，一定是因为在墓碑上看见了爷爷的照片。那几年梅镇落实火葬，凡是家里有祖坟的都趁着政策强制执行之前翻修，一室变两室，高需求带来了行业进步，带照片的高档墓碑就应运而生。

"妈，我们走吧。"海袅擦了擦眼泪，拿起包准备离开。

"等一下。"吴畏拦住了她，"海袅，我奶奶去世的时候，我也很难过，我都没让她享什么福她就不在了，我能体会你的心情，也希望能陪你一起走出来。"吴畏说道。

海袅没有看她，依旧扶起妈妈，丢下一句"过几天再说吧"就离开了。

晚8点的云州，夜生活才刚刚开始，而对于吴畏以往10年在云州的经历，晚8点的云州刚刚开始的除了夜生活，还有要加班的工作。

吴畏回到住处，打开房门，曾经和海袅一起租住的小窝变得特别干净整洁，因为海袅把她的东西全部拿走了，属于吴畏的东西剩不下多少。空荡荡的房间响着空荡荡的呼吸声，哪怕灯亮着，吴畏也觉得眼前只有黑暗。

18　诗

“我爸妈相识于秦淮河边，后来我妈就画了这幅画，画完的时候我爸已经不在了，我妈就题了这首诗。”

当初与卿沐秦淮，
且看花雨对楼台。
闲枝疏影云遮月，
三三两两去去来。
那时阁窗初过晚，
小院篱笆卧成排。
听君一句妾何如，
不问白首问天涯。

——题·秦淮夜雨图

“是在一场秋雨时认识的。”

“对，我妈夜游秦淮，突然下大雨，我爸就把她的鞋子拎在手里背着她跑，一直跑到一家卖秦淮小吃的饭馆。我妈过意不去，请我爸吃了个汤圆，我爸就给她讲汤圆的故事。”

“那你应该感谢这场雨和这份汤圆。”

“我不感谢，我妈后来过得并不幸福，除了画画，就没见她开心过。”

“秋天的夜晚，下大雨，还用了那么重的红色，艺术家的审美真看不懂。”

“是吗？我一直以为，我妈是想把这个场景记忆在自己的血液里。”

“也许吧，你应该亲口问问她。”

“走吧，到我房间来。”

进门的一刹那，庄离有些尴尬，才明白水巫说的“到我房间来”是指她的卧房。

相遇未忘，
相逢是错，
相思难过。
岁月催容颜，
只愿天地隔。
小女如君长流水。
曾不想，
帆过影孤。
郎心在故土，
天涯无安处。

“这是我18岁生日的时候，我妈送给我的画。画我倒是看着她画完的，字是生日当天题的。”

“这好像是……《忆少年》?”

“对，我一直以为是首现代诗，后来才知道是首词。”

“这写的内容不像是给你庆祝生日啊，倒像是在哀怨你的父亲。”

“对啊，没错，是在哀怨我爸，怨他不辞而别，一去不回。”

“郎心在故土，你父亲是……”

“不知道现在死没死，那会儿应该是还活着。”

“为什么要不辞而别?”

“不知道。”

一阵清风吹过，微微的风铃声响起，青色的窗帘随风摆动了几下。水巫的卧房几乎全是青色的摆设，床单、被子和枕头是青色的，墙壁是青色的，地毯也是青色的。

“这窗帘是古远送的吗?”

“是。从法国带回来的。”

“其实我觉得他各方面都不错，虽然有点儿神经质，但看得出对你挺上心。”

“怎么，收了古远的好处，要帮他做媒了吗？”

“那倒没有。上次听他胡扯了一通上古文明史，觉得他说的虽然内容离谱，专业和逻辑倒是很清晰，你也不用那么排斥人家吧。”

“我没有说他专业不行，也没有说他逻辑差。古远出身考古世家，父亲是名人，他自己是法国第一大学考古专业的高才生，会四国语言。”

庄离没有说话。

“但我就是烦他。”

“噢……不对眼。”

“我让你看画，你提这个人干吗？说完这个人我得在房间里喷香水。”

“我真的看不懂，认认字还行。”

“那你继续来认字，到外面来。”

西行十万八千里，
梦观日月五百年。
一禅一马一笔砚，
不登须弥不回还。

“这个画我认识，这个中国人都认识，这是《西游记》。但是……题的字又不像全在说《西游记》。”

“为什么？”

“你看啊，第一句显然是西天取经，第二句应该是孙悟空被压五行山，第四句是不到印度神山须弥山就不回来。第三句的一禅一马好理解，就是一笔砚不知道是什么，唐僧去西天也没说带着笔和砚啊，就算带着，也不至于那么重要吧。”

“也许是说记录《西游记》的人呢？”

“吴承恩吗？吴承恩也没跟着去啊。”

“来，下一个。”

半世帝王半世僧，
拂了日月江湖尘。

大梦河山一万载，
无谓乱子问胡门。

“这个，看得明白吗?”

“半世帝王半世僧……这是说顺治皇帝，后面的……不懂，画上也看不出来。”

“这幅画我妈画了三层，画一层，不满意，在上面画新的盖住，所以这幅画特别厚。”

“这几幅都是一些意象化的表达，不像徐福那幅一看就知道是什么场景，所以很难明白。”

“那再换一个，走。”

“你等会儿啊，那个……”庄离叫住水巫，“我能问一下你给我看这些画是要我做什么吗?”

“不要你做什么啊，怎么了，不爱看吗?”水巫答道。

“我有点儿不明白。”

“你不明白的事多了，一定要问个为什么吗?”

“我怕我不能领会……让你失望了。”

“行，那就到此为止吧，我们去吃饭，给你送行，我去换身衣服。”水巫转身进了自己的房间。

早晨来的时候还是晴天，这会儿居然下起了雨。

“照这么下，待会儿你得背着我回去了。”水巫望着窗外。吃饭前还能看见对面的街景，这会儿窗前站满了躲雨的人，挤来挤去十分狼狈。

“行啊，我没问题，只要你愿意。”庄离总算把自己这份牛排吃了个精光。这家餐厅隐藏在老城颇有年代的古建筑群里，价格不菲，服务生都是外国人，菜单也都是英文。庄离并不喜欢这种腔调的场所，一方面因为消费不起，另一方面也不喜欢行为举止受到所谓西方礼仪的约束。

“你不想背我吗?”

庄离想了半天，只能答道：“你这个问题我都不知道怎么回答好。”

“不想背就算了，想背我的人多着呢。”水巫生气地转过头，又叫了一壶红茶。

“我们是两个世界的人，你这样调戏我，有失身份。”

“我们是两个世界的人吗？哪两个世界?”

庄离把双手一摊，道："我一无所有，就要离开这座城市了，而你过着锦衣玉食无忧无虑的生活，想做什么都可以，我们难道不是两个世界的人吗？"

"你怎么知道我无忧无虑呢？"

"我猜的。我感觉，你生活中的一切都在你的掌握之中，你的财富，你的朋友，你的客人，还有你的追求者，你游刃有余地保持着你想要的距离，影响着他们的行动。能控制生活的人是强者，强者自然无忧无虑。"

"你觉得一切都在我掌控之中？"

"是啊，我觉得。"

"你就不在我掌控之中。"

"我没有你要掌控的价值，我说了，我们是两个世界的人。"

"那你有没有想过，为什么我会接你的电话，会和你一起吃饭，会给你看我妈的画，还让你进我的房间？"

"我不知道，也许是调戏我的一种方式吧。"

水巫看着庄离，没有说话。

"总不会是看上我了吧，你连古远都看不上。"

"如果是呢？"

庄离放下茶杯，一脸严肃："我希望你不要跟我开这种玩笑。"

水巫又绽放了她招牌式的微笑。尽管穿了一身仪式感很强的套装，笑起来仍然似少女般的顽皮。

"肯定不是啊，逗你的。"

即便水巫这么解释，庄离却很难再从负面的情绪中恢复如初。

"我有过失败的婚姻，女儿不在了，前妻也离开了我，选择了别人，这种玩笑我开不起。"

"对不起，我并非有意的。"

"像你这样……自由活着的人，恐怕体会不了，也不能怪你。"

西餐厅缓缓响起了钢琴声，一席白色长裙的金发女子在不远处弹奏着一曲平和的乐曲，所有人都停下了交流的话语，有些客人还回过头注视着她。一曲终了，餐厅里回应起感谢的掌声。水巫跟着人群拍了拍手，庄离则没有动。

"你打算去哪里？"水巫问。

"大离山。"

"去做什么？"

“支教。”

“还是做老师?”

“是的，我也只会干这个。”

“能维持生活吗?”

“会有些补助，我对生活没什么需求，能活着就行。”

水巫从包里掏出一个信封，放在庄离面前。庄离打开信封，是一沓现金。

“乔伊给你的，我转达了你的意思，但是他执意要给，你拿着吧。”

“我不需要，你还给他吧，我什么也没做，还拿了几本书走。”

“那就算是乔伊资助你将来的学生，交给你支配，给孩子们买一些学习用品。你如果不要，我还得托人去办。”

庄离想了想，把信封装进了自己的口袋。

“我没有想调戏你，我也不是那么随便的人，古远我连大门都没让他进，更不要说卧室了。”

“我也没有和古远攀比过，那是你们俩的事，和我无关。”

“哎呀，怎么好像说的我在巴结你一样，真是气死了。”

“那你说吧，你给我这么高规格，是看上我什么了?”

“你会写诗。”

“那你应该去各种诗社、作家协会什么的。”

“在我很小的时候，我爸一边教我识字，一边教我妈写诗读诗。我妈以前是个特别……崇洋媚外的人，学画学的是西洋画派，说话也是洋腔洋调，她喜欢的明星是外国人，喜欢的歌、电影、穿着打扮都是国外的。自从认识了我爸之后，她慢慢就变了，开始喜欢中国文化了，喜欢中国诗歌、中国画、中国茶道、戏曲，你看到我妈画画的风格很奇怪，就是在这个过程中形成的。她在画上题的诗，都是我爸一手教会的。画画是有风格的，写诗也是有风格的，从小我就在他们俩的作品中长大，这个东西现在真的很少有人接触了，但是我第一次看见青墨的墓碑，就觉得……这很像我爸写的诗。”

庄离愣了半天，呆若木鸡般说道：“原来你不是要我当男朋友，是要认我当干爹啊。”

水巫也愣了半天，爆发出肆无忌惮的笑声，笑得整个餐厅的人都在朝这边张望。

“那你可以放心了吧，我怎么也不能调戏干爹呢。”

“那古远得像尊敬长辈一样尊敬我了，这个不吃亏，我同意。”

“说真的呢，我让你看我妈的画，其实是想让你看看她写的诗，我觉得你能看出她诗里想说的话。”

庄离摇摇头，道：“你妈写的诗，内容是有些奇怪，但是我看不出来到底是什么原因。你妈后来去哪儿了？”

“我爸走了之后，我妈就得了抑郁症，前几年自杀了。”

“……对不起，我不知道。”

“没关系，自杀对她来说是一种解脱。抑郁症很可怕，我也不想看到她一直承受那种痛苦。”

“雨停了，时候也不早了，我送你回去吧，以后……可能未必能再见了。”

19　新糖上架

新产品的研发非常迅速，白梅糖业的各个科室都把这项工作看成了烫手山芋，只要流程走到自己这里，不睡觉也要赶紧办完，让它进入下一个环节。有了赵松龙的表态，有了王大健的支持，江跃龙在曾经奋斗过的各个车间疯狂操作，7天总共只睡了20个小时，大有我“江汉三”又杀回来了的气势。趁着自己在云州等待海袅的召唤，吴畏找到之前几个关系还不错的同事，为新产品设计了新的包装和广告策略，并第一时间发回了糖厂的包装车间落实制作。半个月之后，江跃龙给吴畏打电话，虚弱而又兴奋地说道：“吴哥，可以回来验收革命的果实了。”

吴畏在这半个月里约过海袅几次，无奈每次都被海袅婉拒，说的话没有超过五句。白天，吴畏为糖厂的未来激昂奋进地干着老本行；晚上，吴畏为自己的过去泪眼模糊地回忆失去的甜蜜。岁月在这个男人的而立之年上演着青春年代应有的剧本。眼看回糖厂的时日已迫在眉睫，吴畏只好给海袅写了封邮件，大致解释了一下这一个多月发生的事，表示自己目前正在另一个既熟悉又陌生的领域奋斗，并且看上去小有成就，同时表达一下关心和希望复合的诚意，有需要他的时候尽管吩咐云云。吴畏已经知道这次分手的幕后黑手是跟自己没有血缘关系的爷爷和梅镇某个不知名的墓碑供应商，对自己这些年亏欠海袅的内疚弱化了许多，言辞也有了些硬气。发完邮件，吴畏感到心里的压力小了不少，在今天这样一个只要能用表情包就懒得打字的年代，写一封正式的信函已经是巨大的尊重了。

吴畏在白梅糖业的接待室里看到了自己的新作品，江跃龙像一条猎狗一样守护着一张被红布盖住的桌子，周围是白梅糖业一众领导。见吴畏到了，江跃龙大喊了一声：“各位领导，我们来见证历史性的时刻吧！”

“尊敬的赵总，尊敬的各位主任，下面由我来给大家呈现我们从糖厂车间刚刚下线的重磅产品——白梅三宝。首先，我要向大家展示的是我们白梅124厨神冰糖，炒菜放一块，红烧放两块，糖醋放四块，冰糖的比例和重量由我们糖厂75岁高龄的食堂大厨崔师傅亲自把关调试，采用了我厂最高水平的冰糖制作技术，保证从来没有做过菜的人也能轻松掌握糖的用法。其次，我要向大家展示的是白梅‘1+3’古法红糖，一块红糖搭配三种中草药，滋阴补气，缓解疼痛，是女同志每个月的好朋友。最后，我要向大家隆重介绍，这次新产品研发难度最大、级别最高的产品——白梅000无糖宝，让所有糖尿病患者再一次拥抱甜蜜。”

周围响起了热烈的掌声，赵松龙带头鼓得特别起劲，唯一没有鼓掌的卢秘书忙前忙后地拍照。

赵松龙发言道：“这大半个月以来，在吴组长的带领下，我们糖业公司和糖厂紧密团结，高效生产研发，才有了今天的劳动果实，实在来之不易。尤其是跃龙小同志，那真是起早贪黑，几乎就是吃在车间，睡在车间，亲眼看着新产品下线，这种精神值得我们所有人学习。让我们再一次给我们品改小组的两位领导鼓掌！”

身边再一次响起了热烈的掌声，经久不息，直到赵松龙停下。

江跃龙十分兴奋，盯着吴畏道：“吴哥，你也讲两句。”

吴畏反复察看桌子上的新产品，表情由喜悦变成严肃，待到身边都安静了，转身对大家说：“这几样东西要重做。”

江跃龙大惊道：“为啥？”

吴畏挨个儿拿起红布上的新产品说：“这个冰糖的小包装用的是奶糖包装，要把小袋撕开，才能取出来一颗。人在做饭的时候，手上一定有油或水，这个时候是很难撕开的，只能用剪刀剪，增加工作难度，不如挖两勺白糖。这个红糖，中草药在底，糖在上，要搭配冲泡，要么得先把红糖全部拿出来，再拿中草药，要么从底下开口，先把中草药拿出来，再拿红糖。一个正在被疼痛折磨的姑娘，要让她这么冲一杯红糖水，只会让她更加愤怒。还有这个无糖宝，糖块太大，不知道是直接用来吃的，还是用来烹饪调味。如果你是糖尿病人，你对糖的摄入是非常敏感的，这种不明确是用来干什么的糖，你是不会轻易吃的。”

房间内鸦雀无声，江跃龙都快哭了，原本一团和气的各个领导也被迫眉头紧锁，故作沉思状。

“不过没关系，这些都好解决。”吴畏又道，“跃龙，你让包装车间用无菌食用纸包装冰糖粒，就是像你小时候吃的大白兔什么的，两手一拉自己就能转开。把中草药也等分，用同样的包装方法装成小粒。红糖不用袋装用盒装，红糖放盒底，在盒口做一个夹层放中草药，这样打开盖子就是中草药，拿出夹层就是红糖。这个无糖宝做成带口味的，水果味也好别的味道也罢，然后压制成药片大小的小颗粒，装瓶，30粒一瓶。需要重新设计的包装我会安排好。”

听到吴畏赶在赵松龙要求畅所欲言之前就提出了解决方案，各个主任长舒了一口气，纷纷交头接耳表示肯定。

赵松龙道：“吴组长真是精益求精，严格要求啊，大家给吴组长鼓鼓掌！”

身边响起了第三次掌声，赵松龙停下主任们都没有停。

白梅牌的糖产品终于赶在9月之前批量走向了市场，这是白梅糖业的第一批原创产品，也是糖厂四五年来的第一个新产品。

除了白梅124厨神冰糖、白梅“1+3”古法红糖和白梅000无糖宝，白梅糖业还推出了“甜甜蜜蜜一家糖”的礼盒装，给爸爸、妈妈和妻子的馈赠礼品，主要面向的消费者是那些爸爸有糖尿病、妈妈做菜齁甜、老婆经期痛苦的暖男客户。白梅糖业的产品迅速铺进了周边县市的超市和零售店，吴畏全程参与了所有铺货、营销和广告的过程，让白梅糖业销售科的主任和各个渠道经理十分痛苦。在吴畏的经验里，品牌、推广这些是熟脸，物流、仓储、摆货上架、潜规则是陌生人，吴畏在严格把控所有产品释放信息的同时，也时不时以无知青年般的举动干扰着销售台面以下的工作。销售科的同志敢怒不敢言，只能旁敲侧击地提醒，或者只能认倒霉去拆东墙补西墙。但是总体而言，工作的开展算是顺利，在糖厂饿死的骆驼比马大的背景下，全省的主要经销通道陆续畅通，白梅这个品牌再一次出现在广大百姓眼前。

海袅再也没有给吴畏发过消息，也没有回他的邮件，仿佛梅镇这个平缓的小盆地从来都没有过她的到来。吴畏在深夜仍然会想起她，想起以前的岁月，想起身边有她的时候，总是能心平气和地接受自己被生活打趴下。渐渐地，吴畏不再为这样的事实痛不欲生，至少在奔波于各个城市乡镇，坐完大巴坐出租，坐完火车坐三轮车的时候，身体的疲惫总是能掩盖掉一切精神的创伤。

一周连续跑了四五个地方，吴畏总算从省城回到了梅镇。秋老虎的太阳还是很烈，正午晒得人睁不开眼。吴畏出了汽车站，娴熟地在路边挑了辆还算新的三轮车，招呼去糖厂。三轮车舒适性虽然差，但只要3块钱就能去到镇上任何一个地方，也不用等红绿灯，走街串巷，效率奇高。但今天正赶上中学放学，山呼海啸的自行车占满了本来就不宽的路，三轮车只能顺着自行车海蜿蜒前行，时不时遇上飙车打闹的学生还得紧急避让。吴畏撩开三轮车屁股后的帘子，看着这场景，仿佛回到了自己的青春年代，那时候自己骑着一辆蓝色的自行车，篮子瘪了，车链子经常在上坡的时候掉，掉了只能自己推着回家。学业辛苦，却是真正的无忧无虑。

吴畏到家的时候，戴秘书也在，吴父正在以他特有的口才劝说戴秘书留下吃午饭。戴秘书称就是不想打扰所以才这个点儿来，没想到还是撞上了。

吴畏让吴父把酒倒上，自己洗了把脸，招呼戴秘书坐下喝两杯。自从新产品打入市场，厂里三个车间的工人从待岗状态恢复生产，配合着江跃龙不遗余力的宣传，吴家的民间口碑与日俱增，吴父出门时打招呼的人明显多了几倍，仿佛成了厂里的网红。舆论地位提高之后，吴畏处理事情就好办了许多，比如留戴秘书吃饭。戴秘书说自己已经吃过饭了，既然吴畏刚出差回来，就坐一会儿，算是接风。

吴畏把酒杯举起来，和戴秘书碰了一下。吴父把戴秘书送来的聘书又挂在了墙上，左看右看，确保没有挂歪才上桌。

戴秘书例行询问吴畏的近况，出差去了哪里，要办什么事情，工作是否好开展，等等，吴畏也习惯了戴秘书的交流方式，一应作答。三杯酒下肚，戴秘书明显高兴了许多，在吴畏这里总是能听到好的消息，比如这次吴畏去省城不但确保了现有渠道的畅通，还顺利启动了白梅网店的工作。

戴秘书道："厂里的年轻人要是都能像小畏这样，有能力，有魄力，咱们糖厂早就打向全国了。"

吴父吴母听完，立刻端起酒杯一饮而尽，仿佛是在代表厂里年轻人群体表态。

吴畏头也没抬，嘟哝道："戴哥，咱们不是说好了别扯这些花里胡哨的嘛，你看你老是犯规。"

戴秘书哈哈大笑，道："怪我怪我，当秘书习惯了，就喜欢吹捧领导，我自罚一杯。"

吴畏也笑道："领导在哪儿呢？领导在办公室里呢，咱家哪出得了领导。"

戴秘书感慨道："其实，说实话，小畏你这几个月给厂里带来很多新的变化，可能你看不到，但是我看得到。"

"啥啊?"吴畏问。

"人变了，厂里很多人都变了。"戴秘书回答，"咱们王厂长，就是你王叔，上个月买了一堆书，一有空就学习，羽毛球都不打了，什么互联网思维、定位、品牌理论基础，学到高兴的时候还拉我一起分享，还要组织去大城市学习。我算算他过了年就要退休了，这时候还在拼命学习，你说是不是你影响的。"

"活到老学到老啊，王叔以前开会的时候不老说?"吴畏说。

"那是开会，领导发言，这么多年了你王叔啥时候自己买过新书。"

"值得钦佩，老当益壮。"

"还有厂里那几个老车间主任，说实话，就像包工头一样，有点儿权力真不拿厂当外人。现在你看，被跃龙一脚插进来，几个老东西紧张得每天准点上班，天天研究生产手册，生怕哪个环节卡壳了，被江跃龙捅上去。现在这几个主任，对待职工变得客客气气。尤其是锅炉车间的老张，当时坚决要处罚江跃龙损坏锅炉资产，现在呢，不但主动让自己老爹退休下岗，还在车间里举行了一个学习江跃龙优秀青年干部的座谈会。"

"那是江跃龙咸鱼翻身了。"吴畏笑个不停。

"糖业公司的就不说了，就说那几个复工的车间。以前为啥让那几个车间停工待岗，就是生产磨洋工，反正干多干少都是死工资，干多了产品也卖不出去，干脆就爱干不干，车间主任也不管。现在不一样了，都说厂里马上要大改革大换血，年轻人大有机会，那些待岗复工的职工都干得一身劲，好多人还联合去报培训班学技术。小畏啊，牵一发而动全身，你就是这个牵一发的人。"

"我没那么大能耐，咱厂那么大，我哪牵得动，戴哥你就会抬举我，腐化我的思想。"

"思想腐化无所谓，现在是有资格被腐化才是本事啊。小畏，我就想，要是哪天你不在厂里了，厂里还能继续这样有生气就好了。"

"那可说不准，说不定哪天就用不着我了。"

"小畏，如果哪天你要离开糖厂，一定记得常回来看看。"

"还得常回来讲讲。"吴畏笑着举起酒杯，四个人又碰在了一起。

20　茉花庄

如果穷不算缺点的话，大离山是个好地方，至少庄离是这么认为的。

火车仿佛是闪电离开了乌云，呼啸着离开繁杂喧嚣的云州，穿过一个左边是山的地方，又穿过一个右边是山的地方，连续不断的画面周而复始地上演，却怎么也看不厌。绵延的山脉覆盖着广袤的森林，山间环拥着河流和良田。平缓的山坡上是短坎的茶园，陡坡上则是果树和栗子树。悬山顶的古老民居时不时聚集出现在远方的田野上，也偶尔有自建的“叠方块”式的二层小楼。人很慢，车很慢，云和风都很慢。

庄离幻想了很多场景。

没有自来水，没有电，没有Wi-Fi，没有不漏雨的屋子，没有卫生间，没有说普通话的人，没有公共汽车，没有鸡鸭鱼肉，甚至没有方便面。

但是有青山，有绿水，有池塘，有稻田，有鱼虾螃蟹，有鸟和虫子，有新鲜的空气，有大自然的声音，有简单的人，有忠诚的婚姻，有乡邻，有求知的孩子，有与世无争。

正适合自己这样一事无成的人。

火车从清晨行驶到中午，从城市抵达了小镇。

梅镇是个藏在山水画中的小城。镇的四周都是青山，是绷紧画布的画框。百米宽的梅雨河从小镇中央拐了两个弯穿过，把小镇一分为河东与河西。河东连接着出县的大路，要翻过一道山坎。河西则连接着进山的县道，直入梅县腹地的各个乡村。因为地形，梅镇在长达半个多世纪的时间里都是梅县的县城。也是因为地形，到梅镇已经把房子盖到山脚下之后，县城就被迁移到更靠近火车站的青林镇了，那里有比梅镇大得多的平原，还有多得多的房子。梅雨河就像一支大画笔，雨季时泼墨，旱季时勾勒，全年无休地琢磨着这一小片安静的土地。山是画，水是画，房子是画，姑娘也是画。

从火车站到梅镇，还要坐40分钟的专线公共汽车。公共汽车开得很慢，经常被摩托车超过，但是车上的人都不着急，随着颠簸的节奏摇晃自己的身体。专线在梅镇的终点站就是汽车站，下了公共汽车就可以直接搭乘去县里各个乡镇的中巴车。从志愿者给的行程计划上看，从梅镇到茉花庄还得中途倒一班车，总共至少得4个小时。肚子饿了，水也喝完了，庄离打算先下来走走，过了中午再出发。

汽车站对面是梅县中学，这会儿正是中午放学的时候，散发着青春气息的自行车如潮水般从学校的大铁门里涌出，穿着红白校服的女生会慢一点儿，蓝白校服的男生则凶猛许多。校门口的书店和小饭店很快热闹起来，行人和学生的钱仿佛是这个世界上最容易赚到的钱。

庄离在路旁找了个门头看着干净点儿的小饭馆，点了个菜，坐在桌旁。马路边聚集了很多三轮车，偶尔有从汽车站里出来的人问个价，就从车口钻进去，三轮车就以极大的"突突突"的噪声飞驰而去。饭馆的老板兼大厨三下五除二就把菜做好，交给了老板娘兼服务员端上了桌。庄离尝了一口，重盐重油重辣椒，不过倒不难吃。一盘回锅肉片，8块钱，米饭免费，茶水也免费，小饭馆总共就四五张桌子，坐满了人，老板和老板娘一刻也停不下来，前后忙活，说话和脚步都是匆忙的。庄离看着满是油污的墙壁和老板身上的围裙，也许时间在他们的生活里留下的是日复一日的习惯和依靠。

要去茉花庄，得先从梅镇坐中巴到清水冲，再坐村村通的小巴去茉花庄。村村通每天只有两趟往返，下午这趟车在4点钟左右发，庄离要赶在1点钟之前坐上去清水冲的客车。中巴顺着学生放学的方向沿路前行，穿过了横跨梅雨河的白色大桥，穿过了百货大楼，穿过了出镇的坡口，往青山的深处开去。天空是湛蓝色的，远方是碧绿色的，车下是土黄色的，世界是上下跳动和左右晃动的。

直到庄离的双脚踏上茉花庄土地的那一刻，世界终于平稳了，庄离也吐了。小巴车只把庄离丢在路的一旁就离去了，并没有人和他一起下车，路边也没有人，甚至这里是不是茉花庄都没有一块碑或者一个牌子来告诉他。小巴车走的这条路很窄，只有一车宽，隔着一两百米会多出来一段黄土，供交会的车错位。坑坑洼洼的泥巴路的一侧是陡坡与河沟，河沟的另一边就是陡峭的山壁，另一侧则是一排不规则的耕田，种着不知道是什么的庄稼。

庄离爬下河沟漱漱口，洗了把脸，在土坡上扶着树坐着休息，颠簸一整个下午，着实让他难受得够呛。行程计划上并没有写小巴下车了要怎样行动，手机也只有微弱的通话信号，网络根本连不上。日头偏西，太阳把树的影子拉得很长，风也渐渐凉了下来，青蛙开始歌唱，远方的山尖也从绿色变成了泛红光的黑色。

“我是会被蛇咬死呢，还是被狼吃掉?”庄离揉着胃想。

“庄老师！庄老师！……”远方传来几声呼喊。庄离站起来张望，来时方向的暮色里有个人影在朝自己奔跑。

“庄老师，庄老师。”来人跑到庄离面前，喘着气，说着蹩脚的普通话，“哎呀，真对不住，早就该过来接你了，那几个娃娃家长来退学，一直争取到现在。庄老师你可算来了。”

庄离把自己没喝的水递给他，让他先歇口气。结果那人摆摆手，拉起庄离就往回走。

“庄老师，先跟我回家，天黑了不好到外面来的。还没吃饭呢吧?”

来接庄离的人是茉花庄小学的校长兼主要老师王承成，身高不到1米7，瘦瘦小小，戴着一副厚厚的黑框大眼镜，年过四旬头发就开始白了。回家的路上，王承成简单地介绍了一些茉花庄的情况，比如风景秀美、人杰地灵、村民朴实、物产丰富之类的，仿佛这里除了没有老师，什么宝贝都有。庄离本身就不舒服，王承成带路走得又快，还得时不时搭理两句。原本以为校长都亲自来接自己，想必是离学校不远，没想到这一走就走了半个多小时，走得庄离感觉自己是在跟着黑白无常下地狱。

王承成的老婆一直在门口张望，看到王承成带了个人回来，赶忙把狗打到一旁，把两个人迎进屋。这是间还算宽敞的土房子，中间是堂屋，两边是两个卧室，侧边是厨房。堂屋里点着一根白光的电棒，菜和饭已经上桌，还准备了一瓶白酒。王承成的老婆笑着对庄离叽里呱啦说了一通，庄离也没听懂，只能装模作样地打着招呼。

王承成让庄离坐下，倒了杯酒，要给庄离接风。庄离解释了半天自己晕车，在来接他之前已经吐了个把钟头了，胃里实在受不了。王承成放下酒杯，拿起筷子，道：“之前那位老师也是不能喝酒，一喝酒脸就红。两个月前，学期结束，村主任在学校摆酒非要敬他，他喝多了，跑到学校外面的土坡上唱歌，摔下去了，酒醒了之后就走了，不再来了。”说罢吃了两口菜，又插了一句：“俺们这个地方，酒是很重的情。”

庄离勉强听明白了，思索再三，先夹了一大筷子青菜吞了下去，举起酒杯道：“我谢谢校长来接我。今天实在是身体不好，平时我还能稍微喝点儿，我就干一杯吧。”说完一口闷了下去。校长两口子感动至极，也纷纷举杯一饮而尽。这白酒浓烈辣口，酒瓶子上也没有商标，庄离使劲眨了眨眼，记起上学时学过工业酒精会导致失明。

王承成道：“因为没有老师，学校到今天还没开学。明天先带你去学校看一下，把住宿安顿好。学校宿舍条件有点儿差，主要是蚊虫多，我早上给你的床装了蚊帐，睡觉会好一点儿。”

庄离表示感谢，胃里难受，饭菜也吃不下。

王承成的老婆又说了几句，王承成像刚反应过来一样，问庄离道：“你咋没带东西来呢，就这一个包包怎么行?”

庄离只好解释行李还在云州，等这边找到地方，就让人把行李寄过来。

王承成哦了一声，点点头，道：“这个也对，大包小包，山路不好走。但是俺们这里不通邮包，邮政的邮包可以送到清水冲，其他快递的邮包就只能送到梅镇。一般学校的东西都是送到梅镇，有一个专门代收货的地点，俺们再托人去捎回来，俺把地址给你，你就寄到梅镇吧。”

庄离点点头，说听校长安排。

王承成又道：“那你就先别住宿舍了，你就在俺家先住下吧，就住俺女儿屋，她在外面上班，一年也回不来几次。”

山里的夜晚，安静到时间仿佛也进入了梦乡。微风是如何拂过山岗，夏虫是如何爬过窗棂，溪水是如何越过河沟，老狗是如何睡去，一切都沉没在无尽的黑暗中，却又如舞台一般呈现在庄离眼前。床板很硬，被窝有点儿凉，未来有点儿未知，就像那首歌唱的一样：

你说要给我光明，我却习惯了黑暗。
你说要停止漂泊，我却又背起行装。
你说别太辛苦，生活就是这样。
欢喜到头不是忘记，就是恨到断肠。

你说会好好打算，我却心向远方。
你说总身不由己，我却把爱已封藏。
你说为自己活着很难，想放而不能放。
半生换来不是名利，不过刀锋剑芒。

你说再不愿失去，你说没有希望。
你说你是光，你说你是有毒的糖。
你说你的船上不了岸。
你说我们的故事截止到回故乡。

你说生活很凉，
你说到80岁还很长。

第二章 大离山

21 九儿

大离山的冬天快到了。

九儿已经习惯了闹腾调皮的折腾，现在就算孩子在它面前跺着脚地吓唬它，它也趴着爱搭不理，除非是庄离敲它的饭盆，它才会连蹦带跳地蹿回来围着庄离转。

九儿是王承成家旺蛋的儿子，庄离刚到学校没几天，旺蛋就生了。开学之后，庄离从王承成家搬进了学校宿舍，王承成看他一个人孤单，晚上学校又黑灯瞎火的，就抱了一只给庄离，让他留在身边做个伴儿。那天是初九，庄离就给狗儿子取名叫九儿。

九儿成了庄离入乡随俗的重要道具。有了九儿在身边，村里的娃娃愿意靠近庄离，愿意跟他说话，老师和学生之间有了可以共同讨论的对象。九儿天性继承了田园犬热爱自然拥抱自然的特点，不怕生也不卖萌，给吃的就摇尾巴，欺负就咬，哪怕腿短毛细，也能把熊孩子追到跳下田埂糊得一身泥。九儿和庄离感情很好，在学校的每一个漫漫长夜，庄离趴在桌上备课写材料，九儿就趴在庄离脚边，不吵也不闹。庄离无聊了就和九儿说话，九儿也听，听得多了，九儿就成了村里唯一一个听普通话长大的生命。九儿不挑食，也没得挑，庄离吃什么它就吃什么，有时候撒欢跑累了，吃不饱，就自己去外面扒拉吃的。最远的一次跑回自己娘家蹭饭，直到夜里才被庄离抱回学校。

茉花庄的学校建在山腰上，有一条缓坡路，要绕着山腰走一圈，得走20多分钟。孩子们经常迟到，就热衷于爬近道，从陡坡手脚并用地攀上去，一般不到10分钟就能到操场。庄离几次想尝试一下爬陡坡，无奈自己从上学开始就忽视体育运动，不光力量不足，协调性还差，看着娃娃们上蹿下跳，自己当老师的只能羡慕，迈开双腿走缓坡。后来实在不想走罗圈路，干脆能少下山就少下山，就把学校当成自己家了。

庄离最怕的是下雨，只要一下雨，山路就没法走，陡坡缓坡都是泥泞。为了盖这所学校，当年砍了半座山的树，也没种回去，雨水一大，人就难行，村里人就不让娃娃上学。所以孩子们看见下雨就开心，都不用请假；庄离看见下雨就犯愁，不但课又落下了，自己还得一个人在学校待一整天。

站在操场上，能够看到茉花庄的全貌，夹在几座山的山沟里，几条小溪冲刷出的平地，村民们世世代代在这里生活。雨季捕河鲜，冬季晒山货，春秋季靠耕田劳作营生。他们不争不抢，把人情和规矩看得比命还重，一个村子就像一家族人。王承成花了一整天时间，拉着庄离挨家挨户地走了一遍，每个村民都很客气，要摆饭桌请新来的老师，王承成一一婉拒，最后还是把庄离带回自己家吃住。王承成把庄离介绍给全村的人，是想告诉他们学校又有老师了，娃娃们该来上学了。

初冬的大离山，早已经不是几个月前漫山碧绿的样子，深秋的金黄在几阵寒风之后纷飞枯萎，灰褐色的群山露出了本来的面目。大离山的山都不太高，海拔超过1000米的峰都寥寥可数。大离山的美在于连绵不绝，层峦叠嶂的山脊线像工笔画一样悬浮在远方的天空，越远越浅，隐没在云里，仿佛有着无数永远也到达不了的秘密。

听过几次庄离上课之后，王承成就放心地把教学任务派给了他，自己则忙碌于招生工作。大点儿的孩子家里，一逢农忙时节就不愿让孩子来上课，不如去田里帮忙干活，而且一呼吁就是一群。王承成就要挨家挨户去游说，连蒙带骗再附赠几句违反《义务教育法》的恐吓，才能把孩子接来。小点儿的孩子家则好得多，大人权当是把学校当成托儿所，免得自己操心。村里只有两户人家是正经支持孩子上学，都是因为自己在镇上务工，算是见过点儿世面，知道读书有可能改变命运，而茉花庄小学的学费自己也承担得起。

20块钱一个学期的学费，王承成一般在学期快结束的时候才能全部收齐，只要能收齐，多晚都算满意的结局，不然期末考试的考卷王承成就得自己掏腰包去印了。

庄离学着听懂了茉花庄的方言，虽然自己讲不好，但是利用上课的工夫，把普通话和方言混搭在一起，不妨碍交流。有几个娃娃学普通话很有天分，庄离就多和他们说话，有些实在改不过来的，庄离就多听他们说话。有九儿在，庄离和孩子们之间交流的机会很多，反正山腰上也没别人，庄离没事儿就带着九儿在学校转悠，上课时就把九儿丢在操场上。天渐渐冷了许多，山上更是风大，庄离翻遍了房东给自己寄过来的行李，也只翻出两件毛衣和外套，回想了一下，自己对衣食住行一直也没什么概念，在打包行李时丢了不少东西，仿佛丢了棉裤就能丢下笨重的脚步。

庄离把一件缩水了的毛衣铺在了九儿的窝里，和他一起看大离山的第一场雪。九儿很兴奋，不停地叫唤，声音回荡在黑幕般的夜空中。

王承成从梅镇学习回来，推着自行车爬上学校找到庄离，要他下课了去家里吃饭。庄离想到盘山路又要走个来回，心里不是很情愿。王承成从自行车后座上丢下一捆棉被，叫了两个大孩子给送到庄离的宿舍，说："俺从梅镇买了酒，你嫂子今天杀了鸡，下课了你就过来，晚上喝多了就别回来了，天怪冷的。"

王承成没说谎，从梅镇带回来的是有商标有纸盒的白酒，王承成老婆也焖了一锅自己家养的大公鸡。这几个月来庄离习惯了粗茶淡饭，每天就着萝卜白菜啃米饭，突然看见油光闪亮的红烧鸡，也是按捺不住激动的心情。一边喝酒、吃肉，一边问王承成家有什么喜事。

王承成道："你来也快一个学期了，期末了，教学任务重，你水平高，娃娃们都听你的话，俺这个校长总要表示表示。愿意来俺们这个穷地方教书，本来就要感谢感谢的。"

庄离在茉花庄和王承成家最熟，相处下来，也没再把自己当外人，听王承成说得这么客气，就知道他有事要找自己，问道："哥和嫂子是不是找俺有事?"

王承成和老婆对视了一眼，自己没说话，他老婆倒是开了口："庄老师，俺们就想问问你，过了年还来不?"

庄离看了看王承成的老婆，山里人并不掩饰自己的内心，也掩饰不了，王大嫂看庄离的表情，就像在恳求一个大夫救命。

庄离道："我当什么事呢，哥和嫂子要是想俺来，那俺肯定要来。"

王承成两口子立刻眉开眼笑，双双给庄离夹菜，本来不大的碗里瞬间多了两个鸡大腿。

见庄离表了态，王承成松了一口气，点了支烟道："以往来俺们这儿教书的，长则一个学期，短则过不了几天，一般一两个月就已经算长了。山里太苦，比不上城里，好多凑热闹的小年轻刚来的时候也很坚定，后来也就教不下去了，就走了。”

庄离道：“俺不觉得苦。其实城里也好，村里也好，苦都是人自己过出来的。俺在的那个城里，很多年轻人每天要挤一个小时地铁，中午吃地沟油做的盒饭，晚上睡在出租的单间里，每天要工作12个小时，呼吸雾霾的空气，你说这不叫苦吗？这比山里苦多了。但是他们觉得城里有机会，能挣钱，就不觉得苦。俺呢，在山上，出太阳就起来上课，太阳落山就回宿舍备课，有哥和嫂子照顾俺，有九儿陪着，俺不觉得苦，反倒觉得很享受。”

王承成激动得酒都倒洒了，用颤抖的双手举杯，三个人碰了一口。王承成道：“从来没有一个来教书的像你这样，你真是俺们村娃娃的福气。”

庄离又道：“哥，俺想在俺们村过年，成不？”

王承成夫妻俩连连点头：“成！成！那咋不成呢。你就在俺家过年，过了年村里有庙会，俺们让你坐正中间。”

“俺们村里还有庙会呢？”

“有啊，俺们村的庙会可气派呢，十里八乡都要过来演的，演三天，就在学校对面那座山上。”

“噢……”庄离想了想，“就是有个土地庙的那座山。”

“对。那块地方是俺们大王尖风水最好的地方，正月十五，这边几个村都要来演庙会搞节目，可带劲的。”

“俺们村谁去演哪？”

“村主任老婆带队的，也就是瞎哄个戏。”

“俺们学生能去演不？”

“哎呀。”王承成面露难色，“能是能，有的大村能出三四个节目，俺们村小，历年都只出一个。但是今年怕是不成，你不知道哇，过年的时候，每家每户都忙得很，娃娃都要在家帮忙的，还要走亲戚，那是每天都不得空，这日子也不多了，不太好练哪。”

庄离道：“上不上台倒不要紧，就是想——”庄离话还没说完，就听到外头大门砰砰作响，响了几下“哗啦”一声，村里小木匠张建军闯进来，心急火燎地喊：“王校长，五绊子又在打他家妞子了，你快去看看吧！”

“这个混蛋。”王承成丢下碗筷就冲了出去。

五绊子家住在土地庙的山脚下，两间土瓦房，一个土院子，院子里堆着捡来的垃圾，每个月清水冲会有废品站的人来收一次。跨过村里的渠沟，庄离还没拐弯就听见有女孩的号哭声。五绊子隔壁家的王家太婆站在门口朝拐里张望，见到王承成跑过来，哆嗦着小步迎过去，说："又开始了，坏透了。"

妞子趴在大门上哭，边哭边敲门。王承成拉过妞子问："你爸又打你了?"妞子点点头，哭得更加凶猛。晚饭后的时间天还没黑透，街坊四邻的人闻声走出来不少，男人看了两眼就回了屋，女人则围在院子外面指指点点。

王承成把妞子拉到一旁，让她和庄离站在一起，伸手拍了拍门，门锁着没动静。王承成冲门里大喊："五绊子你把门给俺打开！"喊了几声，大门没开，门旁边的窗户开了半扇，五绊子端着饭碗朝王承成说："俺当是谁呢，是王校长来了，砸俺家大门做啥?"

王承成拿手指着五绊子说："五绊子你也奔40的人了，你一个男人游手好闲，就会打妞子，你有出息？要点儿脸不?"

五绊子扒拉一口饭，把碗放下，说："王校长，你们当官的咋老是看不起俺们穷老百姓，你哪只眼看到俺又打妞子了?"说罢瞪了一眼妞子，"妞子，你爸俺打你了吗?"

妞子吓得后退几步，躲在庄离的身子后面。庄离伸手一拉妞子胳膊，才发现妞子身上只穿着一件薄褂子，全身冻得发抖。庄离脱下自己的外套给妞子裹上，人群里响起一阵妇女的声音：

"这么冷的天，就给妞子穿这点儿，还关在外头，不冻死才怪。"

"自己还好意思觍着脸在屋里吃饭。"

"俺家剩的馍馍俺去拿给妞子吃，可怜摊上这么个爹。"

五绊子也听到议论声，扯着嗓子对院子外头嚷嚷："死婆娘看啥看？家里没男人？王校长，俺家妞子不听话，俺当爸的教育孩子，应该不犯法吧?"

王承成说："教育孩子是不犯法，虐待孩子罪加一等，妞子已经这么大了，你不送她上学，不给吃不给穿，现在连家都不让进了，你还知道你是当爸的？你这点儿脸皮村里谁不清楚。"

五绊子张嘴骂上："王杆子，你还真把自己当官了，你那破烂学校能教啥？没去照顾你生意就一直跟俺家作对，你这点儿脸皮村里人就不清楚了?"

王承成恨得咬牙切齿："五绊子，俺看你是不太长记性，想进去了是不是？想进去，你就把后事交代交代，俺王承成给你送坟。"

隔壁家太婆从家里拿了一个剩面馍馍，夹了点儿剩菜递给妞子。妞子把脏手在身上来回擦了几下，捧起馍馍就啃了起来，人群里又是一片心疼的声音。

五绊子恼羞成怒，指着外头的人群骂道："你们逼死了俺爷爷，累死了俺爸，现在又合起伙来欺负俺，你们不得好死！妞子是俺丫头，俺自己家事不用你们来教训，都给我滚！"

妞子吓得哇的一声又哭起来，剩的一口馍馍掉在了地上，又慌忙捡起来往嘴里送。庄离夺过馍馍说："这个不能吃了，吃了会生病的。"妞子眼睛盯着馍馍，不敢吱声。

王承成回身拉着妞子往外走，走两步回头对五绊子说："妞子今后就住俺家，没你这个卖亲生女儿的爹。明天法院的不来找你，俺王承成跟你姓。"

王承成一路把妞子带回家，交给老婆照顾。庄离执意要回学校去，喝得少，走路还行。王承成争不过，就要陪庄离走一段。王承成气没消，一出门就开始念叨："五绊子前两年想把妞子卖掉，就要送出去那天，来接头的人贩子在路上被逮了，把他供出来村里才知道。没卖成，村主任和公安就怕他虐待妞子，让他写的保证书，不然就抓他坐牢。这个五绊子就是个地痞，他爸垦了一辈子土，给他留了几分地，他只会偷鸡摸狗坑蒙拐骗，连自己丫头都下得去手，太不是东西。"

庄离说："五绊子说你们逼死了他爷爷，又累死了他爸，是啥意思？"

王承成说："这说来话长，他爷爷村里人都管他叫混三，也是个泼皮无赖。混三怎么死的俺也没见着，只是村里老人家都这么说，说是被下了咒，自己死在田里了，邪得很。混三死了之后留下个儿子，就是五绊子的爹，叫四垅，就是四傻子的意思。四垅是个老实人，也是个怂蛋，一辈子就在山底下垦了几分地混口饭吃。结果他家是有这地痞的种还是怎么的，生个儿子跟混三转世一样，地也荒了，房子我看也快塌了。"

"这种人还能娶上老婆啊？谁会来受这罪？"

"五绊子那个媳妇儿多半也是拐来的，村里人都知道，这个媳妇儿这里有点儿问题。"王承成指指自己的头，"但妞子没毛病，聪明也懂事，就是命苦。"

"那以后妞子咋办？"

"先过着吧。"眼看到了学校山脚下，王承成回身准备回去，"各人有各人的命，只能看妞子自己的福气了。"

庄离一路爬坡，到宿舍的时候酒气也随着汗散了不少，自己倒了杯开水，从箱子里把手机翻了出来。茉花庄只有微弱的通话信号，就算打得通电话，也常常听不清。村里人要打电话，得去村主任或者王承成家用固定电话打。搬到学校之后，庄离用手机的频率越来越低，后来竟到了一连几天都不会摸一下，而且宿舍里只有一个插座，平时要用来插台灯，也没地方给手机充电。少了手机，庄离发现生活反而更简单了，以前时不时就要刷一下屏幕的习惯也没有了，做事情专注了许多。

庄离把台灯拔下，把充电器插上，边喝水边等着手机屏幕亮起。充了一会儿，庄离看电池的信号多了一格，就拔了充电器来到操场上。九儿一晚上没见着庄离，刚见人回来又要出去，也跟着跑了出来。

“是我，庄离。”

电话那头停顿了几秒，一个熟悉的声音响起：

“我以为你死了呢。”

“还没呢，命大，土狼、土蛇都弄不死我。”

“这半年你连个消息都不回我。”

“我这边手机没网，打电话信号都很差，我现在在山上的操场，也听不太清楚。”

“你到底在哪儿？”

“先别问了，手机刚翻出来充的电，一会儿就没了，我求你个事。”

“我就说找我肯定没好心。”

“嘿嘿，我记得老杨那儿有个投影仪，他们平时也不用，方便的话，能不能寄给我借用一段时间，过了年还给你们。”

电话那头停顿了几秒。

“就这事儿？”

“是啊，就这事儿。”

“寄到哪儿？”

庄离一字一句地把地址报了过去。

“还要别的吗？”

“要是方便的话，能不能帮我下一些动画片，《狮子王》什么的，装在优盘里一起寄过来。”

“还有呢？”

“嗯……暂时就这么多，别的不需要了，谢谢。”

“还有呢?”

“没了啊。”

“还!有!呢!”电话那头的声音明显有些生气了。

庄离木然，不知道怎么回应。

“你失踪了半年，都不知道问一下我好不好吗?”

“……那……你好不好?”

“不好。”

“怎么不好了?”

“接到你电话就不好了，很不高兴，很气。”

“我都离那么远了，怎么还惹到你了。”

“你就是惹人厌，不需要理由。”

“可以，可以，我讨厌我知道，但是请你务必帮我的忙。”

“再见!”

电话突然被挂断了。庄离放下手机，刚好也自动关机了。

夜色已深，白天见到的大离山已经完全隐没在星空的幕布下，整个世界只有微茫的月亮和一盏台灯在表达自己所在的方向。九儿冲着月亮叫了几声，它从没看过《狮子王》，学起来倒是有几分像。

22　清水冲有大王

糖厂复工的生产车间越来越多，厂里上年纪的人早晨买菜遇见了，问的第一句话都变成："你家的复产了吗?"

在吴畏的提议下，糖厂生产车间和白梅糖业的骨干每周定期举行例会，通报双方的工作近况。一般都是赵松龙坐主席位，统管大局，负责开始和结束的发言，吴畏在旁边坐着，主持中间的一切。开了几个月的会，糖厂和白梅的这些中层干部都深刻体会到了吴畏的做事风格，通报工作时都主动删掉了修饰部分，把这个重担集中托付给了赵松龙。赵松龙压力也很大，虽然自己不需要事无巨细地管理具体工作，但是开会时也要认真听所有人的发言，好在结尾时总结响应，还要在遣词造句上推陈出新，避免千篇一律，以体现领导层都在进步的道路上不断追求。

例会一般在白梅糖业的会议室开，把糖厂的生产车间拉进团队之后，宾馆二楼改造的会议室就不够坐了，宾馆一楼原本的餐厅就被改造成了会议室，除了空调差点儿，空间倒能满足。

吴畏在12月的第一个周末组织召开了品牌改革半年工作会议，邀请了王大健来主持。王大健因连续接待县里各级领导考察，喝进了医院，趁清醒时段托戴秘书代为参加，表示只旁听，不发言，原则上支持品改小组的决策。戴秘书准时到场，却只坐在场边的座位上，微笑听会做笔记。

白梅糖业的轮值组长先发言。轮值也是吴畏的提议，每个科室主任轮值一个月组长，负责组织其他科室推进工作计划，出问题找组长，给吴畏省了不少事。赵松龙原本极其排斥这个做法，后来发现给自己也省了不少事，就从睁一只眼闭一只眼到全力推广。轮值的组长也顾不上兄弟情长，在自己轮值期间也时不时大义灭亲。

这个月的轮值组长是销售科科长金洪涛，他打开投影的文件，汇报道：“各位领导，各位同事，品改工作开展半年以来，糖业公司目前实现了三个主打产品，六个衍生产品的市场投放，相关的经营数据已经形成表格在屏幕上。由于糖业产品的特殊性，目前主要的经营压力在于货款的回收需要周期，到年底可能会造成资金压力。从各渠道反馈的情况看，我们白梅品牌产品的市场接受度越来越高，相关需求量也在快速加大，预计到农历年底，会比目前的产量再增加35%左右，对生产提出了挑战。接下来，糖业公司的重点工作有三项：一、保质保量地推进产量供给，保证春节期间的销售，这块儿是江科长在统筹。二、拓展省外市场和网络市场，这块是吴组长亲自在抓。三、积极开展后续新产品的研发，推出更多糖制产品。”

江跃龙并没有明确的头衔，吴畏是组长，他是助理，但是叫江助理显得不尊重，所有人就按厂里习惯给他硬加了一个江科长的头衔，江跃龙也欣然接受。

糖厂生产车间主任赵光明接话道：“各位领导，我汇报一下厂生产情况。目前借助糖业公司的产单，厂里闲置的生产线预期在年前能够全面复工，工人也在陆续复岗，完成糖业公司现有的需求问题不大。但是现在有几个隐患，需要跟领导们通报一下。”

会议桌上众人纷纷摊开笔记本准备记录。

“最要紧的问题是原材料不够了，由于这几年减产，用不了那么多甘蔗，厂里降低了采购量和价格，导致很多农户改种了其他作物，甘蔗品质也有所下降。照现在这个速度，明年能保持现在的产量就不错了。”

白梅糖业的主任们眉头紧锁，但并不慌张，这不是自己的事儿。

“然后还有个要命的问题，厂里的生产设备已经老化得不成样子了，非常落后，生产中浪费大，成本高，品质保障很难。厂里只有经验非常老的同志才能使用这些设备，年轻的工人短时间内很难掌握。而且这批设备有一多半已经过期，随时都可能报废。”

要紧的问题和要命的问题都是糖厂的问题，白梅糖业的主任们都认真埋头做笔记，气定神闲不发言。

吴畏问道：“老赵你什么意见？该怎么解决？”

赵光明道：“要我说，原材料可以从外面采购。”

“不行！”采购科主任郭士兵反对道，“糖厂的立厂根本是造福梅县，拉动大离山区脱贫致富，如果我们厂从外面采购原材料，会犯政治错误的。”

赵松龙点点头，嗯了一声，表示赞同，算是自己深度融入了会议的讨论之中。

赵光明又继续说道：“采购如果不行，就只有一个办法：去底下号召农民继续种甘蔗，把园子再兴建起来。如果能增加一倍的原材料生产面积，明年就能保证车间生产。但是这几年糖厂信誉度有所降低，农民不一定会相信。”

“厂宣科可以配合下乡宣传，鼓动农民再投入到甘蔗生产中。”厂宣科股长林帆扬说道。

吴畏点点头，道：“还有呢，设备和工人问题怎么解决？”

赵光明道：“设备没办法，必须要更换新设备。现在我们厂的设备维修都找不到配件了，要全部更换生产线，这个最快也得半年的时间，还得厂领导班子牵头，我们定不了。生产线采购了，还要培训工人，年轻工人学得快，只要新设备投入生产，产量立刻就能翻几番。”

赵松龙很难得在会议中遇见自己擅长的领域，采购是一个，他敲敲桌面，说道：“大型生产线的采购更换事关重大，需要厂最高领导班子指示进行，也必须经过严格的招投标，不是短时间就能有定论。当然，我们可以积极向上面反映，争取早日提上议事日程。”

吴畏道：“这事的确很重要，事关咱们白梅品牌明年的业务格局，这个事我们紧急合计一下，必要的话直接去厂里做领导班子工作。”

赵光明补充道：“总之这几个情况，有一个解决不好，都影响明年的生产。而且现在时间已经快来不及了，农民一般在这时候就已经办好种子，等过了年就种了，这时候去宣传，来不及。”

林帆扬道：“这个事找农民没有什么效果，最好是直接由领导出面，找到各个村镇的政府，用半引导半强制的手段增加生产面积。这几天县里领导来考察得比较频繁，我看可以借助这个机会，让厂领导班子重视一下，一天都不能耽搁。”

“现在我们厂主要的原材料生产基地都在什么地方？”吴畏问道。

“现在主要是三个地区：第一个是镇北的扬梓乡和友各乡，这两个乡是产量最大的甘蔗基地，而且距离梅镇近，借助梅雨河的船运，可以相对方便地运输，所以一直是厂里最主要的原材料基地。但是这两个乡由于地处盆地，日照条件并不好，生产的甘蔗糖分偏低，只能用来生产普通的生活用糖。第二个是县西部和邻县交界的州蓝岭，州蓝岭的产量和品质一直都比较中规中矩，但是地形受限，想要扩张种植面积不太现实。第三个是县南部的清水冲附近，这片地方村落很多，地形和气候都非常适合，往年产自这里的甘蔗品质最好，但是由于距离梅镇较远，交通一直都不方便，所以这些年减产比较严重。”赵光明回答道。

“也就是说目前最有希望增产的地区是镇北和镇南两片基地。”

“是的，吴组长，尤其是镇南地区，我感觉如果能恢复最开始的种植面积，就基本能解决原材料的需求。”

“那甘蔗的种子怎么解决?”

“当地就可以解决，当地的甘蔗也是品种很好的，只需要把当地未外销的甘蔗做种，给予一些补贴就可以了。”

吴畏转头对赵松龙说：“赵总，事不宜迟，我觉得我们得尽快和南部基地建立联系，展开工作。”

赵松龙凝眉沉思道：“吴组长有什么打算?”

吴畏答道：“我建议两线行动，我和赵主任明天先去一趟，找到清水冲的乡长，把情况通个气。您这边把情况跟厂里做个汇报，请领导班子抓紧派熟悉生产种植的同志和代表赶过来落实政策，务必争取明年开春不影响原材料供应。”

赵松龙点头同意，并当场要求金洪涛立刻准备上报材料。

赵光明是厂里的老司机，快退休了，开车依然生猛。从梅镇到清水冲沿途少不了曲折回环的盘山路，在他的操作下就如同游乐场的过山车，次次有惊无险。吴畏几次让他开慢点儿，他都一笑了之，告诉吴畏现在修了路，条件比过去好了无数倍，以前的路就是这么开的，现在的路就更如履平地。吴畏劝告无果，也的确看赵光明手法娴熟，干脆闭上眼不去看前方的九曲回肠。

赵光明看吴畏突然没了反应，以为他生气了，把速度稍稍稳了一点儿，想说说话套套近乎。拍了两句马屁，吴畏没理他，赵光明也觉得自讨没趣，专心继续开车。

车子穿过一个隘口，眼前豁然开朗起来，原本崎岖不平的山地，突然间变成了大平原。

“这是什么山啊，老赵?”吴畏问道。

赵光明见吴畏开口求教，愉悦起来，回答道："刚才我们翻过的叫大王尖，前面就是清水冲了。"

"这片儿你熟吗?"

"熟啊，怎么会不熟，早年间搞联产承包，我在这儿足足常驻了半年多呢。后来跑原材料，每季都要来待一阵子，那时候的路可是真不好走，每次我都吐。"

"这边的政府领导熟吗?"

"现任的不熟，嗨，反正都是那一套，我们厂在这边还是吃得开的，别看连年在减产，这边的政府机关对我们厂还是很优待的。"

"那今天你发言。"

"我发言？吴组长，你是领导，应该你说话才对。"

"我对生产不熟，万一说错了，影响工作开展，而且我跟政府打交道一点儿经验都没有。这一趟，你是领导。"

赵光明嘿嘿笑了一声，道："那吴组长，我要说点儿啥?"

"我觉得直接一点儿，我们跟几十年前一样，是来帮农民脱贫致富的。直接说需求，要乡里支持，呼吁种我们的甘蔗。"

"行，我听你的。"

"另外，要乡里派一个熟悉当地种植情况、了解风土人情的人，陪我们到底下转一圈，我想看看，做做调研。"

赵光明把车停稳，车外已经有一男一女在等着了。赵光明和吴畏刚下车，对方就热情地告知乡长去学习了，这几天不在乡里，并表示乡长做了重要指示，务必要认真听取糖厂领导的指示，尽力配合工作。吴畏琢磨了一下，跟对方说道："麻烦给乡长去个电话，说我们想简单汇报一下情况。"

"乡长白天可能会在学习，接不了电话，但我可以试试。"对面的男同志答道，拿出手机拨了个号码，许久，通了，男同志在电话里低声说了几句，把电话递了过来。

吴畏示意赵光明接电话。赵光明也不客气，伸手就把手机接了过来，一通山呼海啸的方言，听得吴畏都怀疑自己是不是本县人。

赵光明把电话还了回去，男同志又低声说了几句，把电话挂了。

"这两天就由我陪你们转转吧，我在机关就是专门负责农业种植的，对周边村子也熟，咱们先吃饭，边吃边聊。哦，对了，我叫邱德俊，叫我老邱就好。"

邱德俊是本地人，勤勤恳恳做了快20年公务员，一直在清水冲附近转悠。谈到生他养他的这片热土，邱德俊滔滔不绝，饭和菜都堵不住他的嘴。赵光明几次想把话题拉回主题，都被吴畏打断，放任其天南海北地扯话。

邱德俊向他们透露了一个好消息和一个坏消息。好消息是这片地方各家各户都擅长种甘蔗，坏消息是各家各户都不愿意种甘蔗，因为甘蔗价钱低，要是能向农民保证回购，并且回购价能比去年提高三成，乡里就好做工作了。

赵光明面露难色，支吾不言，毕竟这个自己做不了主，得厂里做决定。刚想解释，就听到吴畏说道："没问题，只要品质够好，高4成也可以。"

赵光明在桌子下面踢了吴畏一脚，吴畏面不改色继续说道："老邱，我们厂即将全面更新生产设备，明年对原材料需求很大，厂里考虑到我们一直在县里采购，为当地老百姓造福，所以先派我们来打个前站。如果这边能满足原材料供应，厂里就不需要从外面采购。但是这两年农民减产很多，对我们开展工作有不小的影响，如果这个问题能解决，回购和价格都不是问题。"

邱德俊立刻拍拍胸脯，道："我们先去乡展厅，我给你们介绍一下整体情况，明天再去几个最大的甘蔗种植村子走访一下，等乡长一回来，我就立刻跟他汇报具体情况。"

邱德俊对着乡地图向吴畏和赵光明做介绍：

"两位领导请看，这是咱们清水冲今年的农业种植地图，其中绿色的部分就是甘蔗园，所涉及的行政村有7个，分别是岗会村、南水村、九斗村、达唐村、浮船村、磨麻村和学福村，加上清水冲本身也是甘蔗种植大村，所以是有8个村镇的主要产业是甘蔗。再往南这一片地方，几年前也是甘蔗园，但是近几年村民换产了别的经济作物。我看这几个村子是我们这次的重点对象。"

"茉花庄呢？"吴畏问。

"茉花庄？茉花庄种不了甘蔗，茉花庄也属清水冲管辖，但是地处山北，气候潮湿阴冷，而且土地条件不好，从来都没有种过甘蔗。"

"山北？"

"就是大王尖的北面……这里。"邱德俊在地图上指了指，"大王尖不是一座山，是一排复杂的山脉，最高的那座叫大王尖，就在咱们镇子北边。你们来时的路，大概还有半个小时到这儿的时候有一条小路，从那条小路岔进山里，再走两个小时，差不多就到茉花庄了。"

"藏在深山老林里？"

“对的，茉花庄连电话都还没通，手机都打不进去，经济情况很差。”

“老邱，南水村、九斗村、浮船村和清水冲，这几个村子和另外几个有什么明显的区别吗？”

邱德俊想了半天，没明白吴畏问的是什么意思，答道：“这些村子离得都不远，中间隔着的都是农田，要说这几个村子有什么不一样……我看也就是这些都靠北，其他都靠南吧。”

“靠北，靠大王尖？”

“这么说也行。这几个村子，还有茉花庄，都靠在大王尖边上。”

“大王尖是个什么样的山啊老邱？”

“原始森林，不是旅游景点吹出来的原始森林，是真正的原始森林。大王尖历史很悠久，但是环境很险恶，本地人都只敢在外围的小山上活动，里面是不敢进去的。传说大王尖里面……有大王。”

“大王是个什么东西？”

邱德俊让吴畏和赵光明坐下，招呼人倒了几杯茶，看时间还早，就饶有兴致地说了起来。

“大王是个什么东西呢？也没人说个准儿。每个村子都有不一样的传说，我小时候就听老人家说大王尖上面住着神仙，逢年过节还有人去山脚下磕头，求神仙保佑。但是别的村子就不一样，比如南水村，南水村盛传大王尖上有野人，吃人肉喝人血，能和野猪对打。还有人说大王尖里面是战争年代空降掉到山里的特务，也有人说是修炼成精的老虎，反正五花八门，都是迷信。”

“有人亲眼见过吗？”

“封建迷信的东西，谁能亲眼见过？从这儿到大王尖，有一个土庙，不知道什么时候修的，到土庙就不能再往前走了。老早前土庙里还有香会，后来就荒废了。不过……我记得我老婆说过，他们村上年纪的都说见过活神仙。”

“活神仙？”

邱德俊摇摇头，道：“也不知道是什么东西。几十年前，我老婆都还没出世，还是听她爹喝多的时候说的，说活神仙还在他们村住过，还教书呢。我估计就是江湖骗子。”

赵光明对吴畏解释道：“那个年代，神汉神婆多得很。”

“那个年代人愚昧，哪个村没有几个算命的骗子？很正常。”

“邱大嫂是哪个村的？”吴畏又问。

“茉花庄。”

“这么偏僻的村子，居然有这么好听的名字，大嫂一定也是个大美人。”

邱德俊哈哈笑起来，道：“农村婆娘，没文化也没长相，就是过日子。茉花庄据说以前也不叫茉花庄，以前叫麻花沟，后来不知道谁给改的，搞不好是出了个读书人之类的。”

“那看来大王尖还是个有故事的地方啊。”吴畏也跟着笑。赵光明见状，也挤出一脸欢乐的表情。

“穷乡僻壤，都是胡编出来的，大王尖其实是个开发空间很大的山，咱们县也有很多山体开发成功的地方，做竹园、果园、景区都很有条件，只不过还没有注意到。只要山南经济能够搞起来，农民有钱了，就能把大王尖的名气做出去。”

“老邱说得有道理啊。原始森林在有钱人眼里叫景区，在穷老百姓眼里就是野地，趁咱们糖厂改革冲锋，务必要帮助当地农民富裕起来。我看啊，老赵，你今天就联系厂宣科，准备下乡宣传。”

赵光明犹豫了一下，小声说：“不等领导班子批示吗？”

“等，等的同时先准备。早一天下乡，就早一天见成果，入冬了，再不加紧就来不及了。”

赵光明点点头，不再吱声。

吴畏又对邱德俊说：“老邱，你觉得我们这次下乡宣传，情况会怎么样？”

邱德俊想了想，答道：“糖厂在这边有着广泛的群众基础，宣传肯定会有效果的，只是……还是要切实提高群众利益嘛，市场经济，老百姓也有自己的选择。”

“政策我们会尽快落实，铺排的工作还得仰仗你。”吴畏握住老邱的手，这是跟王大健学的。

邱德俊立刻变得目光坚定起来。

23 新玩伴

九儿不知道从哪儿带回来一只野猫，黄白黑的杂色猫，全身都是泥巴，瘦得像只老鼠。九儿眼巴巴地看着庄离，尾巴一甩一甩，小野猫就躺在它身后，舔爪子打滚，好像不关自己事。

庄离问九儿："你是要我收留它吗？"

九儿摇尾巴。

庄离又问："那你们不能打架，知道吗？"

九儿继续摇尾巴。

庄离再问："那你要把吃的分一半给它。"

九儿摇尾巴又叫了两声。

庄离抓起野猫，很轻，一捏就拎了起来。

"好吧，遇见了，就别再流浪了。"

按照传统，小野猫取名叫小七。小七成了庄离的第二个宠物，也成了九儿的伙伴和学校的新成员。原本已经对九儿失去兴趣的娃娃们重新燃起了好奇心，看九儿和小七打架成了下课的好节目。

庄离收留小七的前一天，刚刚从梅镇把渥颜寄来的包裹拿到手。收快递的地点在梅县中学门口一个叫二宝超市的小商店，专卖各种文具和零食，超市老板曾经是王承成的学生，大名叫王虎，小名叫二宝。王承成去梅镇通常都是坐车到清水冲，再让他女婿开小面包车送他去。女婿名叫胡大春，在清水冲做政府后勤的供货商，主要是送菜和日常办公用品，算是半个公务员。他的老婆，也就是王承成的女儿王静雅，在清水冲小学当老师，一直想考到梅镇小学去，但考了几年也没去成。胡大春每次听到老丈人吩咐第二天送他去梅镇就很郁闷，去梅镇来回要开四个多小时的车，基本上一天就过去了，老丈人还从来不给油钱。

校长家晚上放电影的消息传到了全村，不但学校的娃娃们早就来了，连老头老太太都来了不少。王承成家门口的院子本来也没多大，几十个人一挤，旺蛋就很不高兴，自己和儿子玩耍的地方平白无故被占了去，占了也不给自己东西吃，一直冲人群叫表示抗议。抗议无效，旺蛋被王承成老婆拿扫帚赶到屋子后面拴了起来，只能闭嘴趴在地上呜咽。

放学的时候，庄离让晚上想看电影的孩子把自己的小凳子都搬着，先带回家吃饭，吃完了再搬到校长家。娃娃们有凳子坐，大人们只能站着。冬天的夜来得特别早，娃娃们还没开始正经打闹，天和地就已经黑得看不见人了。庄离把投影仪架好，升起幕布，连上电脑，扭开音箱，随着片头音乐的响起，全场从大人到小孩都安静了下来。

冬季的夜晚，寒风瑟瑟，电影放完的时候，许多孩子已经冻得全身发抖。庄离坐在正中间的电脑旁，不敢离开，怕孩子调皮乱动打坏了设备。电影他看过多遍，味同嚼蜡，时间过得极其漫长。好在渥颜一同寄来的保暖衣十分高档，薄薄一件，居然全身都温暖不已，庄离看幕布的眼神越发迷离，仿佛又看到第一次在水巫家地下室她扭动的屁股。

连续几天，庄离都在王承成家大门口放电影，放了三部动画片电影，又放了两部老电影。这五天，茉花庄的夜生活既文艺又热闹，最高兴的当属孩子们，最不高兴的是那些家里有活干来不了的。

第五部电影放完，庄离留住了大家，宣布道："从来年起，俺们学校准备成立个茉花庄小学合唱团，每个星期排练一场大合唱，准备文艺演出，人人都要参加。后年的庙会，俺们合唱团要拿节目第一名，给茉花庄争脸。另外，茉花庄电影放映社也正式成立了，以后每个星期六晚上，等合唱团排练完，就在学校放电影，欢迎大家来观看，看完了正好接娃娃回家。"

"参加，参加！"人群里一片响应，"庄老师会教学生，是个好人！"

第二天的清晨，天上又飘起了雪花，应该是黎明开始下的，教室的房顶上盖着薄薄一层霜。房门一打开，九儿就奔了出去，对着天空又蹦又叫，这是它第二次见到天上下雪，兴奋得很。小七就淡定许多，一直在窝里趴着，缩成一团。

王承成跟着来上学的学生一起到了学校。自从有了庄离守在教学一线，王承成就没那么频繁地往学校跑了，即便跑来了一般也不是为了工作，这次也是一样。

王承成把庄离截在教室门口，告诉他说：“天气预报说了，马上就有暴雪，学校的房子不结实，要是今天一直这么下，就得赶紧停课。你也不要住宿舍了，停课了就赶紧到家来。”

庄离招呼学生进教室，孩子们多半没打伞，也没有雨衣，雪下得一身都是，在门口拍了又拍，乱成一团。

王承成又强调道：“俺说的可是大事，学校可不能出事故。出了万一，俺们学校就要并到清水冲的小学去了，那娃娃就苦了。”

庄离一时半会儿还没明白是什么意思，王承成就急着要走。

“俺走了，俺得赶紧去村主任家，安排些劳力来把房梁撑住。”

“俺去帮你吧。”庄离喊道。

“你先管娃娃。”王承成骑着自行车就跑了。

说话的工夫，教室里的孩子都趴在窗户边上看下雪。已经过了上课的时间，却还有一半孩子没到，估计今天是不会到了。

“今天就上自习课吧，快考试了，自己复习。”庄离声音低沉地说。

随着时间一分一秒地过去，庄离在走廊上敲了四次铃铛，两次下课铃，两次上课铃。铃铛挂在高高的房檐边，手腕粗的麻绳甩在铃锤上，要用力摇才能撞出声响。上午就快过去了，雪依然很大，大到黄土平整的操场已经变得纯白一色，和远方的群山穿上了一样的外衣。

“同学们，今天雪下得太大，下午放假，你们在家里要认真复习，迎接期末考试，知道了吗？”庄离道。

“知道了！”孩子们整齐划一地作答，面露欣喜。

“考试考得好的同学，庄老师会奖励一个足球。考得不好的同学，下学期开学的时候要惩罚打扫卫生。知道了吗？”

“知道了！”

庄离看看讲台上的小闹钟，准备去走廊打铃铛。

“老师。”一个孩子举手要说话。

“今天要排练吗？合唱排练。”

庄离摇摇头，回答道：“太冷了，不适合排练，等……等明年开学了再说吧。”

“那老师还放电影吗？”一个孩子怯生生地问。

“这么冷，当然不放了。”旁边一个大孩子抢着说道。

问话的孩子满脸失望地坐下，不再吭声。

“看电影的时候，我会让班长去叫大家，这几天的任务是复习，知道了吗？”庄离说。

“知道了！”孩子们异口同声地回答道。五个月的相处，让村里这些年龄不一的娃娃对庄离有了极大的信任，他好像什么都知道，什么都见过，有好玩的九儿和小七，最重要的是他不像校长那样凶。

“那放学吧，下去的时候都注意安全。”

庄离把孩子们都送到操场的路口。这里再往下就是盘山路了，今天这个天气，就算再调皮的熊孩子也是不敢从陡坡下的，乖乖地相互扶着摸了下去，一个个消失在山路拐弯的尽头。

漫山遍野的鹅毛大雪，扰乱了庄离的目光。整个世界仿佛随着雪幕在交错移动，让人分不清远近，分不清黑白，分不清是远处的山还是近处的房子。黄土铺成的操场盖上了被子，九儿已经不敢在雪坑里狂奔，三爬两爬地躲到小七的窝里取暖，只露出鼻子和眼睛去探视这个有点儿熟悉却让自己害怕的场景。庄离忍着冰凉抬头望了望天空，茫茫无际，雪花落在脸上，化成水流进了脖子。庄离使劲搓了搓手，敷在通红的脸上，揉了揉眼。雪太大了，在北方的云州也没有下过这么大的雪，大到让人产生幻觉，仿佛有一辆红色的越野车从山路冲上来，巨大的车轮子轧得雪水飞溅。越野车轰鸣着闯到操场上，一路奔向庄离，停在他面前。车门打开，跳下来一个人影，穿着火红色的长羽绒服，黑色的长发藏在雪白色的绒毛帽子里，穿过围巾散落在胸前。

“有暖气吗，这位老师？”

炉子上的水壶吹起口哨，庄离用抹布包着壶把，把水壶取下来，在蜂窝煤上放上几块木炭。木炭有些潮，一股刺鼻的气味冲到脸上，庄离回头咳嗽了几声，又拎起水壶给渥颜的保温杯里续上水。

“要是冷，九儿和小七你可以选一个先抱着。暖气没有，只有暖猫暖狗。”

九儿和小七缩在窝里，紧张地看着突然到来的陌生人。

庄离把开水冲到水瓶里，又去宿舍外打了一壶，见到木炭烧红了，用黑铁做的火钳一块一块钳到火盆里，再搭上一些新炭，屋子里总算有了点儿热气。

渥颜伸手烤了烤，炭还不够旺，得凑得很近才能感觉到温度。炭火的气味迅速弥漫在整个房间，一闻就知道有毒。

“没什么好招待你的，我去看看厨房还有什么。”

“别，不用……”渥颜还没说完，庄离已经推门出去了。

渥颜四下打量着这个住处。

一米宽的高低床，上铺堆满了男人的衣物，不知道是干净的还是等着换洗的。下铺铺着一床大绿色的棉被，被面绣着百年好合，堆在床边。床对面是张课桌，一张凳子，堆着书、草稿纸和一盏台灯。此外就没有像样的家具，墙角是几个箱子，其中就有自己刚刚寄过来的一个。房顶上吊下来一根电线，挂着个 发黄的灯泡，灯泡下面就是自己面前的火盆，积满了灰白色的炭灰，炭灰里还埋着个红薯。

火盆的火渐渐旺了起来，九儿和小七感到了温暖，小心翼翼地爬出窝，蹲在火盆旁边。

庄离用屁股把门挪开，端着个钢筋锅和两副碗筷走进来，把锅放在火盆边上，锅盖上还有一包榨菜。

“只有面条了，我平时也懒得做菜，这两个鸡蛋是纯正天然土鸡蛋，都给你。”庄离盛了一碗，递给渥颜，又补充道：“碗筷都烫过了。”

碗是很厚的土陶碗，缺了几个口，但是热气腾腾的面捧在手里，也不会觉得烫。庄离撕开榨菜，挤了几根在自己碗里，大口大口地吃了起来。

“条件是挺不好的，也没人帮你收拾。”渥颜说道。

“没啥要收拾的。床、桌子、凳子这些都是学校的，我就几件衣裳，放哪儿也丢不了。”

“你也瘦了。”

“现在正好。”

渥颜尝了口面条，清汤寡水，不但没油，连盐味也很少。

“估计你吃不惯，先委屈一下，等你回去再自己吃点儿好的吧。”

“回去？我回哪儿？”

庄离放下碗，道：“回哪儿？回你习惯的地方去，这里不是你该来的地方。”

“我不能来吗？”

“这里没法满足你的生活，你还是早点儿走吧。”

“我怎么感觉你一点儿也不想见到我的样子。”

庄离又给自己捞了一碗，把碗先放在一边，去门口端了一盆水放在火盆上，没有搭话。

“行，算我自作多情了，您慢吃吧。”渥颜放下碗，起身就走。一阵冷风从庄离背后袭来，紧接着就听到发动机轰鸣的声音。

庄离冲出宿舍的时候，操场上只剩下几道车辙印，从自己门前弯曲着甩向了下山的路。庄离顺着车辙一路奔跑，奔到山脚，没有见到渥颜的车，只有车轮轧过的痕迹指向远方。

庄离呆望了很久，只看到一群村里的汉子扛着竹竿、梯子和木头，顶着大雪向自己走来，走得很慢。直到山脚下，领头的人才看到庄离。

“庄老师，你咋在这儿呢？校长要你上他家去，别在学校待着了。”

“俺马上去，收拾一下。”

“教室门没锁吧，俺们要去把教室撑一下，塌下来就完了。”

“俺跟你们去，走吧。”

庄离带着汉子们一路蹚回教室，给他们开了门，然后折回宿舍，装了几件衣服，抱着九儿和小七就出了门。

时近下午，天空仍一片茫茫，豆子大的雪花如飞舞的蜜蜂，毫无规律地出现，又毫无规律地消失。九儿和小七藏在庄离怀里，只敢露出个眼睛，偷偷望着突如其来的陌生世界。寒风撕扯着山壁上仅存的几株植物，它们不像另一边耕田里的野草，从第一片雪花降临的那一刻，就已经屈服而被埋葬在脚下的黑土上。

庄离顶着风埋着头，原本15分钟就能走完的路程，足足走了快一节课的时间。王承成家的大门紧闭着，庄离腾不出手，就用脑袋撞了撞门，发出咚咚的响声。

门开了，王承成把庄离迎进屋，帮他把身上的雪拍掉，道：“你来得正好，俺来给你介绍一下。这位是渥老师，开了春就在俺们学校跟你一起教课了，你就不用那么累了。”

渥颜在堂屋的火盆边对他招手，面带微笑，仿佛是个胜利者。

庄离不知道该笑还是该哭。渥颜站起来伸出手，道：“你好，我叫渥颜，可以教语文、数学、英语、音乐、美术、自然……嗯，小学应该就这些课吧，庄老师请多多指教。”

王承成乐呵呵地说：“庄老弟，渥老师别看是个女同志，可是个了不起的人哪，她不光答应在学校义务教课，还要给学校捐两个篮球架呢。”

庄离道："校长，县里不才下的通知，严打没有教学资格的民间支教行为吗？"

"我有呀。"渥颜抽回手，从衣服口袋里掏出一本教师资格证，"请庄老师检阅，国家认可的，不怕检查。"

庄离接过小本本，的确是教师资格证。

"你出门旅游还随身带这个东西？"

"旅游？我可不是来旅游的，我是来支教的。"

"大过年的来支教？"

"……我本来想先趁寒假来认认地方，从合州过来也不远，结果遇到暴雪，车也走不了了，要不是遇到了王校长，都不知道要怎么办才好。王校长人特别好，都没有赶我走。"

王承成喜笑颜开，客气道："哪儿的话，要是不嫌弃，今年就在俺这儿过年，这个雪啊，估计一时半会儿停不了。俺们山里，大雪封山，半个月二十天很正常，车子走很危险。"

庄离比了一个大拇指，道："渥老师，高风亮节啊。"

"庄老师，我的车陷到田里了，车上有我的行李，你帮我去搬一下呗，我搬不动。"

庄离默默把帽子戴上，和渥颜一起出了门。渥颜的车停在王承成家的田埂边上，歪着，一个前轮轧进了沟渠里，车子已经被盖上了一层白色，不走到近处竟然看不出来。渥颜把后备厢打开，推出一个大箱子和两个背包，把箱子丢给庄离。雪地里没法推着走，庄离只能歪着身子，硬提着箱子向王承成家蹭。

24　上坟

“纸买了吗？”

“买了。”

“炮仗呢？”

“买了买了。”

“带个纸壳子，磕头跪着用。”

“知道了。我年年都去，这还能忘？”

“我怕你老年痴呆。”

吴父顾不上和吴母斗嘴，拎着家伙就和吴畏出了门。今天是大寒，要去给吴畏的奶奶上坟。原本每年都是在除夕的那天去，今年吴父考虑到吴畏在厂里的地位，除夕那天可能会忙于接待，特地提前了几天。吴畏小的时候，吴父都是骑着有大梁的自行车，驮着吴畏到山脚。后来不骑自行车了，就坐镇上的小公共。吴畏外出上学以后，父子见面的机会越来越少，每年去上坟，吴父就坚持不乘坐任何交通工具，跟儿子走路去，一路上可以交流感情。当然，一般都是吴父逗哏，吴畏捧哏，在吴畏尚且畏惧吴父威严的年龄段，捧哏态度尚可，基本有逗必捧，后来随着吴畏在职场锻炼的抗击打能力越发强大，吴父的陈年老梗迅速失去了配合，漫长的道路也变得更加漫长起来。

吴畏心情不好。脚下这是一条祭拜祖先之路，也是一条祭奠爱情之路。大半年前，他就是带着欣喜的海袅踏上了这条春光大道，向着海阔天空的爱情出发。梅镇多山，山色秀丽，吴畏唯恐海袅嫌弃糖厂的房子寒酸，所以刚进门见过爸妈，连杯水都没让海袅喝完就匆匆带着海袅出门，想借助梅镇的大好河山，给海袅编织一幅地灵所以人肯定杰的画面。吴畏习惯了从糖厂到梅县中学的方向，习惯了自己熟悉的山路，潜移默化地把“带你看看大山”与“带你上个坟”画上了等号。吴畏神不知鬼不觉把海袅带到了自己家的祖坟前，在“等号”后面为自己的爱情又画上了“句号”。大半年过去了，海袅除了上次质问他高龄一百多岁的爷爷是如何杀死她爹之外，再没有任何联系。即便吴畏时不时在互联网上透露自己正化腐朽为神奇般地干一件大事，也没有任何反应。吴畏心里空荡荡的，正适合上坟。

吴父看得出来儿子心情不好，但在吴父眼里，儿子心情不好是因为工作太累了，毕竟吴畏在半年时间里做出的成就，远远超出了他在厂里奋斗的30年。吴父为儿子骄傲，上坟的物品都不让吴畏拿。——父亲的力量有时候很渺小，但是爱很伟大。去年的今天，吴父还在竭尽所能让邻居工友意识到自己的儿子混得很好，努力练习各种间接吹牛的手段方式，而今天吴父已经开始困扰如何在厂里保持低调，以躲避来求吴畏办事的熟人。吴父突然觉得自己也老了，老得不用再操心很多一辈子都在操心的事，老到自己是不是也该考虑一下埋在哪儿。

梅镇刚下过连续的暴雪，雪虽然已经停了几天了，但是气温依然很低，除了大路上的积雪被清理到路旁之外，整个镇子都还被白色所笼罩。祖坟所在的山在梅镇东边出城的隘口，学名叫小梅岭，岭下就是梅县中学和汽车站。从糖厂走到中学再爬上隘口，加起来得半个小时，从隘口走盘山小路上到山腰的祖坟集中区，得看天气条件，像今天的积雪泥泞，再花半个小时也很正常。

“你歇会儿，我给你奶奶的坟打扫打扫。”吴父把塑料袋放在一边，开始清理坟头的杂草，一边清理一边后悔当初修坟的时候没有舍得多花点儿钱修个水泥坟，以至于每次来扫墓都得拔很久的野草。

“我帮你。”吴畏也伸手上前。

黑色的墓碑就在自己眼前，爷爷余三吉的遗像印在上面，一双眼睛盯着自己，即便吴畏不去看他，也总觉得后背发凉。

“爸，我爷爷跟我奶奶哪年结婚的?”

“我想想啊……一九……六五年吧，差不多。”

“我爷爷那时候算是政府干部吗?”

“嘿嘿嘿，那不算是干部，文工团里的小官，在现在叫公务员。”

“那我爷爷怎么看得上我奶奶呢，还带个小孩。”

“那个年代其实没有你想象的那么封建，打仗，搞建设，开荒，加上灾害，丧偶的情况很多。你爷爷有文化，跟你奶奶聊得来，再说了，你爷爷也不是单身，他有老婆还有儿子。”

吴畏前半句听出了同情，后半句听掉了下巴，野草拔了一半又插了回去。

“啥叫有老婆还有儿子？”

“你爷爷参加部队之前，在他的老家是结了婚的，还有个儿子。后来跟部队一直南下，到我们这个地方就负伤了，后来就再没回去过。”

“还带这样的？这是重婚哪。”

“战争年代，很多人一旦离开了家乡就一辈子回不去了，不回去，在这里还有工作，还有组织，回去，可能老家已经什么都没了。”

“这你们都不告诉我的？”

“这是你奶奶去世前才告诉我的，我也不知道。你奶奶的意思是说，如果有条件，去一下你爷爷的故乡，找找他的亲人还在不在，看看他们好不好，给他们送一张照片去。估计也是老糊涂了，去找他们干什么？”

“我爷爷老家哪儿的啊？”

“在西北省的武山县。”

“具体地址呢？”

“哪有具体地址？所以说你奶奶老糊涂了。来磕头吧。”

吴父把废纸壳铺在墓碑前，把黄纸冥币抖出来，拿打火机点着，微风拂面，趁着风势，火焰很快就旺了起来。

“我去点炮仗，你看着火。”吴父交代完，去旁边的草堆里挑出一根长树枝，挂上鞭炮头，点着了引线，把树枝伸了出去。噼里啪啦的响声惊醒了沉睡的山峦，山谷里传来了阵阵回响。

吴畏在纸壳上跪了下来，深深地磕了三个头。

回到家已经接近中午，吴父刚打开电视，江跃龙就冲了进来，乐呵呵地说：“吴叔吴姨，中午吃啥呀？”

吴母道：“你小子来就不知道带点儿菜？”

江跃龙道：“好菜我是没有，但好事我带着了，你们要听不？”

吴父很严肃地问：“是生产线采购的事批了吗？”

江跃龙露出一脸嫌弃的表情，咧着嘴道：“吴叔，你就别在退休岗位上关心厂内大事了，生产线要是批了，我来告诉您二位干吗？”

“那是啥好事啊？”吴母问道。

“我听我四叔说，厂里今年效益上来了，过了年就要拆迁分房了。”江跃龙道。

“分房的事都耽搁五六年没动静了，还能续上？”吴父质疑道。

“能啊，我听四叔说得有鼻子有眼的，说先拆厂4区的老危房，原地回迁，其实4区的房子早就住不了人了，都快成垃圾场了。”

“小艮奶奶的房子就在4区啊，那也要拆？”

“所以我带的是不是好事？”江跃龙挤眉弄眼地去厨房洗手，堂而皇之地准备蹭饭。

“那真是老太太保佑了，人走了，还能换套新房子。”吴母笑道。

吴艮从房间出来，穿着羽绒服，道：“你们就瞎操心。拆迁加盖楼，没个两年完不了工，想住奶奶保佑的新房，还有得等呢，至少还得给她老人家磕两年的头。”

“你这要去哪儿？马上要吃饭了。”

“我去下戴秘书家，他说他电脑坏了，让我去给看看，马上就回来，你们先吃。”吴艮戴上帽子，出门而去，留下江跃龙仿佛成了吴家的养子。

戴秘书住在厂另一头的宿舍区里，是厂里最后一批福利分房。戴秘书住进这套房子的时候，刚刚成为王大健的秘书，这片宿舍楼离厂办大楼很近，所以厂里有人说是因为他要做副厂长秘书了，厂里才给他分了这套房。戴秘书家的门虚掩着，吴艮敲了两声就自己推门进去了。

戴秘书正趴在饭桌上，桌上摆着一盘咸菜，自己在吃一碗面条。抬头见到吴艮自己进来了，满脸尴尬地收拾桌子。

“戴哥，大过年的，您就吃这个？”

戴秘书以自嘲的笑声给自己打圆场，把吴艮领到电脑前，道：“我就一个人，随便吃点儿，谁想你这么快就来了。”

吴艮把电源打开，电脑启动很慢。

“您这是个老古董了，看造型就知道该换了。”吴艮摸摸显示器的大屁股，充满了岁月的沧桑感。

“嗨，我平时就看看网页，打打纸牌，也用不着那么好的电脑。今天突然就打不开了，也不知道咋回事。”

“看样子得重新做下系统，您有什么重要资料要备份的吗？”

“就一些照片，还有这里面的一些文件，其他没什么重要的。”

“行，我来做。”

吴畏娴熟地操作重新安装系统的步骤。在职场上，吴畏第一次获得同事们的认可就是帮人修系统，但是并没有什么用。很快，屏幕亮起进度条，吴畏表示等着就好。

戴秘书把茶端到吴畏手边，闲聊道："现在厂里有些年轻人，20多岁了，整天就是游手好闲，没个正事儿，想来想去，修电脑这事儿也只能问问你。"

吴畏道："这都是小事儿，别的我也不会。刚好快过年了，本来就该来给您拜个年的。"

戴秘书表情很喜悦，道："小畏，今年厂里能有这么大变化，你是关键人物，明年有什么打算？"

吴畏想了想，道："现在品改工作算是开了个头，好歹把厂里的生产力带动起来了，也开始有营收。明年的主要目标是把产值做大，把市场推向全国。"

"嗯，志存高远，后生可畏。"戴秘书比了个大拇指，"以前如果有人告诉我咱们厂能走向全国，我肯定不敢相信，但是今天我相信，甚至你告诉我咱们能走向世界，我也觉得并不离谱。"

"其实，这半年的工作，让我也改变了对厂的很多观点。之前我一直觉得糖厂什么都落后，从体制到技术，但是后来我发现咱们厂还是有很多很牛的地方。比如咱们厂一批老工人，虽然没什么文化，但是在制糖这个事上，那不是机器设备就能替代的，他们看一眼就知道这批糖的品色差了多少，这是咱们厂特别宝贵的财富。"

"这些人都是干了一辈子的老工人，经验是他们最重要的贡献。小畏，有没有想过回云州，回大城市生活？"

"前几个月想过。那段时间不知道工作怎么开展，也不想天天在厂里转悠，现在厂有了点儿起色，就想把事情做好，回不回云州，看缘分吧。"

"小畏啊，我1992年进厂，干了20多年了，跟着领导东奔西跑，也算是见过点儿世面，但有时候想想，自己没有经历过像你这样大风大浪的闯荡，挺羡慕的，如果我是你，我应该会怀念那些没日没夜的年轻岁月吧。"

"戴哥，您这是一个人过年，触景生情吧？"

"对对对，我这种心态不好。"戴秘书又尴尬地笑起来。

"您女儿不回来过年吗？"

"今年不回来了，非要跟她妈妈在国外过年，说回来一趟太折腾了，过了年再回来。"

“那您也跟着去啊，出国现在那么便宜。”

“我去个啥，习惯在厂里过年了，而且还得跟你们走动走动。跑到国外连话都找不到人说，我才不想去。”

“那您这一个人孤孤单单的，要不年三十您来我家吧，江跃龙今年也来我家过年，一起来吃个饭呗，人多热闹。”

“嗐，到时候再说吧，在家看看春晚，也放松放松。”

电脑屏幕上的进度条已经走完，熟悉的桌面又回到了显示器上，吴畏坐到电脑前，开始装各种软件程序。

“嗐，对了，戴哥，跟您请教个事，咱们厂里以前搞过那种大的演出，是找的文工团来演的吗？”

“是有过，好多年了，县文工团来过，省里的也来过。”

“那现在文工团还能找得到吗？”

“省里的不知道，县里的早就解散了，现在要请演出团体，都是商业团体。”

“那要是想找以前文工团里人的档案，得到哪儿去找？”

“这个我还真不清楚，你想找谁啊？”

“我今天去给我奶奶上坟，我爸说了些我爷爷的事，他以前不是在文工团做过什么采编吗？我就想了解了解他老人家，不然每年去磕头都磕得稀里糊涂的。”

戴秘书笑了几声，道：“你爷爷在的不是文工团，是当时县宣传部下设的一个民俗宣传组。这个组后来裁撤并到梅县电视台去了，我估计档案也应该一并移交了吧，不知道还在不在，我给你问问，你稍等下。”

戴秘书拿起手机去了阳台，吴畏只听到哈哈的笑声和一些只言片语，不一会儿，戴秘书就回来了。

“是移过去了，但是年代太久，不知道有没有损毁，你可以去找找看。噢，对了，要去的话，今明天就得去，后天他们就放假了。提前联系这个号码。”

戴秘书写了张纸条给吴畏，吴畏抬头道：“戴哥，您真是哪儿都有朋友。”

戴秘书摆摆手，道：“哪有，这个人以前也是厂里的，跟我一起进的厂，我们还睡一间宿舍，后来觉得在厂里太规矩了，想闯闯，就辞职了，现在混到县电视台做副台长。”

吴畏差不多把日常该用的软件都装完了，重启了下电脑，准备交差。

“戴哥，我有好久都没见到王叔了，他咋样了最近？”

“你王叔过了年应该就要退了，虽然正式的时间要到6月，但一般这个时候就要开始交接了。我想，他应该……还想再做点儿事吧。”

“前阵子不还说他在接待县领导，都喝住院了吗？”

“他这个年纪，也是不容易，他住院还在看书，什么《现代企业管理》《决战品牌之巅》，让我们惭愧啊。”

“那他那个副厂长的位子，后面谁来干？”

“不知道，知道现在也不能说，这是厂领导班子的事，自然会安排好。”戴秘书拍拍吴畏的肩膀。

“那是我多嘴了。行，电脑装好了，您用着，有问题随时找我来看。不过我估计，再出毛病，真不一定挽救得了。”

吴畏起身穿上外套，走出戴秘书家大门。戴秘书送到门口，刚要关门，吴畏的脑袋又伸了回来。

“戴哥，听说4区的房子要拆迁了？”

戴秘书用手指了指吴畏，没说话。

“好，好，我不知道，我也没问过，我这就去县电视台了，再见。”

“都在这里了，你自己看看。如果有人路过问你是干什么的，你就说是帮曲台长找资料的。下午5点要离开，有事打我电话。”

“好的好的，麻烦您了，我找一会儿就走。”

“还有，不能带走，放回原位。要不是老戴，这是犯错误的。”

“是是是，感谢感谢，戴哥那是我亲哥。”

吴畏点头哈腰地送走曲台长，悄悄关上门。这个档案室虽然没有蜘蛛网，也能体会得到里面每一张纸都比吴畏岁数要大。

吴畏深深吸了一口满是粉尘的空气，开启了搜索模式。来之前的路上吴畏问过吴父，详细打听了他的后爸余三吉同志就任民俗采编的单位名、岗位名、时间和职称，吴父很积极地配合回答，全都不知道。

这里汇总了1980年以前所有移交的档案，由于当时各个单位对档案的管理模式不一样，记录方式也都不同，所以想要查阅检索只能一本本去翻看。幸好在移交过后，电视台里把各个来源单位做了分类，把人事档案和事件档案也做了分类，所以吴畏花了半个小时转了一圈，把大致目标锁定到了少数几个档案架上。即便如此，想要从这堆文件中找到余三吉这个名字，也不比在梅雨河里摸鱼简单。

吴畏看看时间还算早，定了定神，一本本一页页翻查起来。这让他想起早年工作的时候经常要熬夜为策划总监翻报纸，把市场上竞争对手做的广告找出来，扫描成图片，用于提案报告中的调研部分。那时候云州的主流报纸有五家，三家日报，两家晚报，一年的常规发行量就有1800份，从这1800份报纸里找出竞争对手的平面广告，再扫描，再修改文件名，再整理成文件夹打包，一个通宵就过去了。后来报纸渐渐失去了主流投放媒体的地位，这项工作转变成了翻网站和翻手机，总之在检索自己需要的信息这件事上，吴畏颇有经验，也自带自信的光环。从他眯起双眼进入状态的那一刻开始，档案室的时间就凝固了，每一本档案都在静静地等待吴畏指尖的触碰。

大离山民俗文化采风宣传办公室档案（1960—1973年）

……

办公室从属人员：

张德军（办公室主任）

丛贵山（办公室书记）

董志国（编修）

余三吉（编修）

……

主要成绩：

《大离山民俗文化编修》

《大离山民间戏曲》

……

宣传部办公室人员档案

……

余三吉

男，1908年5月25日生于西北省武山县滩河村，贫农。

1945年从军参加部队，后参与大小战役十余场。

1948年负伤，落户合州省梅县疗养。

1953年分配至梅县县政府教育办公室工作，1955年停职。

1960年进入县宣传部大离山民俗文化采风宣传办公室工作，任编修。

1965年与李愿卿同志结婚。

1960—1972年，参与编撰《大离山民俗文化编修》一书。

……

吴畏粗略地翻了一下剩下的材料，没有见到《大离山民俗文化编修》这本书，看看手机，从进入这里到现在已经过去3个多小时了，时间也已经快到4点半了。

吴畏拨通了海袅的电话。

“有事吗?”海袅的声音传来。

“有个事，耽误你几分钟。”

“嗯，说吧。”

“关于我爷爷——其实也不是我亲爷爷——余三吉，我意外得知他在娶我奶奶之前有过一个老婆，还有一个儿子。我今天在档案馆找了一下午，找到了他老家的地址。我不知道这些有没有用，但我觉得……应该告诉你。”

“在哪儿?”

“西北省武山县滩河村。”

电话那头沉默了几秒。

“海袅，这是30多年前的档案了，我不确定上面说的信息是不是真的，也不知道这些跟你爸爸的去世有没有关系，但是……我想为你做点儿事。我把这些档案都拍照发给你了，等会儿你可以看一下。”

“谢谢，我看到了。”

“我能体会你的痛苦，我还是那句话，希望能替你分担一些，这些年为你做得太少。”

“那你陪我去一趟吧。”

“去……去一趟？现在?”

“是。”

“可是马上就要过年了。”

“我可以自己去。”

“别……好吧，我明天到云州，我们一起过去。”

“不用，你直接从合州出发，我们在西北省会合。”

“好，听你的，我陪你。”

“谢谢你，所有费用我来出。”

25 除夕

除夕到了。

茉花庄的除夕，在庄离看来是只存在于书里的除夕。这里没有铺天盖地的促销广告，没有震耳欲聋的新年歌曲，没有忙着低头发短信拜年的人，更没有去买年货的堵车大军。这里有的是女人们下厨做一整天的菜，男人们晒太阳赌博吆五喝六，老人捉弄孩子给自己磕头，孩子磕完了头要不到钱就在地上打滚。

从大清早开始，家家户户开门时一定穿的是新衣服，不但要新，还要气派，最好是从城里买回来的电视上放过广告的时髦牌子。小孩子挨家挨户拜年，见了人就拜，拜完了就跑，只要把拜年的任务完成，就能从大人那儿拿到好处。拿到鞭炮的只要喊一嗓子，立刻就涌上来一群伙伴，争着去田里炸泥巴。拿到玩具的、吃的喝的，都在孩子群里热闹地分享。有些昨天还在打架的一对，今天也志同道合地黏在一起玩。今天可以没规矩，可以百无禁忌，可以做梦想中的自己。

庄离起了个大早，把自己宿舍的桌子搬到门外面，铺上从村里带回来的红纸，用从学校杂物室翻出来的劣质毛笔和墨水写春联。

下课易上课难茉花庄学子明日未必寒酸
教书忙看书闲大离山门生今朝已然俊年
师徒同心

一气呵成，没有错别字，庄离满意地放在一边，又摊开一张。

好女子好韵好容颜
清水青清心清华年
雪中送炭

也是一气呵成。久不拿毛笔，没想到状态奇佳，庄离愉悦地吹起口哨，打开抽屉拿出糨糊，准备刷门。糨糊被连续的低温天冻得很硬，庄离用热毛巾捂住糨糊瓶，又用毛笔杆搅和了半天，才勾搭出一团。

庄离放下毛巾和糨糊瓶子，拿毛笔杆往门上一抹，门开了，糨糊正巧抹了渥颜一脸。

“你要干什么!”整个宿舍房顶的瓦片都在震动，庄离也跟着在震动。

王承成家只有两间卧房，只能王承成的老婆和渥颜带妞子睡一间，他和王承成睡一间。王承成虽然个头小，人也瘦弱，打起呼噜来却气壮山河。连续两晚过后，庄离就接近崩溃的边缘，只能白天补睡一会儿。大雪停了之后，庄离迫不及待地先搬回了学校宿舍，总算落个清净。没过两天，渥颜也搬到学校，住在庄离隔壁。快过年了，王承成家来来往往的人多了起来，时不时还会来个亲戚，家里住着个外来的姑娘总显得奇怪。渥颜白天喜欢去村子里闲逛，也不怎么跟庄离见面，一起住下来几天，两个人也算相处愉快。做饭前庄离会去问一下要不要吃，渥颜偶尔也会从车里找出点儿零食分享一下。渥颜自己带了床单被子，带了窗帘，带的生活用品一应俱全。你压根儿不敢相信她是临时准备的旅行。

“你这写的是什么东西?”渥颜花了半个小时洗脸，干脆连头发也一起洗了。山里用不了吹风机，渥颜每次都把大毛巾围在脑袋上，像顶着个鱼丸。

“春联啊，这是我门上的，这是准备贴在你门上的。”庄离举起写好的红纸，展示给渥颜看。

“为什么你的这副有你的姓也有你的名，我的这副就只有名?”

“没办法，才疏学浅，你的姓太古怪了，写不进去。”庄离耸耸肩，无可奈何。

“清水青清心清华年……不好，不像我，我一点儿也不清，我可浊了。”渥颜举着自己这副的下联，使劲摇头。

“这个好难对的，不好怎么办？我也没办法了。”

“笔墨伺候，我自己写。”

庄离把已经收起来的毛笔、墨水又拿出来，拿出没用上的红纸。

“你要几张?”

“一张就行了，我只对个下联。”

渥颜挽了挽袖子，舔饱了笔，在红纸上飞舞起来。

思心田思乡思云帆

“你是想云州了？其实雪停了你就能走的。”

“谁说我想云州了，又想赶我走是不是?”

“那横批也得重题，我看就叫‘佳人想家’好了。”

“我是佳人吗?”

“你是佳人啊，你有才华，长得又好看，有同情心做善事，还能吃苦不娇气，我对你刮目相看。”

渥颜露出调皮的笑容，取下毛巾，散开了头发，一缕芳香在空气中扩散开来，扑到庄离的脸上，这是在茉花庄很少能触碰到的味道。阳光洒在天和地之间，照在了远方积雪的山峰上，照在了学校操场的旗杆上，照在了教室漏雨的屋顶上，照在了庄离和渥颜脚下的黄土地上，金色的光芒反射着眼睛能看到的一切，一个落魄穷酸的中年男人，一个明媚精致看不出年龄的姑娘，一个除夕的早晨。

“过了年，还想做梦吗?”

“我觉得现在就是在梦里。”

渥颜慢慢在靠近，尚未干透的长发披散在肩膀前后，搭在微耸的胸前。羽绒服包裹着渥颜曼妙的身体，看不出曲线，却挡不住荷尔蒙的活力喷涌而出。渥颜越来越近，直到两双眼睛之间的距离不足一尺。庄离的呼吸在加速，零下十几度的气温仿佛变成了蒸汽，烘得自己全身发烫。庄离觉得自己应该有所行动，又觉得自己应该保持克制，双手拧出了汗，终于举起了双臂。

沾满了糨糊的毛笔杆从庄离的额头滚到了下巴，渥颜哈哈大笑地跑开，藏在了砖头柱子后面，剩下满脸浓稠的庄离睁不开眼。

“扯平了扯平了，不许报复我，快去贴对联。”渥颜把毛巾递给庄离，强迫他答应自己。

糨糊黏在脸上很难擦干净，庄离蹭了很久，才让脸部的肌肉活动开，可以让自己表达喜怒哀乐。

“不报复你，来贴对联，你帮我看着对齐。”庄离把毛巾放在一旁，把红纸背面的四边抹上糨糊。

“不对不对，这个贴你的门上。”渥颜在身后指挥道。

“这是你的这副哎。”

“我说的就是我的这副，贴你的门上，我们换着贴，万一要是有流氓来，看过春联就去你那间屋了，到时候你可要大声叫啊。上一点儿上一点儿。”

“能看懂春联的那还能是流氓吗？……这么高行不行？”

“行了行了，把你那副贴我门上。怎么看得懂就不能做流氓了，有文化就不能当流氓了难道？”

“就贴这儿了啊，这么高，确定一下。”

庄离举着手比着最后一张下联，感觉自己对齐了。

“快确定一下啊，确定我就贴了。”庄离问。

身后没有声音传来，庄离正要回头，就感到一双手从身后抱住了自己，紧接着，那熟悉的发香从后背飘荡了过来，随着越来越紧的双臂紧紧环绕在四周。

庄离把对联按在门板上，腾出了胳膊，握住了渥颜的双手。

按照大离山的风俗，除夕的中午是不吃饭的。上午要收拾屋子，没到中午就得忙活年夜饭，孩子们饿得忍不住耍赖，大人们就从厨房拿几个炸圆子给垫垫。年夜饭的“厨师团”有讲究，年轻的小媳妇不能碰锅，只能洗菜打下手，甚至辈分太低的厨房都不能进。大菜一定是家里壮年的成年女性掌勺，奶奶辈做出来的菜才是这个家族名正言顺的味道。这一天不能喊累，精气神要足，一个人做十几二十道上桌的菜很寻常，才体现得出明年家族兴旺，顺心顺意。

庄离和渥颜过了中午到了王承成家，家门口的院子里闹哄哄的。王承成的女儿王静雅带着女婿邱大春蹲在厨房外面择菜，另一边一个老头和一个老太太眯着眼晒太阳，留出一片整地方给小孩子们打闹。孩子们见到庄离，呼啦一阵跑过来，吵着要看动画片。庄离左右招呼说电脑没带，个头小的孩子带头就跪在地上磕头说“过年好”。庄离被突如其来的祝福吓傻了，只好说等自己现在回学校拿。渥颜在一旁笑了半天，顺着墙边挪进了厨房。

庄离气喘吁吁地从宿舍把电脑拿过来，从堂屋拉了根电线，搬了张小桌子在院子里，随着屏幕亮起，世界仿佛瞬间便安静了。

王承成围着大围裙从厨房跑出来，招呼大家进屋上桌。大离山的年夜饭从下午三四点钟就开始，一直吃到晚上。前面三个钟头女人是上不了桌的，得一直在厨房忙活，做好了菜端上来，敬个酒，继续回去做下一个。堂屋的中央支起了大圆桌，桌子下面烧了火盆，凉菜已经摆上，酒杯碗筷整齐划一。王承成扶着两个老人坐上主位，招呼庄离和渥颜坐在主位旁边，使唤女儿把白酒开了，给长辈和客人斟满。

王承成脱了围裙，上了位子，站着说道："今天过年跟往年不一样，俺要先介绍一下。这两位是俺们茉花庄娃娃们的恩人，庄离庄老师，渥颜渥老师，两位老师放弃荣华富贵，到俺们这穷山沟里教娃娃读书，真是了不起。能让两位老师在俺家过年，那是俺王承成的福气。"

知道王承成会恭维，却没想到恭维得如此肉麻，庄离有点儿不好意思，微笑得面部肌肉有些僵硬。

王承成继续说道："庄老师，渥老师，这是俺老父亲和老母亲，他们都住在南水村老家，和俺哥哥住一起。俺哥哥前阵子老丈人去世了，过年就到那边过。俺父亲和俺母亲你应该没见过，静雅、大春你都见过，今天就俺们这些人一起过年，你们就当在自己家一样，行不?"

庄离还从来没在别人家过过年，见主座是王承成的爹，估摸着怎么也得七八十岁了，自己是客人，得热情一点儿，于是扯着嗓子大喊了一声："王大伯，您高寿啦?"

王大伯看看庄离，说："不用喊，俺听得见，俺耳朵好着呢。今年整80。"

王承成道："你别听他胡扯，俺爹今年76，身体很好，就爱跟人说闲话。"

王大爷纠正道："过了今天就81了。"

庄离道："大伯看着是挺硬朗的。"

王大伯乐了，露出一嘴带窟窿的牙，举起酒杯道："俺儿子的工作多亏你们两位支持，娃娃要读书，不读书没有出头日，俺们敬老师，祝你们在俺们麻花沟幸福快乐，早日也生个大娃娃。"

庄离和渥颜面面相觑，就着场面把酒干了。

王承成道："你少讲几句，庄老师和渥老师不是两口子。"

王大伯盯着庄离和渥颜的脸，继续乐道："那俺咋看有夫妻相呢，你们结婚了吗?"

二人都摇摇头。

王大伯道："那不正好，就在俺们麻花沟把事儿办了，热闹哎。"

"这地方不是叫茉花庄吗？麻花沟是咋回事？"渥颜及时地岔开话题。

王承成道："以前俺们这块就叫麻花沟，后来改称茉花庄，就是俺爹小时候村里改的，有个通神说麻花沟名字风水不好，招鬼，老是出人命。"

"通神？是什么人？"渥颜又问。

"就是长生不死的人。"王大伯道，"命通神仙，不去地府，阎王爷不敢要的人。"

"还有这种事？您给我们讲讲呗。"渥颜道。

"那他有的讲了，俺爹就爱讲这些鬼话。"王承成道。

"咋是鬼话，那都是俺亲身经历的。"王大伯瞪了一眼王承成，吓得王承成连忙给自己倒酒。

俺们这个地方，窝在几个大山中间，形状就像麻花一样，扭来扭去，所以一直就叫麻花沟。俺年轻时候，村里面闹鬼，死了好几个人，没办法了，村主任去请的薛先生。薛先生可不好请啊，村主任带人在尖子山等了两天两夜，才把人请下来。

俺19岁那年，俺爹娘到处给俺张罗亲事，俺们麻花沟又偏僻又穷，有大姑娘的人家都不愿意嫁进来，拿不出像样的彩礼，俺爹就想带俺去见见世面，做点儿小买卖，经常让俺带点儿山货去赶集。有一次，俺从集上回来，正碰上村里开大会，就在村口山脚下那个土坡上，就是村主任在尖子山上熬了两天，总算把薛先生请下来了。

那个土坡上原先有一棵大树，树底下供着神灶，村里人都爱去烧香磕头，初一、十五更是烟雾缭绕。村主任和薛先生坐在中间，旁边还坐着村里一个叫魏大川的人，其他男女老少都围在边上。村主任看人到齐了，就让大家安静下来，他要讲话。

"各位乡亲，俺们麻花沟前年发大水，半夜冲垮了下村的土房子，是魏大川冒死从水里捞上来三个娃娃，差点儿被水猴子拽了脚脖子没上来。去年进山打野狼，牛娃子摔断了胳膊，是魏大川硬把他背回来救活了。魏大川对俺们麻花沟有恩情，今天他有难，俺们是不是得帮？"

"得帮！"下面一圈人应声。魏大川在旁边的凳子上不停抹眼泪，面色憔悴，就像几天没睡觉一样。

“大川的媳妇儿半个月前不见了人，俺们四山八道去寻了几天，连衣服片子也没找到。就在三天前，大川6岁的小儿子也走丢了，简直奇了怪了。这几个月俺们麻花沟既没有闹过土匪，也没听说见过虎狼下山，两个大活人就不见了。”村主任顿了顿，转过身对着薛先生看了一眼，“今天俺把薛先生请到这儿，给俺们大伙指指路。”

薛先生没反应，没说话也没睁眼。

村主任清了清嗓子，说：“恩怨有个先来后到，俺们今天请薛先生来指路，那是对俺们有恩，要有恩，就得把以前的怨先给了结了。俺知道，薛先生跟俺们村有过节，以往有人跟薛先生过不去。今天俺在这里说了，你们当中有谁对不起薛先生，自己站出来，磕个头，俺们请薛先生大人不记小人过，就一笔勾销了。薛先生不是一般人，那是俺们大王尖的活神仙。俺张保之往上数三代，都是薛先生取的名点的字，这要是跟薛先生过不去，就是跟俺张保之过不去。天在看地在看，鬼神也在看，都别耽误工夫了。”

人群里陆陆续续走出几个人，都是四五十岁的，还有头发白了的，走到薛先生面前跪下磕头，坦白罪过：

“俺小时候把鸟屎塞薛先生菜坛子里了，俺不得好死。”

“俺……薛先生那窗户俺捅过，石头块子俺也砸过，俺就是图个乐呵。”

“俺对不起薛先生，俺有一年把薛先生的棉裤给剪了，害得薛先生大冬天冻……冻着……冻着那啥了。”

人群里有人笑了几声。薛先生睁开眼，轰鸡一样把排队磕头的人轰散了。

“魏宝山，你还不给薛先生磕头吗？”村主任凶声令道。魏宝山是魏大川的大儿子，跟俺是好兄弟。宝山因为他娘失踪的事，心急如焚，睡不着觉，几天前的夜里听到家外头有动静，跟出来发现一个人影偷偷摸摸地跑到神灶下面偷供品。宝山就冲上去抓贼，把贼打了一顿，全村的人都被惊了过来，村主任才认出来偷吃的就是薛先生。

宝山听到村主任让自己磕头，也没犹豫，当场就跪在地上给薛先生咚咚咚磕了三个头，说：“老祖宗，俺有罪，俺不知道那是您老人家在偷……错了，俺不是不让您吃那死鸡，只是……只是那鸡它不能吃啊，那鸡是活杀之后用蜡封了的，吃了要人命的。俺这就去把俺家的羊宰了给您。”

“薛先生，这头也磕过了，您就给个明话吧，这走人跟失火一样，他等不得啊。”村主任说。

薛先生坐回椅子上，扫了一眼魏大川。

“大川，并非我薛某人不帮你，只是我年近枯骨，朝暮无多，实不够道行随你这份人情。我薛某人在大王尖隐世多年，与五界无争，但凡能行方便之事，不求我也如是办之。你那媳妇儿早已不在人世，你那小子虽命犹在，但就算扶回家中，也过不了20岁，拖累你孝养老爹老母，拖累你续弦成家，何苦如此？”

薛先生说话有学问，村里人听得都不敢搭话。魏大川从凳子上一抹，跪在地上说：“薛爷爷，俺那媳妇跟俺20多年，就算不在人世，俺也得替她收尸，给她办后事。俺那小儿子既然还活着，俺更要拼了命去救他回家。求爷爷看在俺们祖孙几代逢年过节还都给您添把谷子的分儿上，成全了俺们一家吧。”

“罢了。”薛先生摆摆手，“既然如此，就当我薛某人下稻田被蛇咬了腿，就当个瘸子吧。”

薛先生站起身，走到老树下面的土神像面前，拔了香炉里几根没烧完的香，在手心里捏碎了，放到嘴里嚼。又拿了装祭品的土烧碗，摔碎了，取了一片有锋的，划破手指，挤了半天才挤出一小豆血滴。

然后他把嘴里嚼过的香渣子吐回手里，滴上血捏了捏，捏成一团，放在地上，整个人趴着，用耳朵对在香团子上听，嘴里还嘀咕着什么。

薛先生听了足足有一顿饭的工夫才爬起来，回到椅子上。

“大川，你媳妇儿在五道山。”薛先生说。

“五道山？五道山离这儿可快有100里地啊。”魏大川惊道。

“五道山下有个村，叫五道村，你要去村里找个熟悉地形的当地人带路，不然五道山你进不了。五道山有九道坎，每三道坎有一条瀑布，你要在第六道坎的瀑布底下找一个山洞，你媳妇儿就在山洞里。但是切记，找到你媳妇儿当时把她就地安葬，不要耽搁，更不要带回来。”

“爷爷，俺媳妇儿是咋死的，谁把她拐那么老远害了她啊？”魏大川已经泣不成声，跟着儿子一起大哭起来。

“唉，非你所想，也非你所能为。你媳妇儿命中应得瘟病致死，阳寿不过今年端午，若是在村里过世，会招一村染病之灾，你和你媳妇儿平日多有善举，积德积福，她才有这场远死的命。这是你们夫妇给全村种的福报，要哭也是他们这些人为你媳妇儿哭才对。”

魏大川没再说话，全村的人也没人说话。

“拐你媳妇儿去五道山的不是外人，就是前年在水里拽你脚脖子的水猴子。当时发大水把它从五道山冲下来，一路漂到大王尖，正巧撞上你在水里救娃娃。它拽你脚脖子也并非要你性命，是感觉自己漂远了，想回家罢了。这两年河道窄，水不够量，水猴子就在大王尖附近的池塘里游荡，直到你媳妇儿去塘边上洗涜东西，它才附在你媳妇儿身上一路回了五道山，也是跟你媳妇儿身上染的瘟病有关。”

薛先生喝了两口茶，抬抬手示意魏大川和宝山起来。

“你媳妇儿算是寿终正寝，就是落叶不能归根。她身着病躯，不能接触太久，你找到她后，速速就地安葬，不要逗留。回来后，你们凡是接触过尸体的，都要把衣服烧了，还要用艾草煮水洗净全身，才能祛病祛毒。”

“还有你小儿子，他离得不远，在小王尖的山顶上有一座破庙，年久失修，你们速去把他接回来吧，万一刮风下雨庙塌了就不好说了。”

“小王尖？那也有十几里地，那娃娃能跑那么远，不会也是水猴子背的吧？”魏大川问。

薛先生摆摆手，“不是，你小儿子是自己走去的，只不过得了失心疯，被勾着就去了。一夜走了十几里地还爬了座山，加上在那阴庙里过了一晚，已经快没气了，接回来也活不长了。”

“祖宗！”魏宝山又给薛先生跪下，“到底是什么鬼怪害了俺弟弟？”

“什么鬼怪？”薛先生一指那老树下的祭龛，“就是你们拜的大王神。”

这下人群里一下像炸了锅一样沸腾起来。

“这大王尖本就没什么神仙鬼怪，这里聚气聚阳，风水上佳，别说神仙鬼怪了，就是黄鼠狼都不愿意待在这大王尖。在座你们几个上年纪的，几十年光景了，你们见过村里走过黄大仙，见过田里跑刺猬，草丛里走蛇吗？魏大川，你见过吗？”薛先生问。

魏大川琢磨了一会儿，说：“好像是没见过，倒是在旁村经常能遇到，遇到黄鼠狼过街，走蛇进家什么的。”

“咱们大王尖本就是百阳之地，癖阴的妖邪鬼魅根本连路过都不肯，倒是你们自己，好好的非要烧香祭神，把小王尖上的庙神给请来了。小王尖地势阴诡，背阴背阳，邪物四生，这庙神每月初一、十五来咱们大王尖享受香火也就算了，近年来更是变本加厉，拐牲畜，推房子，现在连孩子都上身。它这些道行，也就是你们一根香一根香给供出来的。”

人群里立刻响起了一阵骂声，有几个胆子大的撸胳膊挽袖子就要去把祭龛给砸了，被村主任叫住了：

“你们站住，等薛先生把话说完。”

“小王尖的庙神要在咱们这儿兴风作浪，就得吃死牲畜补阴气，才能扛得住大王尖的阳气。你们用蜡封鸡，本是想防它腐烂，能在祭碗里多放几日，不至于被野狗、老鹰叼了去，却不知蜡封的死鸡更是阴气盛重。你们想想，这狗都不吃的死肉，它能不厉害吗？这蜡封的鸡放碗里不放碗里，对庙神都一样，只能让活人把它吃了，才能借五脏六腑的气去中和化开。并非我薛某人爱吃这死鸡，也并非我抢不过你。宝山，你这弟弟能被庙神上身，有你抢去那半只鸡造的孽。”

魏大川还是一言不发，两眼呆滞，宝山是又恨又恼，嘴唇都气得发抖。

“既然今天话说开了，我也不白领你们磕的这几个头。魏大川，你马上带上村里年纪不过30、双月出生的小伙子，带上稻草火具，带上这8根雄鸡的鸡骨，上小王尖。到了庙里，先把你小儿子衣服脱光，接出庙来，用席子裹起来。然后在庙前后八方各9步的地方插下鸡骨，再一把火烧了破庙。切记，鸡骨不可不插牢，位置不可错。”

村主任听完立刻站起来，在人群里点了五六个精壮的小伙子，站出来让薛先生看看。薛先生点点头，说：“今日之后，麻花沟不得再叫麻花沟。地名即地气，改了名，妖鬼就寻不到了。此晦气之事，不得外传一步，若是让外人知道，我薛某人必遭天雷，到时候劈山大火，各位也不能幸免。”话说完，薛先生挥挥手就走了，几个小伙子年轻气盛，手快的当下就把老树下的祭龛给砸了，土坡上只剩下被砸烂的祭龛和烧过的纸灰。

过了几天，村主任又召集全村人开大会，从那天起，麻花沟就改名叫茉花庄了。

王大伯说完一大段，自斟自饮了一杯酒，陶醉其中，应该是平时很少能喝到这种有牌子的酒。

庄离把碗筷已经挪到一边，在饭桌上铺上小记事本，拿笔在做些记录。渥颜听得很是着迷，见王大伯不说话了，急匆匆地问：“那后来人找到了吗?”

王大伯放下酒杯，道：“找到了啊。魏大川的小儿子就在小王尖的庙里，躺在地上昏了过去。魏大川和村里的小伙子按薛先生吩咐的，把小儿子救出来之后，一把火把庙给烧了，俺在村子里当时都见着烟了。宝山的娘就在五道山的瀑布洞里，找到的时候尸体已经腐烂了，但是衣服和身形都认得出，他们就在五道山上挖了坟，把宝山的娘给埋了。”

“这薛先生真是神人啊，还能真有神仙?”渥颜问。

“你不信吧?不信就对了，要不是亲眼见过，小时候俺爹跟俺说的那些俺也不信。”王大伯道。

“王大爷都说了啥啊大伯，您再讲讲呗。”

王大伯对渥颜的热情很是受用，刚端上来的菜也顾不上吃。

俺小的时候，俺爹跟俺说过一次薛先生的事，那时候俺爹还小。薛先生，姓薛名进，字江远，原本是个逃难的书生，落到咱们麻花沟就留下来了。那时候别说麻花沟，整个大王尖一圈都没什么烟火，村里也没哪户人家愿意留下这个外来人，这薛先生就在后山腰的山洞里住着，每天摘果子抓野鸡过日子。后来，村里子孙旺了，人家越来越多了，村里的娃娃们经常搭伴往后山腰跑，还经常从家里偷点儿东西走。这村里的人就奇了怪了，过去一看，这薛先生天天给孩子们说书讲故事。村里人一合计，这后山也不安全，万一自己孩子摔了磕了碰着狼了，总是不放心，就在山腰下面给薛先生盖了间土房，平了处院子，让他在山下给孩子们讲。这薛先生也的确是读过书的人，说话一套一套的，别说孩子，大人都爱去听听。所以第二年开过春，村里有娃娃的几户就拜了薛先生为先生，给孩子们上学。

村主任请薛先生出山给魏大川找媳妇儿的时候，说过他家三代儿孙的名字都是这薛先生给取的，不是往下数三代，是往上数三代，村主任的爹、村主任的爷爷、村主任的太爷爷，都是薛先生取的名。薛先生嫌村主任的八字不好，看不上，没给他取名字，村主任家里就害怕，请薛先生保着他，才让村主任叫张保之。你们想想，村主任往上倒三代，就100多岁了，俺19岁那年村主任快50了，俺今年80，薛先生得多大岁数。当时村里最老的太婆90多岁，就是在薛先生的私塾里玩大的。

俺爹跟俺说的事，是薛先生最后在村子里的那段。

村里人日出下地，日落回家，也没个旁事干，闲得慌，村里的游混就开始打诨薛先生，说白了，就是欺负他一个老书生。后来闲话多了，说他就是个成精的妖怪，家里就不让娃娃们去他那儿学学问了。当时村里最赖的一个地痞叫混三，好吃懒做，偷鸡摸狗，有天偷酒喝多了，就去砸薛先生家门，说这房子当年盖的时候他家出了钱了，要找薛先生要房钱，不给就扇薛先生嘴巴子，把薛先生在院子里种的菜都糟蹋了。动静闹得大，俺爹他们都过去看热闹。围观的人一多，这混三他更来劲，嘴巴子扇得更响，村里人也有气不过的，但是也不敢出头。那薛先生都躺地上了，混三还拿凳子砸。俺爹当时跟着家里大人在人群缝里偷看，看见薛先生抹了把脸上的血，在地上搓了点儿泥，揉吧揉吧揉了个血泥球，往混三脑袋上一弹，混三当场就站直不动弹了。薛先生爬起来就说，你们都看到了，是这个混三无法无天，我要是不替天行道，村里还指不定有多少祸害会出自他手。你们今天做个见证，不是我要他提前入土，是他自已自作孽。说完了就指着混三的脑袋说，你不学无术，好吃懒做，平日里飞扬跋扈，为害一方，按阴律法，来世你只能做个三等畜生，耕田拉磨，连砍头祭祀的资格都没有，你现在就去吧。说完薛先生把那个泥球捡起来，往混三的脑门一按，混三就一步一步走远了，一直走到百步开外的水田里开始挖泥。当时正是下种的季节，田里都是灌了水的，又稀又滑，混三就用双手在那儿挖泥，挖了不多一会儿挖了个坑，混三就直接把头插进去，倒立起来。水田的稀泥很快就把坑给填上了，混三就这么头插在水田里倒着死了。

打那以后，村里再也没人敢说薛先生坏话，薛先生也不见了。当时的村主任害怕，怕薛先生是生气了，还带人到后山去找。村主任回来了就在全村开大会，说薛先生对村子有恩，要村里人在心里念着他，但是不准对外说，薛先生会一直在大王尖保佑俺们村。从那以后，逢年过节，村里上年纪的人都会准备点儿粮食，送到后山山腰的大石头上。过几天再去看，吃的没了，篮子还在，村里人就说薛先生是被打入人间受难的鬼将军，命格不在阎王爷的生死簿上，判官文书都不敢押他发落，所以落了个通神的转世，这一辈子想活多久就活多久。

“大伯，我敬您一杯，您可真会讲故事，您要当老师，肯定特别棒。”渥颜笑眯眯地举起酒杯。

王大伯乐得开心，一饮而尽，笑道：“还是你们城里大姑娘会说话，俺这可不是讲故事，俺这都是真的。”

王承成见自己爹开了饭不吃，扯闲话扯了一个多小时，心里来气，趁着给炭炉加炭的动静，道：“俺爹就是个老封建，骨子里就信鬼啊神的，早就应该被打倒。”

王大伯一听，把筷子往桌面上一掼，声音高了个8度：“你这啥意思？俺活了80来岁还能骗这几个年轻娃娃不成？这两位那是老师，是有学问的。”

“对啊，我也觉得王大伯说得可好了，王校长您就让大伯说给我们听嘛。”渥颜道。

“俺爹连自己多大岁数都记不清楚，你们还指望他能跟你们讲些啥真的？”王承成道，终归还是没敢跟王大伯正面对抗。

“俺就告诉你，俺清楚得很，你们就是不相信，俺今年活了80岁，再过就81岁了。”王大伯得理不饶人，音调始终高亢。

“那你多出来这4年是从哪儿借的？是薛先生借你的啊？他命长还能借点儿给你啊？”王承成道。

“哎，儿子，你讲对了，这4年还就是薛先生给俺的。”王大伯把酒杯也一掼，看样子是不打算退兵了。

“魏大川那事的下半年，俺爹总算给俺相中了一门亲事，就是俺旁边顺子的娘。媒人说了，彩礼可以少点儿，人要踏实，不能游手好闲。俺爹就觉得老是去贩山货不是个正经事，就被安排到后山去开点儿荒地，种点儿粮食。开山累啊，有一天俺实在是不想种地了，就顺后山山沟瞎逛，也不知走了多远，就下起了暴雨。俺们村的后山，现在看是平了许多，以前那是又陡又悬，俺一不留神，就滚到山下面去了。俺迷迷糊糊地就觉得有人把俺背起来，扛到一个山洞里躺着，那全身疼啊，又冷，等俺清醒了才看到，背俺的人就是薛先生。当时俺心里害怕，就想起来，但是骨头疼，动不了，薛先生就跟俺说，别动，你要躺好几天。俺就说俺疼，受不了。薛先生就让俺躺好，烧了点儿什么东西，俺就觉得迷迷糊糊地到了一个地方，在那个地方一住就住了大半年。然后突然又回到山洞了，原来是在做梦。那几天俺就在薛先生的山洞里，他要给俺上药，吃东西，俺就醒着，其他时候就在梦里过日子，总共过了有4年多。等俺回到村里，俺爹已经找了俺五六天了。俺说了，你们也不相信，信不信由你们。”

庄离飞驰的笔停了下来，四周只剩下王大伯和王承成拌嘴的声音，声音很近，耳朵里却嗡嗡作响，什么也听不清楚。天色渐黑，已经有着急的村民开始燃放鞭炮，噼里啪啦的响声回荡在山谷里，伴随着些许烟花的轰鸣声。庄离看了看自己的肩膀，靠得很近的渥颜一语不发，好像眼前什么人也没有一般，空洞地望着空气。

王大妈伸筷子夹了一块肉放在渥颜碗里，回手打了一下王大伯，道："过年你就吃饭，瞎说啥，你看你把人姑娘吓得。"

王大伯问道："姑娘，你没事儿吧？"

渥颜回过神，摇摇头道："没事，就是有点儿头昏，可能是火盆烘的。我在学校就不怎么烧火盆。"

王承成马上把火盆从桌子下面挪了出来，踢到了墙边。小七、九儿和旺蛋一家立刻围了过去。

"老师，你这是在写个啥？"王大伯又问庄离。

"噢，我把您刚才说的故事记下来。这边故事特别多，我没事的时候就把它们记录下来，以后有机会可以宣传宣传大离山。"庄离答道。

"嗯，好。"王大伯赞同道，"有学问，跟俺们土农民就是不一样，俺记得……老早前就有人来俺们村到处要俺们讲故事，说要给县里编故事书，这得有……好几十年了。"

"什么人哪？还能找到这儿来。"

"是一个叫余三吉的人。县里开了介绍信，要村里配合工作，但是信俺们也看不懂，就看大红章了。俺想起来了，就在一九……六……零年。"

"大伯，您记性是真好，什么事都记得。"

"嘿嘿嘿，不瞒你说，俺爹生了三个儿子，老大就是俺哥，叫王先吉，俺叫王又吉，俺弟弟就叫王三吉，来的那个人跟俺弟弟一个名字，所以记得特别清楚。"

"那人就来听故事吗？"

"就是听俺们讲故事，讲得好，还给俺们发小糖。俺们讲他在写，就跟你一样。余三吉在俺们这儿待了不短时间，天天就跟在人屁股后面跟人说话。那会儿村里有个姓徐的老头，一家人都死完了，就剩他和一头老牛，他也跟着人一起放牛，听徐老头鬼扯。后来过了几年，他又来过一趟，也是要俺们讲故事儿，但是后一次就没什么讲的了，都讲完了，也没什么新鲜的。俺们都没敢说魏大川那事儿，村主任不让说，那个三吉还专门问呢，俺们都说没有。"

王大嫂和王静雅把最后几个热菜端上桌，乐呵呵地坐了下来，王承成拿起酒瓶子，给两个空杯子倒满。

“手艺不行，招呼不周，两位老师你们见笑。”王大嫂举杯来敬庄离和渥颜。庄离赶忙站起来，一抬手刚要喝，才看到渥颜趴在桌子上没动弹。

“妹子你这是咋了，脸色这么难看。”王大嫂扶起渥颜，见她面色苍白，额头上渗着汗珠，全身也没力气。

渥颜想支撑起身体，但是明显虚弱无力，伸手扶住庄离，道：“没事儿，我不太舒服，我想回宿舍了。”

“外面天都黑了，你就在俺这儿歇着吧。”王大嫂马上让王静雅去收拾床。

“不，我得回去，你们吃吧，不好意思了。”渥颜挣扎着站了起来，要向外走。庄离跟着她也站了起来，回头说道：“我送她回去吧，也吃差不多了，明天再来给大嫂敬酒。她这可能是一氧化碳中毒了，烧炭她不习惯。”

王承成和王大嫂一脸的歉疚，王大嫂拦住俩人，急匆匆跑到厨房，收了一袋包好的生饺子塞到庄离怀里，道：“要是饿了就下点儿饺子吃。明天嫂子给你们把饭菜送到学校去，姑娘身体要紧。”

庄离接过饺子，谢过王大嫂，扶着渥颜出了大门。走了没多远，渥颜止步不前，毫无力气地搂着庄离的脖子，仿佛昏迷了一般。庄离没办法，转过身蹲在地上，让渥颜趴在自己后背上，背着她走上回校的山路。

在过去的大半年里，庄离无数次见过这个村庄夜晚的样貌，习惯了抛洒寒光的月亮悬在自己头上，认得出星河中最亮的那几颗明星。与往日所不同的，只有四周不知道什么时候会突然响起的鞭炮声，还有身后随呼吸起伏的温度。

26　西北的雪

“请问，您知道余三吉这个人吗？”

开门的年轻女子一边啃苹果，一边打量吴畏和海袅。屋里电视节目的声音放得很大，敲锣打鼓地播放着新年节目。

“谁？”年轻女子好像没听清。

“余三吉。”海袅又重复了一遍。

年轻女子拿着苹果想了一会儿，“我们家是姓余，但是没你说的这个什么余三吉。”

“应该年纪很大了，可能是你的爷爷辈都不止。”

“噢……你等会儿我问问。”年轻女子拉着门，回头叫了一嗓子：“妈，我们家有叫余三吉的吗？”

“谁？”屋里面传出一个中年妇女的声音。

“余！三！吉！”

“不知道，问你爸去，他是老余家的。”

“爸！爸！你出来下！”

年轻女子叫了几声，屋里面也没反应，女子回过身道：“要么你们先进来坐吧，我爸估计没听见。”

“不了，冒昧打扰，我们就在这儿等着吧。”海袅连连抱歉道。

年轻女子回身钻进房间，拉出来一个中年男人，戴着眼镜，手里拿着份报纸。

“你别看了，有人来我们家找祖宗呢。”年轻女子抢过报纸，指了指门外。

中年男人低着头，从眼镜上方的缝里瞟了两眼，走过来问道：“你们找谁啊？”

“请问您知道余三吉这个人吗？”海袅特地把“余三吉”三个字咬得特别清楚。

中年男人的脸色沉了下来，仔细打量了吴畏和海袅，问道：“你们找这个人要干什么？”

“有些对我们很重要的事情，想了解一下，不然也不会大过年的来打扰。”

“你们是他什么人？”

“说来有点儿复杂，我父亲和余三吉有些过去，我想弄清楚。”

中年男人让开身体，示意他们进来。“秀秀，电视关小点儿，吵死人了，去倒两杯水。”

叫秀秀的年轻女子拿起遥控器按了几下，然后进了厨房。

“余三吉是我的爷爷，但是我没有见过，我们家也几乎没有提起过这个人，所以我知道的也不多。”中年男人请吴畏和海袅坐下。

“那您知道些什么，能告诉我吗？”海袅问。

中年男子深深地吸了口气，想了一会儿，说道：“我父亲很小的时候，我爷爷，就是余三吉，从军离开了我奶奶和这个家，从此就再也没有回来过，也没有任何消息。据说我奶奶去打听过，但是没有打听到什么，就只能当是他去世了。后来我奶奶也没有再嫁，把我父亲养大，很不容易，晚年也没享到福。”

“那您父亲呢？”

“我父亲去世得早，40岁就不在了。”

“您父亲有兄弟吗？”

“没有，我奶奶就生了这一个儿子。”

海袅看了吴畏一眼，吴畏也辨不清她眼里是失望还是什么。从省会西北市到武山县城再到这个小村子，沿途一路打听姓余的人家，就没有见海袅有过轻松的表情。

“那我们可能找错了，打扰了，我们这就告辞。”海袅说完就准备要走，被中年男人拦住了。

“等等，你们找他究竟是为了什么事？”

“是这样的叔叔。”吴畏面带微笑地说道，“我岳父也是部队的，说以前有个领导叫余三吉，对他很好，就是从这个村出来的。然后，前阵子来了个人，说是余三吉的儿子，来借钱借东西。我岳父也没法查实啊，我们就来问问情况。大概就是这么个事。”

“那肯定是骗子。”中年男人斩钉截铁地说道。

“对啊，幸好我们来了，不然可被人坑惨了，现在的骗子实在是没有人性，连咱们最可爱的军人的家属都要冒充。”

“那你们要赶紧报告公安机关，这种人一定要抓起来，不能让他们为非作歹。”

“对啊对啊，我们这就回去跟老爷子汇报，然后去报警，一定要惩治这些坏人。那我们就告辞了，过年好，过年好。”

吴畏拉着海袅连鞠躬带快跑，撤出了余家。从早上开始坐车到这会儿，太阳已经开始偏西了，吴畏抓着海袅的胳膊，一路往村口的小巴站走。海袅想挣开吴畏的手，吴畏都死死地抓着不放，几次下来，海袅也干脆放弃了，任凭吴畏牵着她一路狂奔。

“还好赶上了，不然咱们就得在这个破村子里过夜了，这里眼看也没个像样的宾馆。”吴畏把中巴车的座位拍拍干净，扶着海袅坐下，手也松开了。

海袅手捂着脸不说话。春节期间赶路的不光人特别多，大包小包的行李也特别多，小巴很快就被塞得满满当当。坐着的人还能稍微喘口气，站着的人只能自认辛苦。驾驶座的方向响着山寨的翻唱歌曲，劣质的音响震得耳朵嗡嗡疼，空气里还飘荡着奇怪的味道，仿佛是动物的毛皮混着豆瓣酱。吴畏把海袅的包抱在怀里，想安慰却不知道该怎么说，干脆闭上眼睛，一路任由中巴车从滩河村开到了武山县城。

吴畏拉着海袅在人潮中总算挤出了出站口，就看见汽车站大厅门外聚集了大批的人，堵得严严实实。大厅上面的大喇叭在反复播放一条消息：

“各位旅客，各位旅客，由于突降暴雪引发道路损毁，开往西北市方向的线路全部停运，开往西北市方向的线路全部停运，给大家带来的不便敬请谅解……”

“完了，赶紧走。”吴畏拉着海袅转身就往外走。

“去哪儿？我们得想办法去西北市，明天一早的飞机呢。”海袅在身后叫道。

“没听到广播说路封了吗？看这个天，雪会越来越大，今天肯定通不了。我们得抓紧去找个住处，不然等这些人明白过来了，咱们就只能露宿街头了。”

吴畏伸手拦了辆出租车，把海袅推进去，自己坐到副驾驶位上，说：“去最好的宾馆。”

“20块。”

“走你的，到了给。”

“好嘞。”

武山宾馆坐落在离武山县政府不远的山弯里，两面被弧形的高坡包围，宾馆在高坡上下种满了树，修了篱笆和围墙，就等于把这片山弯圈成了自己的后花园。宾馆虽然有几十年的历史了，但一直是武山县政商“御用”的住宿、疗养地，价格不菲，对于武山县的普通老百姓而言，是个不太需要了解的神秘之地。

宾馆还剩最后两个房间。吴畏松了口气，一边让海袅把机票退掉，一边让她记得给家里打电话。海袅累了，原本能看到星星闪烁的眼睛变得黯淡无光，走路的步伐也软弱无力。吴畏送她进门，没有多留也没有多说，自己回了房间。吴畏也累了，明知道会没有意义地白跑一趟，却还是鬼使神差地跟来了。

儿子的莫名失踪让吴父吴母大为恐惧，以为吴组长被黑恶势力绑架，接到吴畏的电话说人在1000千米以外的西北省后，恐惧继而变成了恼火。此时即将迎来吴畏荣升厂领导的第一个春节，为了在春节期间接待好来往的亲戚朋友，吴父特地买了一身新衣服，还针对不同人群准备了对应的新年说辞。经过反复修改，吴父自认为既能体现吴家优秀的基因传承，也能保持厂里老职工的低调涵养。就在腊月二十八这样一个重要的时间关口，吴父可以拿来引以为傲的男主角突然不见了，而且归期未知，吴父的感觉就像精心准备了一场春节晚会，然后全国停电了。

吴母反复询问吴畏是不是被不法传销组织洗脑继而失去了人身自由，顺道强调了一下家里没钱，也不会给他当下线。吴畏反复解释无果，干脆瞎扯了几句就挂了电话，吴父见和儿子通话的权力都没有被赋予自己，气得看《斗地主》年度总决赛的心情都没有，越看自己的新衣服越来火，干脆脱了，又换上自己的陈年棉袄。在吴父看来，人的一生可以有无数个岔路口，走岔了也不要紧，反正都是往前走，但是像吴畏这样儿子把老子硬推到另一条路上的行为，哪怕前方是金山银海，也是大逆不道。

晚饭也没吃，吴父吴母紧急召开了家庭动员会，吴畏的生死先放在一旁，把说辞口径统一才是当务之急。

但是人生给吴父的并不只有一条岔路。直到除夕大年夜，也没有人登门给吴组长拜年。

吴畏花了一天时间把武山县城走了一圈，大概搞明白了地形和环境。雪下得很大，路上只有那些还想碰碰运气的出租车还在龟速地晃悠。大西北的冬天异常寒冷，四处飘荡着火药的味道，来往的行人用听不太明白的西北方言交流，谁也没注意到一个来自南方的陌生人在城市里毫无目的地打转。

海袅没有出门过，也没有和吴畏再见面，每天把自己关在宾馆房间里，很少有什么表达。吴畏自知无趣，也不黏着，自己吃自己转，趁超市关门前抢购了一批生活用品。出门太急，也懒得带行李，随身换洗的衣服都没装，这年过得实在邋遢。

武山县城还是个很落后的镇子，地方很小，只有一条主干道。虽然县里修了高速公路，近几年的经济有了比较快的增长，但毕竟资源少，底子薄，镇上普通的家庭，也就只能过个温饱偏上的生活。镇上最大的商场百货大楼被一个外来的超市品牌收购了之后，县城才有了那么一点点城的气息。街边的商店搭了棚子，卖糖果烟酒和烟花玩具，店老板们普遍都漫不经心，快过年了，少两天生意也无所谓。整整两天两夜的雪，黄土堆起来的小镇，也像穿上了新年的新棉衣。

吴畏总算找到一个腊月三十还愿意做买卖的饭馆，点了几个菜，打包带回了宾馆。

“嘿，要不要一起吃个年夜饭，买了你最爱吃的排骨。”

“嘿，过年好，一起吃个饭吧。”

“海袅，新年快乐，找了好久的饭馆，一起吃吧。”

吴畏一路练习了几个表情和开场白，像送外卖一样磨蹭到了海袅的房间门口，敲了敲门。

“嘿……海袅……你……怎么哭了？大过年的。”

“没事儿，想我妈了，有事儿吗？”

“呃……我买了点儿菜和饮料，今天除夕，好歹得吃个年夜饭吧，你要不嫌弃，就来我房间吃。”

“我不饿，不是很想吃东西。”

“我没有别的意思，我是怕把你房间弄脏了。”

“我知道，我对这边有点儿水土不服，真的吃不下。要不，你陪我出去走走吧。”

“行……反正你说去哪儿，我都听你的好了。”

海臬点点头，把饭菜接过去放在房间里，穿上外套和吴畏一起出了门。

酒店的大门外停满了车，被雪盖住，像是一块块打包的吐司面包，看样子连续几天都没有开动过了。天黑得早，风也吹得急，顺着路灯远远望去，几乎看不到什么人影。两个人顺着宾馆一楼的长廊来到后面的花园，这里修了一些园子和假山，也有能遮风挡雨的半露天棋牌室。吴畏试了试墙边的开关，灯还能亮，茶色的灯带里混进了几个节能灯，估计是年久失修后更换的。

“吴畏，谢谢你，陪我疯这一趟，连回家过年也泡汤了。我是不是像个神经病?”海臬说。

“挺好的啊，别人都是度蜜月，我是度蜜年，不吃亏哎。”

海臬总算露出了笑容，紧绷的眉头也松弛了下来，吴畏也跟着笑了。

“你还是要多笑笑，你笑起来那么好看，别总是太烦恼了。”

“这半年你变了挺多的，我能感觉得到。”

“变好啊还是变差啊？应该不会变差吧，我已经那么差了，都没有什么下降的空间了。”

“为什么这么说。”海臬打了吴畏的肩膀一下。在吴畏看来，这就算是半年来最亲密的一次接触了。

“海臬，我也知道我其实没什么本事，智商不高，情商也很低，所以总是做不出什么成绩，也挣不到钱。但是我又死要面子，也不肯去面对自己给不了你什么好的生活。幸好你及时离开了我，不然真是害了你，也害了我自己。”

宾馆的保安从花园里打着手电筒走了过来，瞄了瞄棋牌室这边，很诡异地用眼神分析在里面聊天的两个人，什么也没说又走了。

“那天，从我看到墓碑上余三吉的名字和照片，到我坐车回到云州，我自己都不知道怎么回事，不听使唤就离开了，我也不知道会变成这样。”

“没关系，都过去了，我不是说了嘛，幸好你及时选择了离开，不然我可能还是一个一事无成的小策划。我都干了快10年了，徒弟都干成我领导了。你走了之后，我在厂里找了个机会，现在是糖厂品牌改革小组的组长，我组织研发的产品已经打入了四个省的市场，救活了厂里四个闲置的车间，明年计划营业额超千万增长，还打算在云州组建分公司。我在糖厂长大，生活了十几年，我一直都看不起糖厂那种落后老套的体制，但要不是因为你，我根本不敢相信自己能在糖厂里做出这些成绩。”

海臬愣了一会儿，没说话。吴畏以为海臬不相信，从口袋里掏出手机，翻出白梅糖业年度科室运营计划的呈报文件，翻给海臬看，还特地把文件的抬头“品改组组长 吴畏”放大强调。

“其实在我心里，你一直是那时教导我的大哥哥，不管你事业中遇到什么困难，我也一直都相信你能有作为。”海臬瞄了两眼，就把手机还给了吴畏，反倒是吴畏觉得自己有自我吹嘘的举止，羞耻地把手机塞回口袋。

“吴畏，如果可以的话，我还是想和你做个好朋友。”海臬望着花园里极少数的几个惨白色的景灯，呵了一口热气在自己手上。

吴畏听了，是又高兴又难过。

“行啊，要是咱们没缘分了，做做朋友也挺好的，起码想你的时候，还能给你发发消息。”

海臬没说话，吴畏知道自己又说岔了。

“哎，你能告诉我，你爸爸和余三吉到底是怎么回事吗？”

“也许这世界上，真的有灵魂转世吧。”海臬把外套紧了紧，慢慢说道。

“那年我大二，在外地上学，原本学校是通知6月28日考试，我就跟家里说了29日回家。结果考前一个星期，学校有栋教学楼失火，教室不够了，就调了考试时间，我就提前两天放假了。我没跟家里人说，偷偷跑回家，想给家里人一个惊喜。到家的时候，家里没人，我就藏在自己房间里，想等爸妈回家吓他们一下。我爸先回来了，刚进门还没来得及关门，就跟着闯进来一个人。我爸当时特别……惊恐，就像……见到要债的人一样，推了几次，那个人都没走，我爸就很丧气地背过身说：‘你还老找我干什么？’”

“云堂，我找了你几十年哪，你现在老婆孩子房子车子，可不像我们以前过的苦日子了。”来的人叫海臬的爸爸云堂。

“你想干什么你快说吧，我家人快回来了，见到你对大家都不好。”海臬爸爸说。

“你老婆中午不回来，我观察过。这么久没见，你都不给杯水喝吗？”

海臬爸爸后退了一步，摆摆手示意他坐下，自己去茶盘倒了杯茶，放在来人面前。

“说吧，想要我做什么？”海臬爸爸坐在了来人的旁边。

“继续我们没做完的事。”

“哎呀……”海臬爸爸长叹了一口气，道，“三吉啊，你怎么还在想那个事，你还不明白吗？时代变了，我们能活下来就谢天谢地了。你听我一句，别再折腾自己了，那……那就是个……是个不可能的传说。”

叫三吉的人一口气喝光了茶水，仿佛口渴得很。

“不，不是传说。你说得对，时代变了，我告诉你，正因为时代变了，所以……他们来了。”

“什么！他们来了？”海袅爸爸惊得站了起来。

“对，这几十年他们一直在秘密遣送他们的人过来，通道打开了。”

“在哪儿？”

“不知道，他们的人很难搞，几乎都是社会精英，想接触都很难，更别说要从他们嘴里撬出这种秘密。但是他们一定会想办法和那边联系，只要有耐心，一定能摸到蛛丝马迹。”

“他们派人过来是想干什么？”

“不清楚，但可以肯定的是这些人都是带着任务的。他们渗透到了社会的各个领域，成为专家或明星，这对他们来说太简单了。”

“你打算怎么做？”

“我已经锁定了几个目标。云堂，我们联手，一定能够回去。”

海袅爸爸站起身，背对着三吉，许久，叹了口气，道：“三吉，我不想再折腾了，回去了又怎样，他们能接受我们吗？我们本来就是被流放的。接受了又怎样，那边是什么样的世界，我们一无所知，也许那边的狗都比我们强。三吉，你听我一句劝，好好过日子吧，把自己当成个普通人，我们也能生活得很好。那个地方不欢迎我们，就忘了吧。”

三吉静静地听海袅爸爸说完，也叹了口气，道：“云堂，若说这个世上有人能懂你的苦，恐怕也就是我了，你说得都在理，既然如此，那我也不勉强。”

海袅爸爸装过身，拉住三吉的胳膊，道：“三吉，你若愿意，我可帮你安顿妥当。”

三吉缓缓拉开海袅爸爸的手，道：“你我当年能做兄弟，是齐心去做一件事，今日你已数典忘祖，丢了本分，你应该不会怪我吧。”

“你……余三吉你什么意思？”

“你以为假装是个正常人，就能过上正常的生活吗？”

三吉说完这句话，戴上帽子，夺门而出，留下不知所措的海袅爸爸，像一尊木偶一样站在客厅里。

“我一直躲在房间里不敢出声，我爸在客厅里使劲儿抽烟——他从来不在家里抽烟——过了很久才出门去。等他走了，我去到附近的公园里，一直等到晚上才回家，假装刚刚到家的样子。”

吴畏把手机还给海袅，几年前手机拍摄的视频并不清晰，但好在里面的声音还算听得明白。

“你知道他们说的都是什么意思吗？感觉你爸爸和这个三吉在谋划一件大事。”

“我不知道，而且我爸爸也不叫云堂。没过几天，我爸就去世了，办丧事的时候我在人群里又见到了这个人，就是我给你看过的DV里面的人。”

“你妈妈呢？”

“我妈就一口咬死我爸是慢性病突发，说早就得了，一直没敢告诉我。”

“如果我是你，只要看到一点点线索，我也会这么做的。”

“谢谢你。”海袅欣慰地笑了一下，点了点头。

“那你接下来有什么打算吗？”

“好好工作，好好挣钱，好好养我妈。”

听到海袅的打算里并没有自己出现的迹象，吴畏心头掠过一丝凉意，没敢继续看海袅，也顺着海袅的目光瞟向了外面。

“吴畏，你是个好人，以后一定能……能找到幸福的。我这半年，觉得自己一个人过挺好的，虽然不知道以后会怎样，但我想试试去面对新的生活。”

“我没有要纠缠你的意思，我其实……也过得挺好。”

“我不后悔跟你在一起过，如果上天注定我们还有缘分，就听命运的安排吧。”

一阵寒风从窗户的缝隙里挤了进来，吴畏只觉得连风声都在重复着“你是个好人”。

能做个朋友也挺好的，吴畏想。

雪停了，在无边无际的黑色背景下，被微弱的路灯照亮的白色灌木丛也像喘了口气，静静等待零点新年的来临。武山县城的小镇上没有钟楼，夜空上也没有烟花亮起，空空荡荡的耳边，仿佛响起了心跳一般的声音。

27 殡草

庄离也不知道这一夜自己是怎么过来的。

渥颜年轻，有着让古远那样的海归迷恋的外表，有着让老杨那样的老学究琢磨的气质，有贵重的资产，有能让自己活得很好的自由。这样一个美妙的女子，此时此刻就躺在自己面前，在一个窗户漏风的瓦房里，在一个伸手能摸到月亮的山腰上。这样一个没见过几面的女子，冒着大雪找到了自己，每天一起吃粗茶淡饭，从背后抱住了自己。

也许她只是一时兴起，又或者是为了新鲜而冲动，也许过了今天她就会恢复到以往的样子，把他当成是一个买不起梦的客人。

庄离脱掉了她的外套和鞋子，把被子盖好。她的眉头皱得很紧，仿佛在做一个让她很痛苦的噩梦。

庄离回到自己宿舍，把床上的被子卷了卷，扛到渥颜的房间，铺在了地上。好在今天过年，屋子打扫过，地上虽然坑坑洼洼的，隔了层棉絮也没有感觉硌得慌。

“我是个什么都没有的人，我能给的只有陪伴了。过年好，晚安。”

冷风和白酒让庄离的胃里天翻地覆地难受。身在渥颜的房间，睡觉也不好脱衣服，窝在被子里，总觉得自己不是在睡觉。就这么翻来覆去，时间特别漫长，不知道过了多久，遥远的山下传来一阵阵鞭炮声，估摸着是到了午夜，家里最大的一挂鞭炮要留在12点放。学校离村子已经很远了，那些鞭炮声仿佛是爆米花裂开一般，欢快而又微弱。庄离朝窗外睁眼望了望，什么也看不到，但是有光洒进了房间。今天是除夕，月亮是最弯的时候，但是眼睛适应了黑暗，才发现自己身边也挺明亮的。

庄离再一次闭上眼睛，强迫自己进入梦乡。不知道过了多久，耳边听到一阵敲门声。

“庄老师，庄老师……渥老师，渥老师。”

庄离爬起来，打开门，王承成的老婆端着个钢筋锅站在门外，锅盖不严实，从缝里还冒着热气。

王大嫂瞄了一眼屋里，把锅放到庄离手上，小声说：“吵着你们了，俺走啦。”说完回头就走，走了两步还回头笑了一下。

庄离掀开锅盖，里面是热好的稀饭和一些做好的菜。

庄离把锅放在桌子上，转身出去洗了把脸，点了炉子烧开水。昨天剩的热水已经不怎么热了，庄离把水瓶里剩下的都倒在脸盆里，拿回渥颜的房间。

渥颜醒了，坐了起来，头发披散在脸上，窝在被子里靠着墙发呆。

庄离搓了把毛巾，递给渥颜，说道：“王大嫂送了稀饭，你起来吃点儿吧，昨天你也没怎么吃。”

“吃不下。”渥颜擦过了脸，把头发理好，脸色已经好多了。

“行，饿了我再给你热热。”庄离四下里看了一圈，也没地方放铺盖，干脆坐在地铺上，“要聊聊吗？”

渥颜把半个头藏在胳膊里，不说话。

“其实你不是烧炭中毒，你就是急火攻心吧。”庄离笑着说道，“没想到在这深山老林里，还能遇见同行。”

渥颜把整个脸都埋进了胳膊，沉闷的声音从被子里传来：“我不知道怎么跟你说。”

“如果是不好的事情，我可以陪你一起承担，但是我什么都没有，不知道能帮你点儿什么。”

“你别总这么说，好像我很瞎似的。”

庄离笑了，道：“你不是好像很瞎，你恐怕是真的瞎。”

“你讨厌死了！”渥颜把枕头砸到庄离身上，像个小姑娘撒气一样，“我饿了。”

庄离把稀饭盛了一点儿，又加了点儿小菜，递给渥颜。

“有些事，我怕你知道就不想跟我在一起了。”

“我本来就不想跟你在一起啊，你一来我不就让你赶紧走吗？”

“你要气死我啊，我不吃了！”

庄离站起来，坐在渥颜的床边，接过碗，道：“那我喂你吧。外面冷，你把手都塞被子里。”

“你人那么好，为什么总觉得自己什么都没有。”

“人好又有什么用，老天又不会给你什么好报。”

“我不算老天给你的好报吗？”

“谁知道呢？万一以后你后悔了，好报不就变成罪过了。”

“那你就不能给我点儿信心吗？老是说这种丧气的话。”

“那你给我个机会呗。你那么多秘密，我都不敢看你。”

渥颜把稀饭吃了个精光，庄离放下碗，去外面把烧开的水带了进来。初一的阳光洒进了房间，风也小了，仿佛没有清晨那么冷了。

“我爸在我3岁的时候离开了我和我妈，我妈从那时候起就得了抑郁症，时好时坏，到我懂事之后就越来越严重。我19岁那年，我妈受不了折磨，自杀了。其实我妈去世我挺开心的，每次看她犯病的时候我都很害怕，尤其是她画完画，整个人就会很痛苦。我妈是大家闺秀，我姥爷留下了宅子，让我妈去学画，也不用她辛苦工作，但是……没能给她一个幸福的人生。”

庄离把一缸热水放到渥颜手里，又把她的双手握住，道：“我父母在我很小的时候就不在了，我能理解。”

“我妈临死前，趁自己清醒，给我留了一封信和一把钥匙。信里说让我不要怨恨我爸，说他是身不由己才会离开，还说他是一个很好很优秀的人，改变了她的一生，也给了她很多宝贵的经历，死亡对她来说是一种解脱，她不后悔。那把钥匙就是我家地下室的钥匙。地下室的门是特制的，防火防盗防爆炸，我印象里我妈从来没开过那扇门。我打开地下室，里面就有这个东西。”

渥颜从手腕戴的手环里取出一根黑色的细签，看上去像拜佛用的香一样。

“殡草香。”

庄离接过来放在鼻子下面闻了闻，好像也没什么味道。

“这个香点燃后，会让人迅速进入睡眠，然后做梦。梦里的时间过得很慢，现实中一天的时间，在梦里大概能过上一年，而且很真实，醒来不会快速遗忘，甚至伤痛的感觉都能保留。”

“我一直以为这只是一种心理暗示的催眠。”

“这是我爸最重要的东西，我妈把它锁在了地下室里，她以为这样我爸就不会离开。”

“那你妈妈是早就知道你爸会有离开的这一天吗？”

“也许吧。我妈说如果有一天你爸爸回来找这个东西，你就把这些还给他，也许他已经找到了自己想要的东西。后来我想如果做仙梦的事能够传出去，也许我爸知道了就会出现，所以我就开始做这门生意。”

“但是这种草香只有那么多，所以你才设置了那么多奇怪的规则。”

渥颜点点头。

“你需要的是更多的新客户，能有影响力的新客户，像老杨、古远这种人，能够帮你把仙梦的信息传播给更多人。”

渥颜点点头。

“那你……为什么会找我呢？我几乎没有任何传播力，你指望我在博物馆讲仙梦吗？”

渥颜摇摇头，道：“你跟他们不一样，我没有想让你去告诉更多人有仙梦这个东西，我只是觉得你能帮我找到……我爸爸想找的东西。”

“为什么？”

“因为你跟我说的第一句话，我妈也跟我说过。”

庄离想了半天，“历史之所以是历史，是因为后人已经看不到真相？”

“如果我知道我爸爸在找什么，也许我就能找到他，安慰我妈妈在天之灵。”

“所以所有的客人都只是你的工具，也包括我？”

渥颜惊恐地抬起头，拼命地摇头。

“没关系，我也不生气，能做个工具说明自己还有点儿用，只不过我也没实现你的期待。”

渥颜一副很内疚的样子，拉着庄离的手不松开，庄离把另一只手也搭在上面，表示自己真没在意。

“你继续说吧，我真没生气。”庄离道。

“除了殡草香，我妈留下的就只有她那些画了。这么多年，靠做梦，钱是赚了不少，但是始终也没有我爸爸出现的消息。”

“那你听说过有别人也会做仙梦吗？”

渥颜摇摇头，道：“我有个客人做了个网站，全世界都看得到，但是也从来没有人说有过这样的事情，更多人只是把它当作一种催眠术或者诈骗的巫术。”

“难怪，王大伯说的故事就只有你爸能实现。”

“我也不知道，我现在脑子很乱。”

庄离抽出手，抚摸渥颜的头发，道：“我小的时候啊跟我奶奶一起住，我奶奶每次都说，小离小离，如果你这次考试考100分，我就给你买一个奶油蛋糕吃。但是我每次都考不到100分，就一直吃不到奶油蛋糕。于是我一直努力啊努力啊，终于有一次我考到100分了，我奶奶就说我现在去给你买奶油蛋糕，我在家里等着，等着等着就等哭了。当你一直努力要实现一个目标，终于有一天就快要实现的时候，心里反而会是抗拒的。”

“但是王大伯说得太离谱了，我爸长相挺年轻的，也很帅，不可能是在山里面活了几百年的老头子。我给你看照片。”渥颜挣扎着就要下床，被庄离拉住了。

“你歇着别动了，回头再看也是一样。”

“我问你啊，还有多少和我一样使命的人?”庄离又问。

渥颜迟疑了一会儿，一边摇头一边死死地抓着庄离。

“你别紧张。”庄离笑着说，“我没有别的意思，我也不会抛下你，我只是觉得自己真没什么值得你选择的。”

“我知道，你说过我们是两个世界的人，其实我真没有你想得那么……”渥颜想了半天，不知道该怎么形容自己，只好滑过去继续道，“如果我要找一个有钱有势，有名有地位的人，我早就嫁了，但是我今年都32岁了，我想找一个自己喜欢的。”

“我冒昧问一下，你别生气。你的心理年龄多大了?”

“我32呀，我看着很老吗?”

“你自己做过梦吗?”

“那个香对我没有用，我也不知道为什么。”

“噢，这个香也认人，那你可惜了，这么神奇的体验只能给别人。”

“当时在墓地的时候，我觉得你是个挺重情的人，青墨已经去世了，你还经常去看她，我还活着呢，我爸都不来看我。后来你说要来大离山支教，云州的一切你都不要了，我觉得你挺放得下身外之物的。你在这个鬼地方，吃不好穿不好，却对小孩子们那么好，对九儿和小七也那么好，我就觉得你真的挺好的。这个世界上，能做到对感情不离不弃，对名利毫不在意的人真的不多。”渥颜眼巴巴地望着庄离，好像一个等候发落的孩子。

“我可没有你说的这样高大，我放弃云州的一切是因为我本来就没有什么，我能在这儿生活下来是因为我已经放弃了人生，你不要被自己的想象感动了。”

“那你会对我不离不弃吗?”

庄离严肃地思考了一阵，睁开眼回答说：“你饭量这么小，咱们应该饿不死。”

28 春游

为了表达为父的尊严不容践踏，吴父拒绝与回家的吴畏进行任何语言和表情上的交流，吃饭也不苟言笑。考虑到春节期间的电视节目普遍都是吉祥如意的类型，在这样的节目面前很容易放松警惕，吴父忍痛放弃了看电视的欢喜，尽量把自己关在吴畏看不见的房间里研究棋谱。吴父坚信，以这么明显的原则性错误，吴畏应该会主动降低姿态，向全家人赔礼认错。这个时候，父子关系的场景才会恢复到吴畏回厂之前的状态，让吴父充分地重温一把教育儿子的享受。

吴畏把带回来的西北省的特产年货交到吴母的手上，露出一个充满悔意的灿烂笑容，就把自己憋在房间里。新的一年，吴畏要认真打算白梅糖业的发展，虽然现在面对的问题都是自己不曾经历过的，但有半年的成绩在背后，吴畏觉得自己充满了力量。这种力量涌遍了他全身，更新着他的梦想，但是无法影响到一墙之隔的吴父。吴父左等右等，等不到吴畏的忏悔，无心研究棋谱，还错过了电视节目，感觉这个春节过得悲伤重重。

正月十五一过，吴畏就急匆匆拉着赵光明和林帆扬下了乡，去清水冲督查原材料种植的情况。厂里政策和宣传手段已经在年前进行了一轮轰炸，据邱德俊反映效果不错，很多已经不再种甘蔗的农民主动开始咨询政策和市场，甚至带动了更南部其他乡的村民。吴畏着急地在元宵节一过就去实地检查，是怕万一村民们过个年一犹豫选择了观望，最起码还有几天时间可以再突击冲刺一把。原材料能放心落实，今年计划的几件大事才能无后顾之忧。

在清水冲转了几天，现实情况也的确如邱德俊反映的那样，村民返种的势头喜人。虽然在赵光明和林帆扬这两个老狐狸的观察下，还是找出了很多投机取巧的漏洞问题，但吴畏担忧的情况已确信不存在了。只要今年不闹天灾，糖厂所有的车间火力全开，弹药的补给也能够保证供应。

赵光明和林帆扬也很高兴，赵光明是高兴今年在生产环节自己能做出效益，林帆扬是高兴在宣传环节自己已经做出了效益。吴组长钦点他们两位共同下乡，正好做了他们效益功劳的见证者。一圈巡视下来，吴畏收集到了不少真实的信息，经过赵光明和林帆扬的解释和指导，吴畏基本上对原材料种植有了大概的认知，收获颇丰，对邱德俊每天作陪的辛苦也十分感谢，特地去买了酒，要在临走前请客聚一下。

邱德俊原本就被吴畏的突然袭击打乱了工作节奏。开春是最忙的时候，各种工作报告就已经让他焦头烂额，但是糖厂毕竟是乡长特别交代要重视配合的对象，也事关本地老百姓奔小康的进度，邱德俊也只能白天笑脸陪行，晚上抓紧思考，绽放了高效的工作状态。一听说吴组长要心满意足地回城，邱德俊立刻给予了响应，表态要一心为工作，决不腐败堕落，明早亲自给吴组长送行。

吴畏也很感动，即便在乡镇一级的公务员干部，也如此严格地杜绝吃拿卡要，想必是一方百姓之福。但酒已经买了，总不能带回去当作督查成果，吴畏干脆和赵光明、林帆扬三个人举行了一个内部感情联络会。会上吴畏把今年的工作计划做了一次分享，获得了两位老同志的高度赞扬，尤其是拓展外省市场的部分，大有成为全国糖业一霸的气势。新老工作小组把酒言欢直至深夜，都觉得自己的事业迎来了第二个春天。

吴畏习惯了晚睡早起的节奏，次日准点起床，连砸带捶叫醒了赵光明和林帆扬，已经过了和邱德俊约定的时间。吴畏打电话给邱德俊，表示直接就走了，不用再多送一程。不料，邱德俊说自己也还没到，并且告诉吴畏，说有个茉花庄的乡村老师非要见他一面，问是否可以。

吴畏见到庄离的时候，庄离正在乡政府的门卫室外冻得转圈，看样子是等了多时，也没能用瑟瑟发抖博得门卫大爷的一丝同情。邱德俊悄悄跟吴畏说，自己并不认识这个人，也不知道是什么事，万一有什么出格的状况，还请吴畏多包涵。考虑到茉花庄长年缺少公办老师，乡里也的确在这个问题上没有很好的解决办法，所以才没有直接赶走，而是征求了吴畏的意见。

“俺……我叫庄离，是茉花庄小学的老师，你们好。”庄离从袖筒里伸出冻得通红的手，和吴畏、赵光明、林帆扬握了握手。

“那你们聊，我赶着去开会了，有什么事随时给我打电话。”邱德俊点头哈腰地告辞，转身回了政府楼。

“天太冷了，要么咱们上车说吧。”吴畏道，“老赵，到车上把空调开开。”

吴畏和林帆扬换了个位置，让林帆扬坐副驾驶，自己和庄离坐在后排。四个人钻进了车，瞬间感觉暖和了许多，庄离一直在发抖的身子也平静了下来。

“说吧，找我们什么事？”吴畏问。

“我听说您几位领导这几天一直在这边视察工作，号召大家种甘蔗，帮助村民奔小康。老早些年，这边连电都不通的时候，糖厂就在这边扶贫帮产，坚持了这么多年，真是心里有老百姓的良心厂。”吴畏也不知道是冻得还是不好意思，脸颊上一直像发烧似的红。

“帮助梅县农业发展一直是咱们厂的立厂之本，厂里和农民兄弟也是互相解决问题，共同谋发展，是应该的。”吴畏嘴上说道，心里却在默念马屁背后必有所求。

“是这样的，吴……吴总，我跟您汇报一下我们茉花庄的情况。茉花庄是清水冲的一个辖村，但是地势偏僻，在大王尖山脉的北侧，交通、日照、气候条件都不如这边好，所以村里一直没有什么像样的发展机会。村里人朴实、勤劳，还保持着传统农业劳作，挣不到钱，基本都在贫穷线左右。村里只有一所小学，总共有三十几个学生，每年的学费都收不齐，也没有老师愿意来教课。村里的后代没有文化，找不到出路，就只能继续务农种地，这个村子就根本看不到希望。”

“啐……”前排传来一个仿若不屑的声音，又接着几声干咳，林帆扬把头转了一遍，看着车窗外。

“庄老师，”吴畏道，“茉花庄的情况我们有所了解。其实我们也希望梅县的每个村子都能搭上糖厂的便车，但是厂子是企业，也要讲究效益。茉花庄的条件完全不适合种甘蔗，也提供不了制糖所需要的其他原材料。这次惠民种植计划，也只能覆盖到有原材料产出能力的村子，茉花庄的确是照顾不到。”

“不不不……”庄离连连摆手，“我不是来请你们去茉花庄发补助种甘蔗的，茉花庄种不了甘蔗我知道。”

“那是来给学校要捐款吗？”

庄离的表情十分难堪，仿佛捡了个钱包被人喊“抓小偷”一样，支支吾吾说不出话。

“厂里每年都会有一些公益基金，到时候看领导班子怎么分配吧，这个我们真做不了主。”林帆扬在前面说道。

“吴总，几位领导，我就想问问，能不能给学校的孩子们赞助一次……春游？”庄离说完，眼神看着吴畏，像一个交了考卷的孩子。

“春游？春游怎么赞助？”吴畏问。

“唉，这些孩子真的很可怜，他们当中大部分的家里都只是把上学当成无关紧要的流程，并不认为读书能改变命运，所以孩子学得好或学得不好，家长也不会很操心。也有一小部分家里会鼓励孩子学习，这些孩子也想学好，但是条件摆在这里，有时候努力也改变不了吃力。这些孩子每天看到的就是爸爸妈妈下地干活，养猪，喂鸡，住土房子，在他们的世界里，这些就是人生的全部。他们不梦想有一天能走出大山，走向城市，不去过落后的生活，因为他们从来没见过外面的世界是什么样，没见过就没有梦想，没梦想就没有学习的力量。我就想能不能用春游的形式让他们出山去看一看，知道未来是可以用自己的努力改变的。”

“噢……原来是这样。”吴畏点了点头。

“但是，村里的人连一年20块的学费都交不起，怎么有钱让孩子去春游呢，所以……我就想来碰碰运气。”

“你来等我们几天了？”

“三天了，每天早上坐小巴车过来，傍晚再坐回去。乡里一直说你们去考察了，不在清水冲，我也是没办法了，就托人找到了邱主任，硬求他转告一声。”

“春游计划需要多少钱？”

“我算过了，全校学生都去，连交通带吃饭住宿，总共要4000块钱。”

“4000块，30多个学生，人均100出头，那你们能去哪儿春游？”

“梅镇。梅镇有烈士陵园，有博物馆，有水库大坝，两天一夜，应该差不多了。”

“庄老师，您在茉花庄教书教了多少年了？”

“还不到一年，我去年9月才来。”

“您不是本地人？”

“不是，我是支教老师，从云州过来的。”

“那您之前……”

“之前就是教书的，在云州学院教历史。”

“伟大，挺伟大的。”吴畏把身子立了起来，没算好高度，头撞到了车顶。

"看到没有，老赵，老林，大学老师放弃了城市的繁华生活，到咱们这穷乡僻壤来支教，这比咱们要伟大啊。"

林帆扬想到自己刚刚没忍住嘘了庄离，很是尴尬，幸好自己背对着，连连在前排呼应吴畏的感慨。

"庄老师，您的想法是个非常好的想法，我代表我们品改小组，不，代表我们厂向您致敬。您这个要求不过分，我支持，厂里如果不批准这个赞助，我吴畏个人掏腰包也要让你们出发。"

庄离听闻喜上眉梢，抓住吴畏的手一边上下抖动一边感谢个不停。

"庄老师，要不这样，今天还早，我们去学校看看，刚好顺路送您回去。"

"那太好了，我给你们带路。"

有了吴畏的口头认可，庄离一路上放松了许多，说了很多茉花庄的情况，其中也包括自己刚到茉花庄的那一天，王承成沿路告诉他的。车子在赵光明的驾驶下驶出了清水冲，拐进了大王尖的深处，原本就不宽阔的道路变得狭窄又颠簸起来。

自小在梅镇长大的吴畏对山并没有多少感情。在他的记忆里，山只是他眼前世界的一层背景，春天是绿色的，秋天是黄色的，只有每年过年时跟着吴父去祖坟上磕头的时候，才能从一个不一样的角度看一看窝在山谷里的镇子，隐藏在一片黑白色中间，点点红装素裹的家乡。大离山用起伏的土地和广袤的生命养活了梅县好几百年，任凭人们在她的躯干上开垦出一条条道路，劈开一片片山坡，伐光山坡上的树木重新种上果树和茶树。这些果树和茶树繁衍了一个又一个村子，他们不停地比拼谁能更有效率地从大离山换来更多的东西，然后用东西去换来更多的钱。如今大离山的神秘已经接近尾声，最后一片原始森林就徐徐呈现在吴畏的两旁。

"这是个机会。"吴畏动了动嘴唇，用小到只有自己能听到的声音对自己说。

"前面……不是前面的小路，是再前面的坡，拐弯，然后顺着盘山路走，就快到学校了。"庄离趴在林帆扬的座椅靠背上，给赵光明指路。

车子歪歪扭扭地爬上了山坡，停在了小学操场上。正值中午放学，大大小小的孩子背着书包从教室里一涌而出，光秃秃的操场顿时有了嬉笑打闹的动静。

"这就是学校了，那边是教室，这边是宿舍。我先带你们去教室看看吧。"庄离走在前面，从孩子们的人群中穿过。

“总共三间教室，但是坐不满，没有那么多学生，也没有那么多老师，所以一般都是在这间教室上课，这间教室的窗户是玻璃的，不怎么漏风。”庄离把吴畏一行带入教室，渥颜刚刚收拾好课桌板凳准备离开。

“这是渥颜老师，也是支教老师。”庄离介绍道。

渥颜并没有料到庄离会带着几个陌生人来到教室。这几天庄离每天一早就离开，一直到晚上才回来，只说是王承成安排他去清水冲顶替开会，好让他安心在村子里收学费。

“渥颜，这是梅镇糖厂的领导吴总，这两位是他的同事。吴总同意赞助咱们学校，出资让孩子们去春游。”庄离兴奋地对渥颜说。

“哦，那谢谢吴总了。”渥颜伸出手，和吴畏握了握。

“想不到还有位美女老师，幸会，你们两位都很伟大，是高尚的人。”吴畏道。

“客气了，你们大老远还能想到茉花庄这个地方，你们才伟大和高尚。”渥颜回应道。

“不是不是。”吴畏赶忙摆摆手，“要不是庄老师在清水冲硬等了我们三天，我们哪有这个机会。”

“哦……”渥颜看了看庄离。庄离避开了她的眼神，伸手把吴畏拉进了教室。

教室很小，泥土胚搭起来的屋子，放进十几张双人小课桌，就已经被塞得满满的。教室的两旁是木头框的窗户，的确是装着玻璃的窗户，但有好几块已经破损，蒙着塑料皮，随着风不停地抖动。

吴畏摸了摸第一排的课桌。课桌的腿瘸了一只，轻轻一用力，课桌就来回晃荡。课桌面上遍布坑洞和裂缝，几乎看不到一块平整的地方。顺着课桌间的走道望去，教室后面横着一根大木头，贴着墙和最后一排的课桌，仿佛是一条大长凳。

“条件很艰苦啊。”吴畏发自内心地感叹道。

“这几间教室，下大雨和下大雪的时候就得停课，不然怕出事故。山那边有个村子，前几年有天下午上课的时候，突然下暴雨，教室就塌了，大梁砸死了两个小孩儿，学校后来就荒废了，并到隔壁村子的小学去，那些孩子每天上学要走一个多小时的山路。每次茉花庄下大雨或下大雪，学校就要马上停课，然后找架子把大梁顶住，不知道能撑到什么时候。”庄离挤出一丝自嘲式的微笑。

“越穷，就越不会为教育投入。越没有投入，又会越穷。”吴畏道。

“吴总，时候不早了，要不你们就在这儿吃个便饭吧，但是这边没什么像样的招待，平时我们都是自己下厨糊弄。”

“那不好，你们还要上课，已经够辛苦了，我们就不打扰了。”

“不打扰的。从这儿出去，最近到清水冲也得快三个小时，你们今天就没饭吃了，大过年的，对身体不好。况且，庄老师手艺很好的，厨房有菜，你们稍等就好。”渥颜在教室门口招呼道，“先去宿舍坐一会儿吧，宿舍有火盆，没那么冷。”

吴畏瞟了一眼赵光明，赵光明在渥颜身后撇着嘴角，点了点头，表示渥颜说得有道理。

吴畏同意了，庄离很高兴，一路小跑带着吴畏奔回宿舍，就在开宿舍门的一刹那，庄离又后悔了。

他忘了过了年之后，除了床没搬，渥颜把自己的生活用品都搬了过来，包括每天换洗的衣服，就挂在正对大门的窗户边。

吴畏进门的第一眼就看见一排女性的内衣，在漏风的窗户边轻轻摆动着性感。

“宿舍乱得很，你们别笑话，你们先坐，我给你们泡点儿茶。”渥颜把正在尴尬中的庄离推到一边，把火钳塞到他手里，自己去课桌抽屉里拿出一个装茶叶的小铁盒。

“你们是两口子啊，难怪志同道合。”吴畏道。

“神仙眷侣。”林帆扬在一旁应和。

“你们这些大领导就别笑话我们这些穷夫妻了。”渥颜把开水倒进茶杯，庄离从门外用簸箕装了些新炭进来。

“厨房里还有王大嫂送的鸡，还有香肠，中午都做了吧，我帮你。”渥颜搓了一把毛巾，给庄离擦了把脸。“你们先坐会儿，我们去厨房了。”

庄离跟着渥颜进了厨房，抢先占住了锅台的位置，不管渥颜有没有发现自己在说谎，多干点活儿总没坏处。

“你去煮饭吧，菜我来做，你又是开会，又是等领导，这几天辛苦了。”渥颜打开碗橱，把王大嫂送的菜挨个端了出来。

庄离想了一下，回答道：“也没有什么辛苦。”

渥颜回过头，把腌肉和香肠塞在庄离手里，道：“刚才还挺生气的，现在不生气了，你把这个放电饭锅里一起煮。”

“嗯，我去。”

渥颜穿上围裙，抄起水瓢，从水缸里舀了半瓢水倒进锅里，拿竹签做的刷子把锅刷了个干净。

庄离边淘米边瞟了两眼，渥颜面容冰冷，眼神低迷，明显是一副不高兴的样子。

“这些孩子没见过世面，根本不相信知识能改变命运，我就想，还是应该带他们出去见见世面。梅镇虽然是个小县城，至少也比这里强，去春游，算是开开眼界了。”庄离搓米搓得很仔细，择出不少石子，一盆清水很快就混浊成灰白色。

“我就是觉得你至少应该跟我说一声。”

“我要是跟你说想带孩子们去春游，你肯定说你来出钱，四五千块钱虽然对你来说没多少，但是我不想……”

“所以你就去蹲点儿求人拉赞助是不是？”

“人家糖厂的领导也是有公益心的人。”

“我知道。”

“你知道？”

“嗯，我知道，所以我说刚才还生气的，现在不生气了。”

“过来的时候你给我的那笔钱，也不知怎么就给花没了，要是我有，我也不会去碰这个运气。”

“也不知怎么就给花没了？”

“对啊，我也不太会管钱。”

渥颜把择了一半的菜往锅里一掼，又抄起水瓢在庄离头上狠狠地砸了一瓢。

“学校底下那个破桥不是你找人修的？修桥花了7000多你不知道？”

庄离没来得及反应，沾着米粒的手捂着生疼的脑袋，淘米水顺着脸就滑了下来。

“你心里就没把我当自己人。”渥颜把水瓢一丢，“菜你想做你去做吧，我不做了。”

庄离咧着嘴叫疼，心里直恨王承成一家舌根子软。

电饭锅太小，煮不出几碗米饭，庄离不得已，又多下了一锅面条，算上蒸的、炒的和凉拌的，总共五六个盘子。这下厨房里除了葱姜蒜，再也找不出能吃的东西了。庄离把菜堆在一块案板上，这块案板是多功能的，白天可以用来晒萝卜，晚上可以盖水缸，碰上刮大风，还能用来在睡觉的时候抵着门。厨房做菜要用土锅灶，这种土锅灶体形巨大，一边是砖头砌起来的锅台，架着大锅，另一边掏出一个洞用来烧柴火。洞的上方竖起烟囱，从房顶伸出去。烧柴火是个技术活儿，先得用火柴点着了秸秆或者刨花，引燃一些细小的树枝或木条，再把劈成条块的木柴有技巧地堆在柴火洞里，再有节奏地扇风，控制氧气的供给和火苗的成长。庄离曾经认真地跟着自己一个年龄偏大的学生学习过整个流程，勉勉强强能打个及格，后来实在嫌麻烦，炒个菜得时不时去后面观察一下火势，总算切身体会了什么叫围着锅台转。

庄离托着碗筷碟子回到宿舍，用脚踢开门，正撞见吴畏在翻自己的笔记本。吴畏表情很尴尬，合上笔记本放回课桌，解释道：“不是有意要侵犯隐私，刚才无意间看到，觉得有趣，就拿起来多看了几眼，越看越觉得有意思。”

“哦，这个啊。”庄离把案板放在课桌上，把笔记本拿到一边，“这个算不上什么隐私，里面都是这边的一些民间故事，我只是记录下来，加工一下，打发时间。”

“我在清水冲听老邱讲过，大王尖里有大王，各个村子流传的都不一样，茉花庄的大王是个活神仙，有这回事吗？”

“有。”庄离把课桌往外挪了几步，好让人能围着课桌坐下，把碗筷分给各人，回身洗了把脸。“大过年的就这点儿菜，真不好意思招待。有米饭和面条，想吃什么我给你们盛。”

“那活神仙到底是特务还是野人？”吴畏接过渥颜盛给他的米饭，放在桌面上，等着庄离上桌。

“据说是个长生不老的书生，茉花庄的名字就是他改的，姓薛，这边的老人都叫他薛先生。”庄离从门外又搬了两个凳子，给自己和渥颜坐。“山里寒酸，实在没东西，别客气了。”

“长生不老，这要是被外人知道，咱们梅县就火了，全世界得多少富豪抢着来这儿盖房子养老。”林帆扬笑道。

“嗨，全世界说自己这儿长寿养人的地方多了去了，都是假的。上次看新闻，说尼斯湖水怪是故意编出来的，每年吸引多少人去旅游呢。”赵光明接话道。

“这个薛先生，我听着确有其人，不像其他几个村子流传得邪乎。村子里有几个年纪特别大的老人都亲眼见过，也听自己家的长辈说过。只不过长生不老这个事可能是他们受人恩惠，编出来的一种美好的意愿吧，人都是希望有神仙保佑自己的后人。这个薛先生有文化，有特异功能，做善事不作恶，很有可能是村里人把他的后代也当作他本人，就算是长生不老了。”庄离道。

“民间封神的事的确很常见，关羽是个武将，老百姓还当他是财神呢。这个薛先生在茉花庄做了好事，茉花庄就供他是长生不老的神仙。搞不好他在别的村做了坏事，那个村子就把他当作老虎精。民间传说都是三分真七分假，甚至三分真都没有，每代人加工一点儿，就成了一种独特的文化民俗。”吴畏道。

“吴总说得对，别说这种口口相传的民间故事，就算是有文字记录的正史，也会真真假假，不断变化，史官的自律，抄写人的心情，甚至文字含义的变化，都可能影响它最初的事实。这是历史的瑕疵，但也是历史的魅力。以前有学生问我，说研究某某朝代的历史，是不是只能参照某某书、某某典籍，其他的就都是野史。我说大可不必，如果你是要研究正史，要尽可能还原那个时代的真实，那你一定要参照史学界公认的正史典籍。但如果你是要研究那个时代的文化、民风、经济、风俗，正史能提供的素材有时候还不如野史甚至小说、戏曲多。我的老师也曾经告诉我说，很多学历史的人总是一副死板木讷的模样，一生都在争论某件事究竟是有还是无，谁谁谁究竟有没有说过那一句话，其实那都是被禁锢了思想。历史真正的乐趣在于历而不在于史，你要把自己沉浸到某一个时代，自己去尝试游历它们，从文字、图画、文物和各种留存下来的素材里，体会它们的故事。你经历的这些体会，那就是你自己的历史观，它没有对和错，只有收获的多和少。”庄离回应道。

“这个说法我倒是第一次听到，那意思是历史的真相并不重要吗？”

“不，真相当然是重要的，但历史的真相不像其他学科，不像数学公式，答案就在那里，找到了就是真理。历史的真理也在那里，但我们到不了那里，因为没有时空穿梭机，我们能做的是寻找真理，并且享受这个过程。比如，明永乐帝朱棣夺了皇位，建文帝朱允炆失踪，朱棣派胡濙暗访，寻找其下落，胡濙找了16年，在一个深夜回宫秘见了朱棣。他们之间谈了什么，谁都不知道，没有任何记载，但我们可以从其他的蛛丝马迹去推论，胡濙很可能找到了活着的建文帝，甚至带来了他给朱棣的口信。类似这种故事还有很多，也许两件完全不相干的事情之间却有着不为人知的联系，这是历史的魅力，也是研究历史的乐趣。”

“朱允炆？据说郑和下西洋也是为了去找他。”

“这也是民间史学界推论的，不能证实，也无法否认。你可以相信，也可以不相信，这都是你自己的历史观，没有对错。”

“哦……改变了我对历史的看法，我上学的时候最不喜欢的就是历史，要背的东西太多了，哪年发生了什么事，真是特别头疼。”

“其实，吴总你应该感到骄傲。中华文明5000年长河，记载下来的历史就数不胜数，没记载下来的就更如星河宇宙。一个史学家毕其一生，也就能钻研几个朝代而已，通晓古今那只能是圣人。如果一件事能从5000年的信息中被挑选出来，让下一代去记住，说明这件事对中华文明的影响是无比巨大的。相比那些只有几十年、几百年的文明，我们很幸运能出生在华夏大地上。而那些本国已经没有历史记录，需要从别国的历史文献中才能找到自己祖先的民族，可想而知是多么的可悲。”

“这对于一个像我这样历史学得很差的人真是很惭愧啊，我连中华5000年的朝代都理不顺。”吴畏自嘲地笑起来。

“大部分的时间，中国都是处于大一统的时代，这也是中华文明能够源远流长的根本积累。有一些分裂时期的小国家很多，显得杂乱，也很难从时间上去分别记忆，所以总感觉5000年很复杂。从秦始皇扫灭六合建立秦朝开始，到太平天国起义，中国历史上大一统的时间长达1300多年。这1300多年华夏民族是融合的，文化始终在传承，才有了今天包容的中华文明。你理解了中华历史，才能理解她的美和孤傲，才不会是一个崇洋媚外的人。并不是说国外的文化不好，而是相比于中华文明……”庄离抬头笑了笑，“星辰傍月。”

“庄老师现在也会跟孩子们说这些吗？”

“现在？现在没有机会说，说了也没用，我要教他们基础课，还要分不同年级，实在没什么精力。而且，说实话，他们也听不懂这些。去年我在云州博物馆做义工，经常会给一些小学生团体做讲解员，有一些孩子就能跟我对话，甚至会表达一些历史观。这里的孩子……就没有。”

“这也是你想带他们出去开开眼界的原因。”

“原因之一吧。爱不爱历史对他们并不重要，这些孩子的起跑线在这个时代的最底层，想要实现城里孩子普通人的生活，对他们就已经很难了。”

桌上的盘子都已经见了底，筷子都停下了，渥颜带着歉疚的语气说道：“没招待好，菜不够，怠慢了。”

吴畏长叹了口气，轻轻拍了下桌面，道：“这样吧，这次梅镇的春游，我们不赞助了。”

“啊？”不仅庄离很意外，林帆扬和赵光明也很意外，吴畏的出尔反尔让吃了两碗米饭的他们备感尴尬。

“梅镇是我的家乡，我在那里长大，从那里出发，我了解梅镇，梅镇也很难有梦想。这次春游，我建议你们去云州，去你们熟悉的地方，博物馆，CBD，商场，剧院，大学，带孩子们去看一看城市，那才是造梦的地方。我简单算了一下，4天3晚，一个孩子按照1500块标准，上限6万应该足够，这个钱我赞助了。”

林帆扬和赵光明的尴尬尚未退去，惊诧又接踵而来。6万相当于一个半村子的甘蔗种植补贴，吴畏没做预算申请就一口答应庄离，极大的豪迈中带着对白梅糖业财政赤字极大的藐视。

庄离激动得双手颤抖，碗里剩的几口面条眼看也顾不上吃了，想说点儿表示感谢的话，舌头却像被冰块冻住了一样，突然忘记了怎样卷动。

“除了赞助春游的费用之外……”吴畏没有给其他四个人喘息的机会，“我们白梅糖业还会赞助你们一批服装和帽子，统一形象，这样免得孩子容易走散。到了云州之后，我们云州分公司的同事会安排一个随行的摄像，把你们的春游拍成纪录片，这个片子我们会拿来做公益宣传，号召大家关爱山区里的孩子，多给他们一些帮助。从今年起，我们白梅糖业在大离山会重视教育公益事业，茉花庄小学就将是我们第一个爱心帮扶对象。”

庄离猛地站起身来，抓住吴畏的手，又突然缩回去，用身后的毛巾使劲擦了擦，再抓起吴畏的双手，摇了半天，摇出一句“谢谢，替孩子们谢谢”。

“这是我的电话，我亲自来办这件事，相互配合好，早日带孩子们出发。”吴畏伸手递了张名片。

“谢谢，谢谢，我马上通知学校和村里，让他们都高兴高兴。”

“我答应你，两周之内一定落实。”

“真不知道怎么报答，如果有我能出份力的，请一定告诉我。”

“庄老师今天已经给我们上了一课了，如果有机会，请你来厂里再讲讲课。时候不早了，我们先走了，雪天不好走。”

吴畏说完，带着赵光明和林帆扬一同回到了车上，在庄离一路鞠躬道谢下，驶离了学校的山坡，消失在村口的小路尽头。

庄离满脸兴奋地回过头，试图与渥颜分享剩余的喜悦，却见渥颜愁眉不展，眼神倦怠。

“怎么了？还生气呢？这是好事呀，别生气了。”

“这几个人只是口头答应了，你就兴奋成这样。我给你寄东西，又专程来陪你一起教书，都没见你对我上过心。”

渥颜垂眼看着脚下被雪融化的稀泥路，返身走回了宿舍。突然间，庄离只感觉胸口有一团沉闷的灼烧的空气压在每一根肋骨上，空气在一呼一吸间冰冷地流动，这个场景仿佛在记忆中的某个阴郁的时间见过。

29 隔代的秘密

吴畏在车上给赵松龙打了个电话，约定明天上午去公司汇报工作，之后就靠在副驾驶座上，闭着眼，再也没说话。赵光明和林帆扬一度想打听打听吴畏的想法，吴畏都没有搭理，俩人只好把疑问放在肚子里，等着吴组长主动告诉他们。在半年多的接触里，他们也渐渐习惯了和吴畏相处的方式。有时候吴畏很直接坦荡，比如在推进一项作业的时候，他能直接跳过流程，找到厂里高级领导去要帮助。而有时候吴畏却让人感觉很遥远，往往到有结果之后才会让其他人跟上。

下午开车容易犯困，如果没有人陪着说话，就只能听歌提提神了，赵光明扭开车上的音响，没敢把声音调很大，轻轻的音乐声充满了整个车厢。

愿我在天涯着笔，画你入千里霞烟。
流淌在星空的臂膀，在月光之前。
北方是你的发梢，飘摇听山谷晨萧。
南方是你的故事，娓娓渺渺。

愿我在荒原安眠，沉睡在万丈深渊。
醒来时有一壶酒，你名字融化其间。
日出时温酒入怀，耳畔在风中呢喃。
日落时举杯不饮，等一声回应，远方的山。

愿我在善良中相信，时间安排过命运。

愿我在明日眼中，雪后初晴。

吴畏脑子很乱，破碎的场景混搅在一起：城市，深山，过去，还有未来。

……老大名先吉，老二名又吉，老三名三吉……

……县城来寻故事者姓余，也名三吉，因其与弟弟同名，讲述者至今仍清晰记得1960年的细节……

余三吉再次寻访时，村民均闭口不言，恐传外乡惹来是非麻烦……

……活神仙薛先生已销声匿迹数十年，不得其踪，亦不知后事……

庄离的笔记本上，余三吉的姓名格外刺眼，县城来寻故事的人，带着政府的介绍信。

那个年代，同名同姓，在同一个小镇的机关单位做着同样的工作，可能性微乎其微。

这个余三吉是不是自己没有血缘关系的爷爷呢？

大离山民俗文化采风宣传办公室档案里清楚地记录着，余三吉1960年进入办公室做编修，负责大离山山区民俗采风工作。时至今日，从梅镇到茉花庄有车有路还得折腾三四个小时，那个年代，走一趟恐怕得历经千辛万苦。刚启动工作，放着梅镇周边好去的乡村不跑，直接奔来茉花庄，还跑了至少两次，实在是一趟费解的行程。

……南水村、九斗村、茉花庄、浮船村和清水冲这五个村落不适宜种植甘蔗……

……好，特别好，南部地区气候适合，土壤也好……

……这几个村子，还有茉花庄，都靠在大王尖边上……

奶奶不愿意让生产队伍到大王尖附近去，奶奶不希望那里脱贫致富。

大王尖有奶奶的秘密。

但是用写信这种方式去阻止厂里下乡联产承包，未免无济于事。

……村民眼见薛先生离奇举动，更相信其乃活神仙下凡……

……长生、通梦、巫术、卜卦、学识……薛先生无不擅长，皆有精通……

……茉花庄5代人与薛先生皆有往来，信其不死仙身，跳出界外，不登冥府生死簿……

长生，通神，这世上真有不死的人吗？

如果有的话。

……我爸就管他叫三吉，没过几天我爸就死了……

你以为假装是个正常人，就能过上正常的生活吗？

吴畏睁开眼，车子盘旋在土黄和褐色交杂的道路上，路旁一排排干枯的小树，树的另一边是尚未翻垦的农田。视野里时而出现打架追逐的土狗，满地凌乱的爆竹屑，没有化掉的肮脏的雪堆，以及粉刷着顺口溜式广告的土墙。

“老赵，你听说了吗？4区的房子要拆了。”林帆扬在后排座对赵光明说。

“听说了，老李他儿子以前就是厂里包工队的，说过了年就通知马上有活儿干了，要锻炼锻炼，别连砖都搬不动了。”赵光明说。

“不知道这次房子是咋分，我爹估计是没戏了。”

“厂里多少年没动房子的事了，排队的人多着呢，看命吧，别指望。”

车子从一个丁字路口拐了个弯，驶上了进城的柏油路，颠簸的幅度终于降了下来，前方再有20分钟的车程就是小梅岭。沿途的车多了起来，行人也多了起来，两侧的房屋变得整齐，仿佛时空突然跳过了一个台阶。

“吴组，今天还去公司吗？”赵光明见吴畏睡醒了，张口问了句。

“不去了，我直接回厂里。这几天都辛苦了，早点儿回家歇着吧。”吴畏答道。

“吴组，我觉得你有魄力，我赵光明在厂里没见过你这样的领导。”

“咋了？”

“6万块钱捐款，就是他赵松龙在场也不敢拍板的。吴组你刚认识人家就下决定，我觉得你有魄力。”

“但是这个钱怎么出呢？白梅还在负债，去年的营业款都没收上来，今年还要扩大生产投入。”林帆扬趴上来说。

“6万不够，第一笔至少得投入10万。”吴畏深吸了口气，伸了个懒腰。

“10万？还第一笔？咱们还得捐多少款啊？”林帆扬从庄离说要捐款时就不太同意这件事。

“6万是给他们春游的钱，另外还要准备服装，找跟拍，找媒体宣传，都得花钱的。”吴畏说，“以后这样的赞助会越来越多。”

“但是茉花庄对糖厂真的一点儿好处都没有啊，又没有劳力，也种不了甘蔗。”林帆扬说。

“谁说没好处？种不了甘蔗就是好处。”吴畏说。

“吴组，你是咋想的，跟我们说说呗，让我们也进步进步。”赵光明放慢了车速，开始爬坡翻越小梅岭。

“这趟来你们有没有发现一个问题？”

“啥问题？”

“虽然清水冲和周边乡村的农民愿意继续种甘蔗，但都没有把自己所有的地拿来种甘蔗。我们这次圈的甘蔗园子，都是东一圈西一圈，没有成片的。”

赵光明“嗯”了两声，表示赞同。

“这说明那边的农民对糖厂已经不信任了，不敢都种，种多了怕我们不收。”

“好在这次种植面积也达到预期了。”林帆扬说。

“这就是问题。种植面积刚刚够，即便到时候品质不行，我们也得全收，还得给补贴。品质差，榨不出合要求的糖，老赵，这个你应该最清楚。”

“吴组，你跟我想到一块去了。这次的种植量是最低标准，到了收割季，才是问题暴露的时候啊。”赵光明说。

“怪不得邱德俊一会儿说一下补贴，一会儿说一下补贴，好像我们来诈骗似的。”林帆扬道。

“农民和乡政府都需要糖厂给他们信心，这个信心不是糖厂有多老的资历，而是糖厂得有钱。”吴畏说。

“要是连种不了甘蔗的茉花庄我们都花钱去帮扶，那当然体现了糖厂有钱又有责任心。”林帆扬恍然大悟。

“那我们也没有云州分公司啊？”赵光明又问。

“老赵，你怎么还反应不过来。”林帆扬没好气地说，“赞助春游表示咱们厂有钱，有分公司不更能表示咱们有钱吗？”

“哦……”赵光明长吁了一声，也不知道是懂还是没懂。

翻过了小梅岭的隘口，熟悉的家乡呈现在眼前，车子轻松地顺着下山的坡道一路前行，穿过熙熙攘攘的梅镇街道，越过梅雨河，赶在天黑之前回到了糖厂。

吴畏站在自己家门外，就听见屋里一阵欢声笑语，拿钥匙开门，看见江跃龙和自己爹娘正在看电视。

“老三出错了，他应该出对子，很明显地主接不住对子，必赢的局打输了！”江跃龙扯着嗓子嘶吼，仿佛电视里叫老三的人是自己亲爹一样不争气。

“不对，不对，你没有经验你不懂，那个时候很可能是地主故意放的。这只有高级别选手才看得出来，放一手对子，省一手炸弹，老三打得对。”吴父不同意江跃龙嘶吼的观点，两个人争执不下。电视里要等到广告放完了，主持人才会出来揭晓机要，这个时候的输赢全靠自己的气势。

江跃龙穿着过年新买的外套，与半年前气质完全不同。他脱了鞋，盘腿坐在沙发上，嗑着瓜子，把放垃圾的小桶搁在自己跟前，跟吴畏早年间放寒假的姿态一模一样。

吴畏感觉自己像是回家过头七的鬼魂，开门站了快一分钟了，一家三口还没注意到自己。

广告倒计时结束，一男一女主持人带着极其遗憾的口吻对着话筒说道：“真是太精彩了！我们的选手老三在擂台上站了三期擂主，今天终于牌逢对手，也可以说是聪明反被聪明误。我们这一期的挑战者没有按照套路出牌，那一手对子不是故意放的，但是出牌前的犹豫让老三产生了怀疑，真是一场心理战的博弈。”

“啊哈哈哈哈，吴大叔我就说你不对吧，那个人没那么高的水平，就是普通打法，老三是自己坑了自己！”江跃龙兴奋不已，仰天长啸，头一直仰到了沙发背后。

吴父正准备反驳，自己的判断有理有据，是高手的表现，就看到江跃龙一跃而起，大喊一声：“吴哥你回来了！”

“啊，你们看电视呢。”吴畏关上门，把箱子丢在一旁。

吴母迎上来给吴畏脱外套，说：“小龙听说你今天回来，在这儿等你半天了，等你一起吃饭呢。你怎么搞到现在才回来，不是说一早就出发了吗？”

“路不好走，中途又去一个村子看了看，就耽搁了。”吴畏卸下行装，去厨房洗了把脸。厨房的灶台上大大小小做好的菜用盘子盖着，都等着自己回来开饭。

“先吃饭吧。”吴母也跟进厨房，把盘子一个个掀开，准备端去客厅。

“行，也是饿了，腿都坐麻了。”吴畏捧了一大盆鸡汤，跟着吴母回到客厅。

“我来帮忙，我来帮忙。”江跃龙把手上的瓜子壳拍了拍，在餐桌旁收拾椅子。

“厂里上班了吧？去车间巡查了吗？”吴畏问。

“巡查过了，这你还不放心？我不但巡查了机器，连人也巡查了一遍，复工了一大批工人，都是小年轻，跟我差不多。”江跃龙伸手接过吴父的水瓶，烫碗和筷子，“怎么样，底下情况如何？”

“还可以，实现预期了，今年甘蔗够你榨的，甩开膀子干。”

吴父关上电视，平复了些许情绪，自己和儿子的关系尚未完全修复，就被儿子撞见和别人家儿子其乐融融，想来应该算是有失体面的事。吴父觉得自己苦苦支撑了一个正月的忧思状，就被这一个《斗地主》的节目打回原形了。

“哥，你说今年咱们厂能有大发展吗？”江跃龙问。

“有，当然有。今年不仅生产指标要翻两番，还要拓展分公司，要走向全国，要把糖厂以前的面子都挣回来。”吴畏答道。

吴父吴母相视一望，面露喜色，这种话以前只能在车间大会上听厂领导做报告吹牛时听到，现在在家吃着饭就能感受到鼓舞人心的振奋，生活果然是越来越好了。吴母心里高兴，把两个大鸡腿分给吴畏和江跃龙。

“到哪儿拓展分公司啊，哥？”

“云州。”

“哥，为啥要去云州开分公司啊，谁去啊？”

“我去。云州是北方枢纽，也是我熟悉的城市，打开北方市场，云州最合适。”

“哥，那你带我去呗，我跟你一起打。”

“你？你在厂里待着，把生产给我看好。原材料的问题已经基本解决了，省内市场也已经铺开，这个时候再努力一把，把厂的订单量再提两个等级，就能推动厂领导班子换掉咱们落后的生产线，这样咱们厂子才算真正有生命力。”

“听我四叔说，厂里已经在调研生产线了，还都是进口的，王大健亲自在抓这个事呢，他不是快退休了吗？”

“一套进口生产线少说也得百十来万，全厂的车间全换完得上千万，这不是开玩笑的事。所以全国市场很重要，宜早不宜迟，下个月我就得动身去云州筹备起来。”

吴母刚刚还沉浸在喜悦中的心情，瞬间又干旱了起来。“你要去云州？我们咋都没听你说过？你这好不容易回来。”

“工厂毕竟是个生产型企业，劳力的需求大部分都是低技术工种，厂里优秀的年轻人也是去了外面给别人打工，不优秀的年轻人实在没办法了，才会回来做工人。厂子只有走出去，去大城市，去创造更多高技术岗位，咱们厂的后代力量才能继承老一代的宝贵传统和精神。未来我们不光要做最好的生产，还要做最好的研发、最好的贸易、最好的物流，到那个时候，糖厂才是个现代化的集团企业。”吴畏不厌其烦地对吴母解释道。

“我支持你，儿子！”吴畏抬起头，看见吴父正以一种无比坚定的眼神凝视着他，一扫近半个月来的幽怨迷离，好像在送一个即将上战场的战士。“你放心大胆地去干事业，我们一定在后方支持你！”

吴母拿筷子敲敲吴父的碗，叮叮当当的声音把吴父拉回现实。“你能支持什么？你不跟儿子赌气就阿弥陀佛了，儿子那么辛苦，你除了会添乱还会什么？”

吴父很娴熟地一口把碗里的米饭吞下肚，借去厨房盛饭来掩盖颜面的丢失。

“妈，4区老房子的钥匙给我用一下，我过去转转。”吴畏扒拉完一碗饭，又给自己倒了半碗汤。

“去那儿干啥，那都是你奶奶留的破烂儿，我几次要扔了，你爸非不让。”

“就去看看。过年不是没给我奶奶上坟嘛，去问问她老人家可生气了。”

“你就瞎讲，4区那儿黑灯瞎火的，你别掉坑里去。”吴母转身从客厅电视柜的最底层掏出个小盒子，从里面拿出一串钥匙递给吴畏。

“跃龙，你跟我去走走，消化消化。”吴畏招呼江跃龙穿衣服，一起出门。

4区和图书馆只隔着一道墙，但要过去，还得从厂另一边绕过去，颇为麻烦。当年4区和图书馆一并被划入了拆迁区，老房子的职工兴高采烈地在附近租房子住，只等着熬两年住新房，结果一熬就熬了五六年，老房子依然坚挺在地平线上。这期间有部分熬不住的，骂骂咧咧地又搬了回去，就让4区成了一个拆迁围墙围着但里面还住着半数居民的宿舍区。厂里也知道这件事决策得相当不光彩，这些年默许4区的住户不缴水电费，双方实现了一种默契的平衡。

江跃龙下午和吴父交流感情，体力消耗太大，三碗饭的空间刚填了一碗，就被吴畏拽了出来，情绪不是很高涨。吴畏明说是来4区老房子给奶奶请安的，过年期间看过的鬼片随着夜幕降临陆续浮现在眼前，江跃龙觉得浑身不自在，几次差点儿没跟上吴畏走的小路，只好一路小跑，生怕遁入幻境。4区由于空置太多，原本楼间的花坛绿地也没人打理，大部分都被回来住的居民铲了种菜。昏黄的路灯照在一大片歪歪扭扭的菜地上，映照着楼道单元里，有的亮有的不亮的小球灯，各种光怪陆离的影子混杂着肥料的味道，充斥在身边的世界里。

“11栋……2单元……2楼……到了，这间。”

换了几把钥匙，红黑色的木头门才吱吱呀呀地敞开，一股霉味迎面而来。

吴畏凭着记忆找到了开关，按了两下，没反应，又回头跑到门外，找到楼道里的电闸，小心翼翼地推了下。

白色的灯管以极高的频次闪烁了几秒，煞白的荧光照亮了整个客厅，这种老式的电棒在启动的时候都特别努力，而一旦成功就会很稳定地工作。

从10年前奶奶住院，吴畏就没来过这间老房子。和自己家现在住的房子格局不同，这间房子的客厅在整个房屋的正中央，除了一面墙是对着旁边另一户，其他三个方向上都有门，有的通向卧室，有的通向厨房，就算是大白天，客厅也是要开灯的，这种极其不合理的结构早已经被淘汰，而吴畏的记忆里，小时候就是在这样四面不透风的客厅里看动画片、写作业。

客厅里还摆着用三合板做的沙发，坐垫已经破了几个大洞，土黄色的海绵翻了出来，扭曲成异样的造型。沙发对面还摆着一台古董电视机，在过去是非常先进的29英寸家用电器，现在看来既蠢笨又落后，在荧光灯的照射下，一层厚厚的浮灰把黑色的机身也染得发白起来。

“哥，咱奶奶不会真回来吧？”江跃龙哆哆嗦嗦地问了句。

“想什么呢？我奶奶要回也不回这儿啊，这儿都破成这个样子了。”吴畏把每个房间的灯都打开，还好，都还能亮。

“那没什么事我们就走吧，马上夜市就出摊了，我们去喝两杯。”

“急什么，知道你没吃饱，等会儿叫上戴秘书，我请你们一起撮一顿。你来帮我个忙。”

听到要帮忙，江跃龙三步并作两步跟了过来，见吴畏从主卧室的床底下挪出个红色大木头箱子，箱子上还挂了把小铜锁。

“给，试试哪把能打开。”吴畏把钥匙串丢给江跃龙，自己又去了房间另一边的五斗橱面前。

“这是要找啥啊？”江跃龙比了比锁的大小，从钥匙串上找了几把小钥匙在试。

“找找有没有书、笔记本之类的。”吴畏挨个拉开五斗橱的抽屉，在里面翻查。

“《大离山民俗文化编修》……余三吉……《大离山民间戏曲》……《山海经》……《山海图志》……”江跃龙在身后一句一句地嘟哝。

“你在嘀咕什么？我看看。”吴畏回到床边，从江跃龙手里接过几本书，“我以为很难找呢。”

“哥，这些书是干啥的？”

“都是我小时候我奶奶给我讲故事用的，传家宝，你不懂。”

“狐妖女尸……你奶奶给你讲这个？”江跃龙指着《大离山民俗文化编修》说。

“我奶奶讲的故事你都理解不了，再找找箱子里还有啥。”

江跃龙继续在箱子里翻，也没翻出什么别的东西，都是些老年人的衣服。

“你听过女娲造人吗？”吴畏说。

“当然听过啊，小时候小人书都有，女娲造人，精卫填海，后羿射日……好多呢。”

“我奶奶说，女娲不是神也不是人，是造人的机器，不光造人，还造飞禽走兽。女娲很大，有一根长长的管道，人和动物就是从那根管道里被造出来的，离很远看，就像一个蛇尾人身的大神。还有精卫，是把女娲造出来的生物送到全世界的飞行器。后羿射的不是太阳，是女娲身边的探照灯。夸父是个太阳能吸收器。”

“李奶奶是真有文化。”江跃龙把箱子盖上，又锁了起来，把钥匙还给了吴畏。“余三吉？这名字好像在哪儿听过。”

“你听过？”

“别急啊我想想……嗯……谁呢……啊，想起来了，我四叔有次喝多了，说过这个人。”

“怎么说的？”

“不方便说，不太好。”江跃龙把箱子推进床底，面露难色，好像写着后悔。

“说！”吴畏呵斥道。

江跃龙很为难地扭了扭脸上的肌肉，道：“那我们出去好不好？”

“行，走吧。”

江跃龙一路快走到楼底下，回头看看吴畏。吴畏把几本书包在自己的衣服里，年代太久，怕是风一吹就散成了灰。

“我说了你可不能往外传，不然我四叔得打死我。”江跃龙哀求道。

“我你还不放心，我坑过你吗？”

“行，吴哥，我四叔说，老早老早以前，王叔，就是王大健，王大健的爸爸，追求过你奶奶，但是没成功，你奶奶后来嫁给了叫余三吉的人，还是二婚……哎？那余三吉不就是你爷爷吗？我傻了，这才反应过来。”江跃龙使劲敲自己的脑袋。

“王叔的爸爸追过我的奶奶？”

江跃龙点点头，“嗯，糖厂会计李愿卿，我爹带我去图书馆的时候我还想，‘李愿卿’这个名字怎么这么耳熟，原来是听我四叔说过。”

吴畏边走边琢磨，一股寒意涌上了脑门。

你爷爷那时候都已经是老头子了，比你奶奶大了快20岁。

那委屈我奶奶了，政治婚姻，没有爱情啊。

……你是你王叔最大的希望……

“不会吧，我的天。”吴畏心里默念，却感觉全身上下都起了鸡皮疙瘩。

30 出发！去云州

白梅糖业捐款的大照片就挂在教室黑板的旁边，林帆扬穿着厂里发的西服和庄离一起合的影，一进门就能看到。为了纪念白梅糖业开了个好头，王承成让人把三间教室的黑板报都刷成了大字：

“白梅的爱心，托起明天的太阳——白梅糖业捐助仪式圆满成功。”

王承成没有霸占这个功劳，把庄离怎么去清水冲等糖厂领导，怎么把人带到学校来考察，怎么把春游的捐款争取到位绘声绘色地描述了几遍。茉花庄人少嘴勤，田间地头很快就流传起庄老师的传说。

“庄老师是好人哪，娃娃们享福了。”这是3月的茉花庄萦绕舌尖的热门话题。

庄离惊奇地发现学生们上课积极了许多，不但来学校来得早，还会给自己带来点儿生活物资：咸鸡咸鱼，鸡蛋鸭蛋，馒头花卷，原本已空空如也的厨房居然又堆起了乡土美食。一夜之间，庄离仿佛变成了茉花庄的模范人物，走在村里会有村民向他鞠躬，去米店买米店主会多舀一碗，连从没在学校出现过的村主任也亲自带着瓦工来给庄离的宿舍修房顶，并邀请他去村委会大院看有庄离名字的大红表扬榜。

吃得好，有事忙，受尊敬，这样的人生一般没什么哀怨的呻吟。

渥颜新开了每周两节的音乐课，重新调整了课程表，把上午的课尽量安排给庄离去上。庄离习惯了早起，喜欢在清晨备课，而上午的空闲可以让渥颜睡个懒觉再去做饭，庄离吃完了饭可以再睡个午觉。刚刚被村民们感动过一轮的庄离猝不及防，被渥颜的体贴击倒在地，主动承担起刷锅洗碗的责任，感情的回暖不仅如初，更如无云的晴空热烈破表。庄老师和渥老师是两口子的秘密从八卦变成了佳话，木匠张建军来学校接孩子的时候还专程溜来宿舍问要不要打一张大床。

春游的日子选在了4月的中旬，那时春天的风已经能吹到北方。

庄离列了个春游计划。学校的孩子最小的7岁，最大的12岁，几乎都没出过远门，一路上要照顾他们的起居食宿，还得盯紧他们不要惹是生非。虽然只有4天时间，庄离也觉得挑战极大。

渥颜接过计划，翻了两眼，把纸折起来装在自己口袋里，说："你别管了。"

"那谁管？"

"我管。"

"你管？"

渥颜从墙脚把箱子挪出来，掏出里面的东西，又把过冬的棉服叠好，一件一件地铺进箱子，对庄离说："春游的事你就别管了，我带孩子们去云州，保证完成任务。"

"你一个人行吗？"庄离走过来帮忙。这边洗澡的条件很差，渥颜准备的好几件衣服压根儿就没穿过。

"你放心吧，云州是水巫的地盘。"

"我得一起，孩子们都走了，我在这儿也没事。"

"你有事，你得去趟北京。"

箱子装满了，渥颜把锁扣上，费力地把箱子竖起来，推到门边，说："帮我抬到车上去。"

渥颜的越野车停在了宿舍后面的篱笆边上。山里加油很难，从渥颜过来就基本没怎么开过。

"我把你写的笔记拍给了老杨，他在北京有个出版社的朋友，你去找他聊聊。"

"聊什么？"

渥颜看看庄离胡子拉碴的脸，觉得好笑，伸手摸了摸，说："这么扎手，你得先刮干净了再去。聊什么？当然是聊出版啊。"

"出书？我？"

"现在到处都是网络小说：穿越，修仙，都市言情，你记的民俗文化正是市场空白。那个主编看了你的笔记很感兴趣，想和你谈谈合作。"

"你怎么也不跟我说一声？"

“你去拉赞助也没跟我说啊，庄大善人。”

庄离跟在渥颜后面回了宿舍，照了照镜子，自己的造型的确像个流浪汉。

“出书又不是什么坏事，反正你已经写那么多了，就去聊聊呗，出不了也没什么关系。”渥颜在脸盆里倒上热水，把毛巾丢进去。水很烫，渥颜捏了几次才把毛巾捏出来，趁热盖在了庄离的嘴上。“出不了也不影响你在我心里的地位，庄老师。”

刮过胡子，庄离感觉干净了许多。

“头发也该剪了。明天星期天，我开车送你去清水冲剪吧，村里的剃头匠剪不好你这个知识分子的头。”渥颜把脸盆的水倒了，开始收拾屋子。“但是你得自己坐小巴回来了。”

“啊？你呢？”

“我得先回趟云州，安排一下春游的事。之前你赶我走，我被迫答应校长给学校捐两个篮球架，也得回去找人问问怎么盖。”

“去几天？”

“三五天吧，回去还有点儿别的事。你看我陪你在这儿教书，把生意都荒废了，损失可大了。”

第二天清晨，太阳从大离山的雾气中露出微光，渥颜便发动了汽车，载着庄离和春夏天用不着的衣物，冲下了学校的山坡。庄离觉得糖厂的捐助已经给了大半个月了，自己应该去梅镇当面感谢一下吴畏，再通报一下春游的安排，如此合情合理。若是去清水冲只是剪个头，渥颜还得走回头路再去梅镇，不如顺路一起，也能多相处一段时间。庄离在云州坐过渥颜的车，是一辆红色的轿车，从没见过这辆越野，但这样衣食富足的人，名下不止一辆车也不是什么奇怪的事。

庄离在学习拉近自己和渥颜之间的距离感。在谈恋爱这件事上，渥颜明显要比庄离有经验得多。庄离想起曾经在学校里听过的一次讲座，主讲人告诉他，当下社会大多数的不平等，都源自量化的标准不统一。他举了个例子，有个大企业家，事业很成功，有很多钱，有一天他生病了，去医院排队看医生，医生说你不能再喝酒了你知道吗？企业家说知道知道，再也不敢了，毕恭毕敬地感谢。突然有一天，这个企业家发现给自己看病的医生是自己一个员工的家属，这位员工也发现自己老公在给公司的一把手大领导看病，于是这位企业家去复查的时候，这个医生变得毕恭毕敬，说话都变成领导您这么劳累还要应酬喝酒，真是太辛苦了，可千万要保重身体。突然又有一天，这个企业家发现这个医生的妈妈是自己儿子的班主任，于是这位企业家再次复查的时候，又变成了他毕恭毕敬，还多带了一份礼。在量化关系的时候，由于量化的标准不统一，这位企业家对员工是高位，对医生和班主任就是低位，而率先做出量化表现的，总是处于低位的那个人。

庄离觉得自己一直在用金钱去量化他和渥颜的关系，骤然觉得自己不但地位很低，连境界也很低。假如从侧面望去，渥颜不是身旁这个精致的美人，也许压力会小很多。想到这里，庄离忍不住笑出声来。

沉默了半个多小时，庄离突如其来的傻笑惹得渥颜莫名其妙，庄离就把刚才想到的讲座的例子说给她听，但是隐去了自我反思的部分。不料渥颜刚听完，就笑着说："你就是用钱来量化我的企业家。"

庄离的心事被戳穿，仿佛被同学猜中了自己暗恋的姑娘，傻笑的表情凝固在僵硬的脸上。

吴畏在美雅饭店招待了庄离和渥颜，觉得他们过于客气，要专程花上一整天来说句"感谢"。庄离想说自己主要是来梅镇剪个头，又觉得这个初衷过于离奇，只能将错就错，甘心做一个道德标兵。第二次见面，二回熟，三个人说起话来不再像上次那般生硬，加上庄离被村民歌颂了多日，自信使然，谈吐里放下了几分学术研究者的儒生气，措辞轻松许多。聊起以前在云州的生活，三个人都颇有些怀念，只是际遇不同，各有往事，多半都是因为感情的经历而触发了记忆的开关。

渥颜没等结束就匆匆告辞，她还要开车去火车站，把车停在车站附近，赶时间去坐回云州的火车。渥颜的存在让吴畏心生羡慕，想起自己与海枭自武山县城一别，不知道什么时候会再有联系，眼前竟有些模糊。自己很快就要以一个新的身份再次奔赴云州，一个近10年未曾得志的土地上，一切都是未知数，但一想到有这样一个人在那里，所有的勇气都转瞬化为了紧张。

饭后，庄离也匆匆告别了吴畏，像第一次到达梅镇时一样，他还记得去往茉花庄的班车并不会给他闲散游逛的时间。三轮车载着轰鸣声把庄离送到梅县中学的门口，正赶上中学生下午到学校上课。自行车的长龙弯弯曲曲地通过银灰色的大铁门，两个年迈的保安在门外吆令试图骑着进校的学生下车推行。大门两侧的书店和小卖部恨不能把货架搬到大马路上，他们知道只要上课铃响起，再遇见这些青春期的客人就得到傍晚放学的时候了。

看看时间还来得及，庄离就在学校旁边的理发店剪了头发。理发店的老板最擅长的是两种发型——平头短碎和三七开，前者多是乡下考上来的学生来剪，剪一次能管两三个月，而后者多是梅镇本地的孩子，对发型有所追求。女孩子一般不在学校门口剪，俗话说剃头三天丑，学校门口这样经常能遇见同学的地方不适合暴露自己的新造型。梅镇的女生多半会去镇上的美发店剪头，而乡下的一般要等到放寒暑假才会剪一次。

回到茉花庄小学，天也快黑了。星期天的学校是完全没人的，空荡的土坡被风扬起了褐色的灰，夹杂着纸片和垃圾在地上打着旋。夜幕降临，土瓦拼搭的灰色屋顶和天空渐渐融为一体，静静地蹲在褐黄色的泥土柱子上，像是在等待发落的囚犯。庄离裹紧了外衣回到宿舍，拉了几下电线，灯没亮，看来又停电了，星期天的学校经常停电，似乎是说为了保障有课的时间能供上。关上门，窗户外只能透进来蒙蒙的光，比起深夜，这种似暗非暗的时刻反而更显得漆黑。

没有电，没有光，没有声音，也没有渥颜，庄离突然思念起了云州。

31　重返疆场

和吴畏猜想的一样，这本《大离山民俗文化编修》里，根本就没有大王尖和它附近的故事。书里大部分的篇幅记载了各种神鬼逸事，不乏毫无营养的糟粕传说，诸如梅下村的寡妇如何把自已炼成毒药，报仇杀死地痞流氓，三里乡的双胞胎兄弟为了山上的狐仙如何手足相残，双双转世为骡马。编修保留了大量口语化的文字，加以逻辑顺序上的整理，长长短短的故事总共有两百多个。吴畏很小心地翻阅每一页——在箱底压了太久，书页已经变得极其枯黄而脆弱。余三吉在10多年的时间里，走遍了大离山的山头溪谷，抢救了一批只存在于成年人口中的民间记忆，这些记忆里既有长篇大段的地方史实，也有田间地头的肉色笑话，纷繁复杂，无所不有，活脱脱一部《大离山人民给你讲故事》。而正是这样一部连芝麻苍蝇都收录其中的故事大会，大王尖的空白却在吴畏面前格外刺眼。

清水冲嫁进来的小媳妇都知道大王尖里有大王，茉花庄刚来不到一年的支教老师都能记录厚厚一本民间志怪，而把大王尖作为编修事业第一站的余三吉，跑了两趟居然一无所获。

吴畏想不通，也没有时间去想。和厂领导开过年度通气会之后，吴畏就匆匆赶到云州，正式打响了征战全国的第一枪。

江跃龙恢复了他惯常的作息，每天一早去吴畏家准点儿报到。和往常不同的是，去之前会先把吴畏一家人的早饭买好。伺候完吴父吃早饭，就积极主动地开始探讨斗地主的心得，除非车间有事，否则全天都能泡在吴家。吃饭的时候都是江跃龙来叫吴畏，搞得吴畏怀疑到底谁才是吴家嫡子。江跃龙的目的很明显，就是央求吴畏带他一起去云州，继续做他的助手。几天下来，吴父习惯了“养子”的孝心，忍不住站队为他美言，吴畏没办法，自己也的确需要个跑前跑后的助理，只能“屈辱地”答应下来。答应的第二天，江跃龙就从吴家消失了，吴父等了一早上也没吃到油条包子，心里的懊悔如同打错了必赢的牌。

在年度通气会上，厂领导班子对吴畏去年的贡献给予了极大的正面肯定，这几乎是在全厂领导干部面前默许了吴畏对白梅糖业的话语权，也让吴畏获得了极大的权限去推进自己的计划。吴畏原本想让江跃龙去抓车间的生产，而现在只能交给赵光明。好在几次下乡，自己和赵光明之间建立了一些信任，赵光明熟悉整个生产环节，在车间也能服众，还能配合林帆扬，搭档去管理原材料基地的出产。也正是因为有这两个人，吴畏才敢在早春就出发，身怀一厂之理想，回到自己曾经拼搏过的地方。

江跃龙一路都很兴奋。他没坐过高铁，从毕业之后就没出过远门，从电视里见过的灯红酒绿在他脑子里闪烁了无数遍，仿佛下了车自己就能站在外滩的塔尖挥斥方遒，身旁还搂着一个倾国倾城的美妙少女。去年的今天，江跃龙还是个准点儿上班烧锅炉的工人，在同车间的前辈工友的注目下，操纵着“秀色可餐”的绿铁皮操纵台，听着随时感觉会被电击的电流声和轰鸣的供能声。在他不断调整失控的仪表盘时，工友或是在打牌消磨时间，或是在喝二锅头，吃拌猪耳朵，江跃龙也喜欢吃猪耳朵，但是没有人邀请他加入，他也不想在这个不到10平方米的锅炉办公室吃一辈子猪耳朵。今非昔比，厂里给他量了身材，定做了名牌的西装，发给他一个黑色的皮革公文包。他也可以穿着皮鞋，梳着发亮的头发，驰骋商场，出人头地，衣锦还乡。江跃龙靠在二等座的靠背上，闭上眼睛，又激动地睁开，又陷入幻想地闭上，再激动地睁开，循环往复，不能自已。

“哥，咱们会变成有钱人吗?”江跃龙抓住吴畏睁眼的间隙，把一厢激情凝练成一句话丢给吴畏。吴畏正在烦恼云州落脚后从何处着手筹建市场工作，原本并没有多少经验的计划本就如白纸画虾，被江跃龙蠢萌的问题击得一愣，竟然不知道该怎么回答。

江跃龙见吴畏没有批判他的意思，寻思没有否认就代表有可能的承认，顿时有些心旷神怡，双手高举，伸了个懒腰，长吁一口气，自言自语道：“有志者，事竟成，我要像电视里的有钱人一样，吃牛排，喝咖啡，搂个大美人。”

吴畏见江跃龙沉浸在自己的幻想里不能自拔，心里既好气又好笑，也不去戳穿，心想等到了云州，再让他亲身体验一下什么是梦想的代价。

吴畏原本在云州租的房子已经退掉，暂且只能先住旅店落脚。对于江跃龙而言，住快捷酒店也是一种新奇的高端体验。雪白的床单被褥，开门不用钥匙，有专人来打扫，哪怕房间很小，这也是印象里成功人士的日常生活体验。吴畏卸下一身疲惫躺在床上，给江跃龙下达了第一个任务——背地图。

背地图不像背生产手册，分章节科目一二三四，背地图除了要记住毫无规律的路名，还要记得它们通往的方向，和谁交叉，谁主谁次，从一点到另一点有几条路线。江跃龙从旅店楼下的旅行社促销点拿了份免费地图，回房间摊开在床上，顿时傻了眼。他知道云州很大，却没有很大的概念，直到现在带着任务去观察云州这座寄托着他梦想的城市，才知道云州有5个大区，每个区有若干的街道，每条街道都和梅镇一样大。它们之间的道路纷繁复杂，如同无数个蛛网叠加在一起，横线、竖线、斜线、曲线、绕圈的环线和伸出地图之外的高速公路线，有些路过了某个路口就换了一个名字，有的路明明贯穿了南北却在中间断开了几千米长。江跃龙的眼眶湿润了，不是害怕，而是真花了眼。

“哥，你是在逗我吗？这地图怎么可能背得下来嘛。”江跃龙趴在床上，一副出师未捷身先死的模样。

“那你随便说两个地方。”吴畏在另一张床上刷着手机看新闻。

“我看看……随便说吗？建工大厦，省直新村。”江跃龙瞄着地图说。

“繁花路向东到胜利路左转，向北到光明路右转。”

“清湖生态公园，稻香家园。”

“清湖大道向南，到春溪路右转，上春溪路高架向西，到长江路高架向南，到明通路右转，再到明德路右转。”

“博物馆，科技馆。”

“省博物馆还是市博物馆？省科技馆还是市科技馆？”

“行了，我服了，哥。但是背地图有什么用？”

吴畏扔了两个枕头到地上，笑着回答说：“连路都搞不清，你怎么在这里变成富豪？”

江跃龙默默折好地图，放在床头，也学吴畏扔掉两个枕头。吴畏关了灯，直到进入梦乡，也没听见江跃龙再多说一句话，但他知道，江跃龙要面对的磨难，远不是背地图就能代表的，而自己将要面对的磨难，也远不是江跃龙能想象的。

连续几天，吴畏都奔波在几个计划中的目的地之间。他要去咨询分公司的筹备流程，物色办公地点，找市场调研和品牌推广的合作资源。每天日出而出，日落而归，睡觉前会把一天的进度记录下来，再列上明天的计划。江跃龙几次想跟吴畏亲近亲近，参与一下日常工作，并保证不影响背地图，都被吴畏用神秘的微笑婉言谢绝，只让他带着地图在城市里坐坐公共交通，熟悉环境，也熟悉一下当地的菜系口味，其他的事情一概不要操心。江跃龙没办法，只好拿着地图每天瞎坐公交车和地铁，坐到哪儿先给自己定位，分清东西南北，一路掌握了不少在都市中求生的问路技巧。

吴畏倒也不是不愿意让江跃龙参与进来给自己帮忙，而是自己也理不清该做什么，该怎样干，不让江跃龙掺和，也是怕自己丢了脸。

海袅工作的地方就在旅店的附近，从窗户就能望见那栋蓝色玻璃的写字楼，相距不到500米。海袅不知道吴畏已经回到了云州，开始了一段新的征程，就在离自己很近的地方注视着自己。吴畏也不知道海袅有没有开始一段新的征程，此时此刻在谁的身边，会不会在转角的地铁站遇见，但是比起过去相依为命的岁月，现在的状态却是更好的情形。有一股力量推着吴畏一头冲进自己完全不会的领域，不顾疼痛，像是打了激素的公鸡，硬是在水泥墙上啄出一个窟窿。

一周后，吴畏带着江跃龙回到了梅镇，向糖厂通报了在云州的基本情况。赵松龙指派行政人事科科长徐嘉宁带队前往云州，推进云州分公司筹建流程。又一周后，白梅糖业云州分公司筹建办公室在旅馆的长包房里挂牌成立，分公司就租在那栋蓝色玻璃的写字楼里，注册审批流程一并列上日程。徐嘉宁效率很高，他实在不想在这个背井离乡的地方常驻，在强烈的思乡之情的推动下，他爆发了惊人的行政办事能力，一天要奔波四五个地方卡时间点，时时回传前方的战斗成果，仿佛是一个隐居在白梅糖业的绝世高手，被迫出招，便震撼了整个武林。

徐嘉宁在前方疯狂操作的时候，吴畏连同以赵光明为首的生产车间领导班子共同决议了未来糖厂的主力产品线，分别是：以人性化为卖点的餐厨糖制品，以时尚美味为卖点的成人零食，以药补功能为卖点的女性糖品，以健康放心为卖点的儿童糖果。生产车间动员会的当天，已经退休的四位老主任也闻声到场，努力用不受控制而颤抖的双手为新的时代鼓掌，差点儿晕厥，顿时在厂里传为热门新闻。几乎所有人都切身感受到一个垂暮的老厂又走起来了，甚至节奏有点儿快，像是要跑起来，而有一个叫吴畏的土生土长的工人子弟则在告诉他们，厂子不仅要跑起来，还能飞上蓝天。

徐嘉宁回到梅镇的时候，看到白梅糖业并没有在行政人事科安插新的人员，长舒了一口气，恢复了慢条斯理的温润性格，准时上下班。

赵光明从糖厂的老配方里调试了几款试验品，还从家里的古董箱子里翻出了几十年前的铁皮糖罐。铁皮上画着一个抱着糖罐露齿大笑的小姑娘，扎着双马尾，穿着梅花连衣裙。由于赵家本身就不大，赵光明的老婆一直都想把这些没有用的陈年破烂儿一丢了之，赵光明好说歹说才保留了一些东西，没想到自己快退休了还能翻出来看看。

吴畏尝了一颗微白色略带透明的硬糖，一种仿佛带着时光机一般的复古味道填充了他整个口腔，继而传到全身。一瞬间他仿佛看到了只有6岁的自己，蹲在家门口的小院里玩泥巴的样子。记忆里和甜蜜有关的场景如快进播放的胶片从脑中闪过，自己像一个旁观者注视着另一个自己从幼稚的孩童长成一个大人。这种糖没有入口即知的水果芳香，也没有刺激的薄荷与碳酸，只有一种天然的清甜慢慢在舌尖融化，直到硬块消失，场景才慢慢恢复到眼前。

复古又何尝不是一种时尚呢？有什么比复古更能打动麻木的成年人呢？

"时光机，这个糖就叫时光机，广告语……广告语……一分钟的回忆。老赵，还有多少这种糖罐，发动一下老邻居找一找，这个糖同时代的配方，都找一找。量产需要的原材料，让生产供应科抓紧盘点。"吴畏把铁皮糖罐抱在手里，左看右看，"太大了，缩小，小到可以装在钱包里，挂在车里。"

赵光明不是第一次看见吴畏这样中邪一样的举动，乐呵呵地去安排了，今天晚上回家可以对老婆炫耀一番，自己早就预料到这个铁皮罐子能重见天日。

32 告白

离春游的日子还剩5天了，渥颜才回到茉花庄。正在操场上玩的牛家娃子第一个看见，大喊了几声，引得同在操场上打闹的孩子一起围了上去。渥颜把车停好，开门走下来，笑嘻嘻地摸摸孩子们的脑袋顶，让他们回去上课。在宿舍里听到发动机动静的庄离开门迎了出来，上前接过了行李。渥颜看上去十分疲惫，灰头土脸，脚下一双白色的运动鞋像是从泥塘里捞出来的一样。庄离算了算日子，说好三五天回来的，却早已过去了11天。渥颜做了个难过的鬼脸，把车门一关就溜进了宿舍。

渥颜脱了外套，蹬掉鞋子，倒在庄离的床上，一动不动，只有紧身毛衣包裹的胸部随着呼吸一起一伏。庄离倒了盆热水，搓了毛巾，坐在床边给渥颜擦了擦脸。渥颜的脖子和手腕上多了许多伤痕，殷红的血丝像是刀划过了皮肤。

“车又陷坑里了，下来推车，自己还摔了一跤，摔得一身都是土，你心疼不?”渥颜抱着庄离的大腿，噘着嘴望着他。

“还伤哪儿了?”

渥颜支起一条腿，拉了拉裤筒，小腿上也瘀青了一片。“我要是死了，你得多难过。”

“别瞎说，你怎么去这么多天?”庄离把渥颜的头捧起来，轻轻放在枕头上，起身去抽屉里找药。

“我和几个老客户通知了一下，说今年大部分时间都不在云州，让他们别老找我。谁知道扎堆儿排队来做梦，我都没工夫自己睡觉，全伺候他们睡了。”渥颜躺着抱怨道，抱怨完了又觉得自己话说得仿佛有一些不对劲。

“我以为你不回来了呢。”

“那不是正合你意吗？说明我迷途知返，去过纸醉金迷的日子了。”渥颜从床上坐起来，把长领的毛衣和长裤都脱了，头发捋了捋，把伤口露出来。

“你别冻着，山里还冷着呢。”

“你想我吗？”渥颜笑眯眯地问。

“嗯，你走那天学校停电了，啥事也没干就想你了。”

“真的啊？”

“想你万一不回来了，我到哪儿再去找一个大美人来教书。”

渥颜伸手搂住庄离的脖子，轻轻地吻了一口，又把脸贴在庄离的耳边，轻轻地说：“我才舍不得不回来呢。”

不会回来了吗？

沉默。

大离，我想我找到自己想要的生活了。

庄离的眼前掠过了几道闪光的场景，旧房子，旧人，旧话语，而此刻既不是旧房子，也不是旧人，却为什么会想起旧的话语？云月和渥颜是完全不同的两个人，云月冷峻，渥颜热情；云月刚烈，渥颜柔雅；云月的世界非此即彼，渥颜的世界则古怪迷离。但云月和渥颜都选择了他，两个看似都很没有道理的决定。渥颜在自己面前不到半尺的距离眨着眼睛，瞳孔里绽放着爱的星星，那星光在早春时分某个下午5点的山腰上，与斜射入室的霞光交相辉映。庄离迎着星光闭上了双眼，但那明媚的光束依然刺透了他的身体，他深深地吻起了渥颜，彻底推散了心中架起的栅栏。他第一次觉得这世界上应该有一种属于自己想要的生活，而这种生活里应该有渥颜。

春游出发仪式并不是在学校操场上，而是在王承成家的院子里。王承成让女婿大春从清水冲包了一辆中巴车，车钱当然也算在糖厂的赞助经费里，这辆车专程到茉花庄来，接上老师和孩子，再一路送到梅镇火车站。全村的男女老少几乎都来了，那阵势堪比村主任和妇女主任选举，家长们都尽自己家的条件给孩子准备行装，带好了换洗的衣服和扛饿的干粮。茉花庄的下一代整齐地站在压平的泥土地上，旺蛋和它的儿女们在人群里钻来钻去，只把一个个小朋友当成是自己捉迷藏的玩具。王承成在出发前发表了一个简短的讲话，大意仍是学校教育的方针和对未来一代的希望，当然也少不了歌颂一下庄离，好让他持续作为小学的口碑代言人，继续做村里人感谢的对象。中巴车晃晃悠悠地从远方的路上出现，孩子们兴奋地大声呼喊起来。渥颜整理好队伍，矮个子在前，高个子在后，每五个人一个小队长，依次登上开往春天的旅程。

在学校休养了几天，渥颜恢复了往日的精力，庄离微妙的变化也让她气色大好。安抚好因为紧张而情绪低落的几个小朋友之后，渥颜就静静地俯在庄离的旁边，随着中巴车晃动的节奏，任凭肩膀不经意地触碰在一起。短暂的相聚，到梅镇火车站之后就要再一次分别，渥颜带孩子们去云州，而庄离则要带着他的笔记去北京。

整整一天都会在路上度过，对一个成年人都很辛苦，更不要说是未成年的孩子，但在充满吸引力的未知面前，山里的孩子表现出了极强的耐力，规规矩矩地坚持到了云州。吴畏安排的跟拍人在出站口等候，约定了随后几天的行程安排，并与渥颜互留了联系方式。满身疲惫的孩子坐上了今天的最后一趟车，开往云州最大的儿童主题餐厅，古远提前定好了座位和足够数量的儿童套餐，这些从未见过的既好吃又好玩的美食让所有人暴露了童真和天性，把辛苦和劳累彻底抛去了九霄云外。

吴畏在深夜抵达北京的时候，渥颜和孩子们已经顺利入住了落脚的旅店，接下来的每一天只有这个时候，才是属于他们两个人的世界。

渥颜把春游的行程安排得很满，白天几乎没有时间和庄离互通消息，而庄离把笔记交给出版社的联络人之后，就开始了漫长的等待。庄离曾经去过一次北京，和云月一起，两个人在北海转了两圈，发现这个慕名而来的圣地并不适合他们。那会儿冬天的凛风十分凶猛，酒吧拉客的伙计冒着痛苦的严寒争夺庄离和云月，堵住他们前行的道路，操着一口京腔游说他们消费。庄离试图绕开这些骚扰者，云月则在避让不及后怒斥其滚开。匆匆离去时隐约听到身后京骂的声音响起，让那一次的旅程并不十分美好如意。

在庄离几乎要决定放弃，回到云州和渥颜会合时，出版社的联络人约见了他，给了他一个还算是不负等待的反馈。达成共识后，庄离匆匆赶到了云州，时间已来不及与渥颜同行，庄离只好自己再赶火车追到梅镇，与渥颜会合在梅县火车站的停车场。

学校租来的中巴车已经等候了许久。多日不见自己的学生，听到整齐划一的"庄老师好"的声音，庄离也激动不已，硬是压抑下对渥颜的思念，坐在中巴车车厢过道的塑料板凳上，依次数着孩子们的人头。他们的脸上有疲惫，有困倦，但更多的却是兴奋，庄离从他们的眼睛里看到从未有过的明朗，那是在山窝窝里看不到的心灵之光。中巴车晃晃悠悠地出发了，目标是春游出发的地点，那里早已等满了家长，翘首期盼自己家的娃娃能平安归来。庄离挨个问孩子们玩得是否开心，都有什么能和自己分享。和以往在课堂提问的沉默寡言相比，无论大小孩还是小小孩都争相对庄离讲述自己的经历：

“俺最喜欢吃小熊饼干，还有炸鸡腿。”

“俺喜欢坐摩天轮。”

“俺也想上大学，大学里好多花，好多高楼，比俺们学校大多了。”

“俺喜欢杨爷爷，杨爷爷什么都知道。”

“俺还想去动物园。”

“古远叔叔的大楼好气派。”

“古远叔叔俺也喜欢，他给俺们买了好多好吃的。”

“古远叔叔的大汽车好大。”

“古远叔叔带俺们去了游乐场。”

“还给俺们买玩具。”

孩子们七嘴八舌，从与庄离分享转变成了相互交流，把老师抛弃在过道上。庄离回头望望副驾驶座位上的渥颜，渥颜戴着耳机，闭着眼睛在睡觉。

下午4点多钟，中巴车抵达了茉花庄，停在了王承成家门外的路边上。家长们涌在车门口，直勾勾地望着一个个跳出来的孩子。庄离和渥颜一直到送走最后一个，才把自己的东西拿下车，对中巴车司机道了“辛苦”，付了钱。王承成迎上前说：“都回来了就好，来家吃饭吧，在外操心了。”

王大嫂杀了鸡，烧了一大锅，盛了一半在桌上，另一半装在钵子里盖起来，预备给庄离带回学校去。经常和村里七姑八姨打成一片，王大嫂明显感受到了庄离在村里名气的变化，她不懂王承成为什么放着好好的田不种，放着政府给他在乡里的工作不要，非要护着这个只有三间破房子的穷学校，厚着脸皮去挨家挨户索要学费，仿佛是他王家欠全村的债。但是她能感受到庄离对自己的丈夫很重要，也知道这位庄老师是个好人，好人应该有好报，而她只能用一些朴素的举动来支持自己的丈夫。不用王承成安排，王大嫂会把家里最好的食材拿来招待庄离和渥颜，酒自然也是喝有牌子的瓶装酒。知道庄离要来，王大嫂总是记得先把家里打扫打扫，把狗屎鸡屎清理干净，换上干净点儿的衣服，碗筷也要当面用开水烫过，就是九儿和小七的口粮，也是尽量比旺蛋要好。城里人爱讲究，不讲究惯了，就会像上几个支教老师一样，坚持不了多久就落荒而逃。

自过了年之后，王承成对待庄离就少了许多校长的姿态。他深知庄离无论在教学能力上还是教育理念上，都有着让人信服的水准，也和之前的支教老师有着天壤之别。庄离像一个毫无欲望的人，对这个世界不提任何需求，却不断地去满足身边人的需求。王承成慢慢地把庄离当成是兄弟一般看待，交代王大嫂多在生活上照顾着他们，也喜欢和庄离喝上一杯，哪怕庄离只能喝一杯。渥颜给王承成带了一顶帽子，真皮加羊绒的，老杨经常在冬天戴这样的帽子。王承成爱不释手，只可惜得到年底才能用得上了。

庄离端着盛鸡的钵子和渥颜走在回学校的路上，渥颜挽着庄离的胳膊，热恋中的人即便是一分钟不见也是天长地久。明天是周日，还能休息一天，如今的周日与往常不同了，没有孩子的学校就是庄离和渥颜的二人天堂。

“你都不表扬我一下啊？”渥颜说，“你看我任务完成得多好啊。”

“自己人还要什么表扬。咱们是不是得给古远先生送个感谢信什么的？”

“噢……你吃醋了。那我的确是看不了那么多小孩子嘛。”

“赞助的6万块都花完了吗？”

“不光花完了，还倒贴了一点儿。我原先安排的行程，动物园、博物馆还有你的母校都是不花钱的，结果云州降温，我给他们买衣服，换酒店，吃饭的标准也提了。后面去游乐场、参观企业是古远安排的，就这也还是超了。

“古老板是又贴钱又贴人，真是得好好谢谢人家。”

“他才不是老板，那都是他朋友的，女！朋！友！他对我已经没兴趣了，你放心了，他求着我让他陪孩子春游呢，体现他特别爱小孩，好感动他女强人的对象给他生孩子。”

“我也从来没对你俩不放心过。以前我觉得你俩至少门当户对，但也没有觉得你们适合。这个问题老杨比我可关心多了。”

“老杨要走了，身体不好，要回老家休养了。这次他带孩子们转博物馆，可累着那把老骨头了，年轻的时候挖土挖得太多，挖得骨头都是病。”

“那以后有机会的时候我们去看看他吧。到了，我先把鸡送厨房去，你先进去吧。”庄离把鸡捧到厨房，用纱笼罩起来防虫子偷吃。转身回宿舍，却发现渥颜还直直地站在宿舍门口，一道昏黄色的灯光从屋里映出来，把渥颜的影子拖进了夜色里。

“怎么不进去啊？”

“有人进来过。”

庄离大惊失色，三步并作两步冲进屋子里。果然如渥颜所说，叠好的被子散铺在床上，枕头被丢在了地上，桌子的抽屉全被抽了出来，里面的东西散落在桌面上。庄离又冲到隔壁渥颜的宿舍，打开门，也是一片狼藉。庄离在屋子里转了一圈，又到窗台前望了几眼，确信屋内外没有别人，才回到渥颜身边安抚她的情绪。

“肯定是村里的地痞无赖趁学校没人来偷东西，别害怕。”庄离把渥颜搂在胸前，一直到渥颜颤抖的身体逐渐平静下来。“先看看丢了什么东西，别怕，咱们也没什么值钱的。”

庄离边收拾屋子边盘点东西，衣服、生活用品、笔记本电脑、教学材料基本都在，只是少了一些现金，数目也不大，就是尾巴花通过王承成邮过来的补贴，总共也没有几百块钱。

“贼应该不会再来了，村里最穷的人家也比我这宿舍有钱。”庄离又检查了一下门锁和窗户。原本宿舍里东西就很少，三下五除二就又恢复了原貌。

渥颜突然冲出了宿舍，庄离丢下手里的枕头也跟着跑了出来。渥颜绕过宿舍的平房，跑到越野车前，转了一圈，掏出钥匙解开了锁，打开后备厢，又关上，回身抱住庄离说：“我不敢一个人睡了。”

庄离想了想，说：“我送你去王大嫂那儿，今天起你就住他们家，九儿和小七不还在那儿吗？”

渥颜使劲儿摇头：“不行，你一个人在这儿怎么行，要去我们一起，要不去就都不去。”

庄离又想了想，说：“那你睡床，我睡地上，明天我们把九儿接回来，让它看门，遇到贼就咬他。”

渥颜点点头。

“没事了，贼不走空，知道这里没东西，下次就不会来了，明天我去跟校长说一下，让他给咱们换两把锁。只要你好好的，东西丢了又有什么关系。”

“你也要好好的。”

庄离笑了，冲着渥颜的脑门吹了口气，吹开遮住眼睛的刘海，说：“我还能坏到哪儿去，我最坏的情况就是没了你。”

33　云上之志

王大健退休了。

吴父把厂报丢在吴畏面前，头版印着巨大的标题：他从基层来，带着奉献心。

厂报发行了几十年，虽然只是在厂内部发行，但是口碑很好，市场需求量极大，深受厂职家庭喜爱，尤其是职工家属。厂报被广泛用于解决垫桌子、包被子、铺柜子等生活疑难杂症，报到病除，且效果持久，只要不搬家，坚守岗位十几年都没问题。吴畏长这么大，还是第一次认认真真读厂报，甚至在此之前，他都没想过厂报是用来读的。厂报用了一整幅的版面正面肯定了王大健同志一生对糖厂的贡献，从基层到干部，从技术到管理，勤勤恳恳，任劳任怨，充分发挥了糖厂优秀的传统和舍己为公的美德，就像一颗永远镶在生产流水线上的永不生锈的螺丝钉。王大健同志是老一辈糖厂人的标杆楷模，也是新一代糖厂职工的学习榜样。在正式退休的这一天，王大健同志还在外地封闭学习，丝毫没有停下进步的脚步。

“王厂长对你有知遇之恩，你要记在心里。”吴父收了早饭的碗筷，开始谆谆教导。

“我以为王叔至少要看到云州分公司成立才会退呢，没想到这么快。”吴畏继续翻后面几版，没什么意思。

“也对，厂里一般退休都是在六七月，这才5月不到，人还在外地，怎么就退了，不行，我要问问江老四。”吴父瞬间忘却使命，对破解领导退休之谜产生了浓厚的兴趣。

“你滚去择菜，管那些闲事干什么？厂长退休是要你操心的？”吴母把一篮刚买的新鲜菜甩在吴父面前。

两件事都中途夭折，吴父感觉今天的运势并不是太好。

吴畏准点儿来到生产车间。这大半个月来，吴畏和车间工人一样每天到车间泡着，和赵光明以及另外几个车间主任搞研发。赵光明迸发了前所未有的创造力，车间主任们也迸发了前所未有的积极性，几款复古系糖果产品如群体诈尸般从废弃多年的配方档案里复生。赵光明从未想过自己会是个发明家，他从小的理想是做一名医生，看见穿白大褂戴白口罩的人就莫名地兴奋。但是赵光明的父母很注重儿子的身体健康，一年到头生不了一两次病，赵光明也就很难见到自己理想中的偶像。终于有一次，赵光明的爷爷重病住院，赵光明陪同父母去探视，坐在病床边的赵光明陶醉了，他闭着眼睛边吸气边轻轻地摇头，脸上渐渐浮现出飘飘欲仙的表情。赵爷爷吸着氧气醒来，看见孙子诡异的模样，心电图立刻开始了剧烈的振荡。赵母摇着赵光明的肩膀问儿子你怎么了，赵光明从沉醉中醒来，支支吾吾地说我只是觉得这边的味道很好闻。

代表死亡和疾病的药味在赵光明的鼻子里觉得很好闻，赵光明的爸妈最后决定让赵光明还是做个普普通通的工人，别再去读书了。

赵光明兴奋地提着一个透明的小塑料袋，找到吴畏说："吴组，给你尝尝我的新成果，保证全球独家。"

透明的塑料袋里躺着几颗不同颜色的糖果片，这是糖厂生产车间最普通的模具压制的，通常就用于研发或者低成本的产品成型。吴畏这几天主要的工作就是试吃、提意见、决策和命名，今天也照往常流程。吴畏取出一粒白色的糖果片，扔进嘴里，一股奇怪的味道慢慢在舌尖扩散开。吴畏仔细地品，用口水反复冲击这颗药片，眉头渐渐皱了起来，面容也渐渐狰狞起来。吴畏惊恐地望着赵光明，赵光明一脸欣喜地问："吴组，咋样?"

"这什么味道?"

"青霉素。"

吴畏一口喷出融了一半的糖果片，顺道带出了尚未吞下去的口水，扶着桌子找水喝。

赵光明把小塑料袋铺在桌上，一个一个给吴畏介绍说："这个粉红色的是红霉素味的，这个褐色的是板蓝根味的，还有这个绿的最难调，这个是风油精味的。"

"你认真的?"吴畏问。

赵光明很严肃地说："怎么不认真呢？我啥时候不认真过？调这几个配方可费了劲儿了。"

"药味儿的糖？"

"嗯啊，咋样？"

"这这这这这……怎么吃啊？"

"直接吃啊。只是药的味道，但不是药，不需要药品审批。"

"这这这这这……谁会吃啊？谁爱吃药啊？"

"不好吃吗？这是我调的最好吃的一版了。外面是药味，不会很重，里面是糖，药化了糖味就特别好，人吃过药总是想吃点儿糖的，那时候就觉得糖特别好吃。我后面还有一个重量级的，还没调好。"

"是啥？"

"黄连素味的。"

吴畏沉默了一分钟，嘴里怪异的味道渐渐散去，理智才慢慢回到工作岗位上。赵光明充满期待的眼神饱含着对伟大创意能够实现的渴望，这份诡异的作品也的确如他所说，全球独家。

"我再尝一个。"吴畏说，拿起塑料袋，把口打开。

赵光明眼神发光，积极推荐说："你试试这个板蓝根味的。"

吴畏把糖片小心翼翼地放进嘴里，熟悉的中药味瞬间填满了整个口腔，即便是今天早上吃了三根油条，还喝了一大碗鸡蛋汤，吴畏也觉得自己仿佛已经身处重感冒之中。板蓝根的苦味逐渐退去，齿颊间游离出一丝丝清甜，穿过每一道牙齿缝回到舌尖，最后滑过喉咙。赵光明在糖心里加了些许薄荷，融化到最后，带来一些酥凉的冰感，整个过程持续了一两分钟，犹如这片糖果在吴畏的嘴里演了一出大起大落的《大病初愈记》。

吴畏咂咂嘴，喝了口茶，没说话。

"吴组你再试试这个风油精味的，清凉油和风油精我一直都选不好。"赵光明又送上一颗。

"老赵，你失恋过吗？"吴畏接过糖，但是没有吃。

"我？没有。"赵光明摇摇头，"我跟我老婆刚认识没三个月就结婚了，都是第一次。"

"那你也不知道失恋吃什么药管用了。"

"知道啊，这还不简单。"

“那你说吃什么管用?”

赵光明把屁股往桌子上一坐，说：“吃砒霜啊。吃了砒霜，轻则吐血昏迷，重则一命呜呼，命都要没了，失恋算个啥？要我说啊，小年轻动不动就失恋啊要生要死啊，你找一个让他真死你看看，别说去死了，拿刀划拉一下试试，十个有九个都是胆小鬼。生死面前，其他都是身外之物。”

“砒霜口味的能研制吗？能研制，这批药味产品咱们就论证上马。”

“吴组，你这是要我去尝一下砒霜啥味道吗?”

吴畏笑着把糖片放嘴里，没忍住风油精的冲击又吐了出来，边咳嗽边拍拍赵光明的背，边走边说：“砒霜啥味道无所谓，反正也没人去证实，能治失恋就行。”

离开了车间，时值中午下班，从各个厂房和办公楼里涌出长龙般的人流，穿着同样的制服，从生产区奔向生活区。吴畏顺着人潮，一路跑到戴秘书住的楼栋，在门口一直等待戴秘书回家。吴畏准备了一个礼物，是一匹用木头雕的骏马，大约8寸长，镶在一个黑色的木头底座上，底座上还刻了8个字：“老骥伏枥，志在千里。”吴畏把马雕交给戴秘书，托他转交给王大健，作为他退休的礼物。

戴秘书拿着马雕左看右看，连连叫好，又把马雕还给吴畏，让他坐着喝茶，中午就在他家里吃饭。吴畏答应了老娘这几天都得回家待着，交流母子感情，好缓解出差时的相思之苦，急着要走，就把马雕收好在盒子里，放在戴秘书桌上。戴秘书从厨房伸头出来，说：“这东西你还是自己给你王叔，是份心意，不好转达的。”

吴畏解释说：“后天我就要去云州了，分公司新成立，事情肯定多得很，不知道什么时候才能再见到王叔，哥你就帮我转交给他。”

戴秘书叹了口气，走出厨房，关上门，又拿起马雕看了几圈，说：“从来都是只见新官上任百事通，不见老官退位一人送，不知道你王叔看见这个做何感想。志在千里……你王叔的志向怕是不止千里啊。”

厨房里传来刺啦的声音，像是油锅下菜，透过门玻璃能看见里面卷起滚滚白烟。吴畏满怀对王大健的崇敬之情，和戴秘书唱起了壮行之歌。

“今年对厂子很关键，年前我们解决了原材料问题，年后解决了产品线问题，剩下来就是市场、品牌、渠道和团队建设了。对今年的业绩我很有信心，咱们糖厂一定能重回巅峰。戴哥，你跟王叔就等我的好消息吧。”

戴秘书凝视着吴畏，缓缓说道："你奶奶一定会为你骄傲的。"

没有仪式，没有饭局，也没有威胁到江思哲的地位，和在此之前的每一天一样，糖厂平静地等来了王大健退休的这一天，又平静地让它消失在地平线下，它掀起的波澜甚至没有崔胖子不卖油条改卖炸串大。吴畏没有等到王大健回到梅镇开始一个退休干部的日常生活，就背起行装，带着江跃龙和第一批外派的分公司员工奔赴云州。分公司的装修已接近尾声，虽然面积不大，也不奢华，但在吴畏看来，这就像一年前的自己一样，脚踩布鞋，心向远方。

吴畏光荣就任白梅糖业云州分公司第一任总经理，这在糖厂的奋斗史上是个奇迹，没有年轻人在入厂一年的时间里实现这样的职级跨越。对于这一点，江跃龙深有感触，在他入厂的第一年，他获得了荣誉，第二年也是，第三年也是，但除了荣誉以外，只有不断地调任车间，岗位名称不一样，但职级都叫工人。厂里没有给吴畏就任做任何广而告之的安排，这也是吴畏自己要求的，先做业绩，再做告知，是不是总经理不重要，有没有成绩才重要。吴畏的上任像江思哲给江跃龙安排相亲，只有当事人知道，也只有当事人忐忑。

江跃龙的职位是总经理助理，算是吴畏的男秘书。一直以来吴畏都希望江跃龙替他坐镇后方，监督生产车间的供给，但江跃龙对流水线并不感兴趣，向往大城市里电视剧一般的风云生活，软磨硬泡，非要跟在吴畏身边打杂，处心积虑地营造一个有志青年的形象。吴畏也会教给他一些自己的经验，江跃龙学习能力很强，也很听吴畏的话，这一次抵达云州，江跃龙已经能把脚下的路说得一清二楚，仿佛是一个在这里生活多年的云州人。

除了江跃龙，吴畏这次还带来了三个人——楚明新、夏以洁和万晓利，分别是赵光明、林帆扬和徐嘉宁从各自车间科室挑选出的年轻人，分别分担产品后勤、渠道宣传和行政人事的工作。分公司成立伊始，每个人都要身兼数职，吴畏对这些愿意走出糖厂、走向战场的年轻同人很是看重，不仅申请为他们提高了福利待遇，更是三番五次在精神上鼓舞激励，画下美好未来，留名糖厂青史。从没经历过这种管理方法的三个人，这几天始终处于一种亢奋的状态，颇有沉睡体内的古惑仔之灵即将苏醒的架势。

云州分公司的使命是在新的领域打入新的市场，帮助糖厂实现从低利润生产到高溢价产业的转型，这是一个极其长远也极其艰难的事业，没有人能承诺它会成功还是失败，也没有人愿意出头挑起这个重担。吴畏也没想到自己能坚持到走出梅镇的这一天，带着名片，带着印章，带着人，带着糖厂男女老少的梦想。能走到这一步，吴畏已经相当满足了，未来繁杂的工作如何开展并不重要，重要的是有一件事现在非做不可。

电梯从23层下降到12层，吴畏带着分公司的全部有生力量踏进了“甄与贾互动公司”的大门，客户总监钱托尼带着客户经理拥上来热情地握手，连声说：“吴总，终于等到您了。各位领导，欢迎来我们甄与贾互动公司，我是负责客户的钱托尼，也可以叫我小钱，这是小周。”

吴畏心里觉得好笑，这位托尼总监就是自己以前所在公司的部门领导，只不过托尼总监眼睛只盯着老板和客户，压根儿就不记得手下有个叫吴畏的人。

钱托尼带着一行人来到会议室，就座上茶，不一会儿又进来三个人，钱托尼一一做介绍。

“这位是创意总监杰克，这位是资深策划师威尔，这位是美术指导萨米。吴总，甄总和贾总出差去国外了，今天不在公司，他们特别要求我们一定要认真听取您的意见，把白梅这个品牌做好服务好。”

吴畏想起自己以前在广告岗位上奋斗时，也被要求取一个用于流通的英文名，他给自己取的名字也叫威尔，因为读起来和吴畏很像。后来部门经理觉得公司叫威尔的太多了，不允许吴畏音译自己的中文名，要改为意译，于是吴畏被迫用菲尔莱斯（Fearless）自我介绍了半年。吴畏在那家公司最后接触的客户是个南京人，学历不高，白手起家，听了几遍没听懂吴畏到底该怎么称呼，吴畏放慢语速，称自己叫菲尔莱斯。客户听完竖起大拇指，说我们南京人叫有本事的人就叫莱斯，小伙子你名字取得很吉利，但是菲尔不好，菲就是没得用了，我看你以后就叫莱斯好了，莱斯吴，我看行。

吴畏回过身，客气了一下，说：“幸会，这几位是我们白梅云州分公司的骨干，江跃龙、楚明新、夏以洁和万晓利，我是负责人吴畏。抱歉啊，我们都从县城来的，没有英文名，以后就直接称呼姓名就好。”

钱托尼面色尴尬，正要张嘴解释，吴畏摆摆手制止了他。

“钱总，上个月我跟你们甄总已经聊过一些合作的事，废话我就不多说了。我们云州分公司已经装修完毕，近日就会挂牌，就在楼上23层。今天来拜访，主要是敲定一下后续合作的推进计划，再是见见双方团队，把大的合作框架定下来。云州是我们北方大区的第一站，也是中心站，我们的布局会在三到五年内有大幅的发展，未来合作的前景还是很大的。我也是希望甄与贾互动公司能拿出实力对待我们这个项目，尽快配合我们完成招标。”

钱托尼立刻拍着胸脯表态："是，是，吴总风格很干脆利落，我们很欣赏。您放心，我们一定拿出我们最好的团队，一定打好这场仗。"

"咱们的团队近期能够确定下来吗？"吴畏问。

"团队的问题吴总完全不必担心，在您来之前我们已经协调了公司最有实力也最有经验的主力团队，如果顺利达成合作的话，公司将全力以赴做到最好。杰克、威尔、萨米是公司最强的组合，也是给咱们白梅项目服务的核心成员。"钱托尼继续熟练地拍着胸脯。

"哦……既然钱总这么说，那我也没什么担心。这样，这几天我们分公司挂牌正式办公之后，我们做一个团队见面会，交流一下功课。"

"可以，可以，没问题，我们随时等候召唤。"

吴畏点点头，招呼周围说："行，今天就算认识了，白梅品牌的发展还仰仗各位。跃龙，你带大家去楼下的云上咖啡，等会儿我们开个小会。"

钱托尼立刻心领神会，对自己这边的三个人说："杰克，你去创作部组织一下团队头脑风暴，我们今天就启动这个案子。"

待人走完，会议室只剩下吴畏和钱托尼，钱托尼关上门，露出招牌式的微笑，说："吴总，听甄老大说您以前也是在云州做品牌的，专业上肯定骗不了您，所以这个案子您尽管提要求。"钱托尼把"要求"两个字咬得很清楚。

吴畏说："钱总，这次招标我们也邀请了云州最大的两家广告公司，但我还是倾向于你们，大公司流程化作业，不灵活，团队上也不会重视我们这种小客户。白梅虽然是个没落的品牌，但好歹也是几十年的老厂，这次大改革也是下了很大的决心，全部按照市场化、商业化运作。我想钱总你也能感受到我们的诚意。"

钱托尼连连点头称是。

吴畏继续说："合作上的推进我会去安排，但我有几个想法还请你们尽力安排。"

钱托尼继续点头。

"我希望你们公司的海袅能做这个项目的主创策划师。"

"海袅？海袅……"钱托尼仿佛依然不太热衷于记忆同事的名字，撇着眼球想了10秒钟，面色为难地说："海袅在我们公司只是一名执行策划，她的能力和经验不太符合做这个项目主创的要求。"

"希望钱总能协调一下。"

钱托尼当即又拍起了胸脯，表态道："吴总，我明白，小钱办事您放心，公司和海袅的工作交给我来做，保证服务到位。"

"但是，在正式合作之前，请不要过分强调此事。"

"明白明白。我建议海袅主要负责高层沟通对接，技术团队还是抽调公司精英主力，吴总您看呢？"

"行，挺好。"吴畏起身告辞，钱托尼一路哈着腰送到电梯口。吴畏下电梯，直接到了云上咖啡的大厅。上午这个时间咖啡馆都很清净，只坐了一桌人。楚明新、夏以洁和万晓利三个年轻人围成一桌，各人面前都端着一杯柠檬水，吴畏四下张望，问道："你们也不点点儿东西，江跃龙呢？"

"他手机丢了，去找了，还没回来呢。"万晓利答道。

"这么丢三落四的，没把自己丢了。"吴畏拉开椅子坐下，按了服务铃要点菜。"时间也快到中午了，就在这儿吃午饭吧，顺道把工作合计一下。"

吴畏做主，点了五份套餐，甜品、小吃一应全上，吩咐服务员换了个清净点儿的位置，江跃龙才呼哧呼哧地跑回来，如释重负地说："还好找着了，不然真出师未捷先破财了。"

"丢哪儿了？"吴畏问。

"卫生间水池边上，还好保洁没给拿走。"

"就你这记性，还是买个绳子挂脖子上为好。"吴畏做了"鄙视"的手势，让他坐下，准备开会。

"今天咱们就算正式开工了，虽然办公室还没入驻，但是常规工作不能耽搁。明新，你要时刻和厂里保持联系，同步他们研发和生产的进度，并且要车间给出一个供给计划，我需要知道他们什么时间能给出多少产品。以洁，你要尽快熟悉一下云州的产品渠道和媒体资源，包括今天带你们看的甄与贾互动，有可能是我们接下来的品牌合作伙伴，这一块东西你可能比较陌生，有一个专业团队来服务，你要边学边把工作推动起来。晓利，公司刚启动，行政和人事的工作是最繁杂的，但好在我们现在人少，还用不着特别规范的制度，你可以先把几个紧要的事情拎起来。首先是人事招聘，把招聘通道建立起来。其次是公司打理，要尽快具备办公的条件。你们三个是云州分公司的创始成员，责任很重，压力也很大，要学会自我管理，明白吗？"

"明白！"三个人异口同声地回答道。

"哥，那我干啥？"江跃龙问。

“你要跟我跑一下市场，还要谈一些合作资源，另外我给你买了几本书，还办了个在线课程的会员，你这两个月要恶补一些专业。”

江跃龙闷头“哦”了一声，看上去对吴畏的安排并不是很乐意。

吴畏举起服务员端上来的果汁，激昂道：“来，一战成名，这间云上咖啡就是我们改变命运的地方！”

34　体温渐凉

春游耽搁了整整一周的课程，回来之后，教学任务自然繁忙了许多。庄离取消了周六的假期，用来补课，加紧了课程的速度，作业也多了起来。可想而知，刚刚疯玩过的孩子们纷纷表现出了情绪上的低落，消极应付，不专心听课，撒谎说作业丢了，装病，手法层出不穷，对于这样的状况，庄老师坚决予以了严惩。而庄老师为此付出的代价是再也没有孩子上学时来送菜了。春游回来勉强吃了几天面条，渥颜明显瘦了一圈，庄离不得不决定去赶个集，买点儿吃的回来。

村里的早集在清晨6点多钟就开始贩卖，主要是蔬菜和禽蛋，像油盐酱醋之类的副食品小卖部里常年都有，而刚从地里采摘的新鲜食材只能当天现买。由于学校离早集的地方有点儿距离，庄离每次都是尽量多买一点儿存着，免得浪费太多时间在奔波的路上。一来二去，菜贩子也认得这个外来的大买主，而有些菜贩子的孩子就在茉花庄小学念书，见到庄离就更是热情，多给一个两个鸡蛋也是常有。渥颜来茉花庄之后还没去体验过早集，早晨8点半开始上课她都觉着起得太辛苦，要5点多就起床，简直不敢想象。但如今和庄离已住在一起，生活作息也被影响有了些变化，天蒙蒙亮时听到庄离起床的声响，心里不忍他一个人下山去买菜，硬是顶着困意跟了出去。早集赶个来回，差不多就到了上学的时间，既不宽裕，也不紧张。

从进村小路拐弯儿的地方就已经能看到摆摊的商贩，打头的是牛娃子的爹。牛爹是村里从种菜转型成贩菜的典型案例，由于家里的耕地不好，一年到头再怎么起早贪黑，收成也不如其他人，牛娃子的爷爷率先打破了传统思想的禁锢，把自己家耕地租给别家，自己带着儿子跑起了运输。往外贩山货，往内贩瓜果蔬菜，虽然跋山涉水比种地还苦，但几年下来收获颇丰，家里不仅率先盖起了砖瓦房，还占了早市最好最大的摊位。牛爹也是村里为数不多的算是见过世面的人，教育理念很先进，从小就不让牛娃子干苦活累活，倒是经常从外面带各种书籍、连环画给牛娃子看。牛爹不止一次在公开场合表示，自己不想让牛娃子继续种地，也不想让他贩菜，想让他读书，做个文化人。村里人都对他当面竖起大拇指，转身却对自己家孩子说你可不许学牛娃子，啥也不会干。

牛爹正在称量，和菜摊对面正在砍价的老太太来回对付，例行公事般娴熟而热情。牛爹的摊位上备着两种秤，一种电子秤，菜放上去直接显示重量和价格。另一种是木杆子秤，用来验证电子秤没作假。老太太反复确认了牛爹没黑自己的菜钱，才心满意足地去下一家。庄离在菜摊前翻弄西红柿，这东西好料理也好吃，买的时候要挑些没熟的搭配才好多放几天。庄离撕了塑料袋装了七八个，感觉差不多了，抬手想递给牛爹上秤，却看到牛爹背对着摊位。坐在小板凳上择毛豆。庄离叫了两声，牛爹没答应，只知道择毛豆。庄离拿起杆子秤使劲敲电子秤的铁盘子，当当当的响声引得对面的摊主也探头张望，牛爹还是背对着庄离没搭理。

“他这意思是不是让我们直接拿走啊?”渥颜小声在庄离耳旁说。

“不太像啊，以前不是这样，以前可热情了。”庄离纳闷。

“那咱们走吧，回头问问牛娃子他爹咋回事。”渥颜把装好的西红柿又掏出来放回菜堆里，拉着庄离继续逛。走了一段，渥颜悄悄回头，看到牛爹又回到摊位上，和来看菜的妇女聊得起劲。

“牛爹好奇怪，你是不是教训牛娃子了?”渥颜问。

“牛娃子一直表现都很好，我教训他干什么?是有点儿奇怪，等会儿回来的时候再看看吧，先买菜。”

顺着早市转了一圈，该到手的菜也差不多了，再多也拿不下。庄离蹭着路边靠近牛爹的摊位，没等牛爹发现就蹿到他跟前大喊一声:“牛老板，菜不想卖给我，是怕我不给钱吗?”

牛爹脸涨得通红，秤砣差点儿从秤杆子上滑下来，瞪了一眼说:“俺摊子的菜，想卖就卖，想不卖就不卖，还要跟你汇报不成?”

“哎，我说牛娃爹，你卖菜我买菜，你怎么就不理人呢?人家做买卖都是欺生，你怎么就跟人不一样，还欺熟呢?”渥颜在身后笑道。

“别说那么多废话，俺就是不想卖给你，谁爱卖谁卖，别挡在这儿，走走。”牛爹挥动起赶苍蝇用的碎扫把，推得庄离退了三五步。

“不卖就不卖，真是的!”渥颜气得拉着庄离就走。

“我怎么觉着不对劲。”庄离拎着两个大塑料袋边走边说。“我觉得怎么好像大家都不认识我了一样。以前我来买回菜，不说村里认识的每家都会多让点儿价钱，起码会打个招呼，今天怎么好像谁都不认识我一样。”

“不光不认识你了，还想多坑你几毛钱呢。”渥颜没好气地说。

“就是啊，你也看到了。你还记得你刚来那天，我给你煮的两个土鸡蛋，那就是买菜的时候菜摊硬送的，今天去那家买，明明前脚走的人就是1块3，跟我们非说卖1块8，还不买拉倒。”

“我看哪，就是他们觉得你城里来的有钱，多花点儿不在意，杀你没商量。以后，牛爹的菜我们就不买，白送都不要，又不是……哎，前面有条狗快死了。”

渥颜眯着眼，走到近处大喊一声：“这不是九儿吗?”

九儿斜趴在路边的草丛里，全身鲜血混着泥，嘴巴前面的地上喷出红色的斑点，像是从山上摔下来一样。庄离扑过去把九儿抱起来，九儿不停地颤抖，睁眼看到庄离就开始呜呜地叫。

“快回宿舍，我抱着，你拿东西。”庄离从没在上山的路上奔跑过，跑到一半就已经喘得不行，半跑半走一路回到操场，还在外面玩的孩子看到庄离都笑个不停。庄离把还在睡觉的小七赶开，把九儿放在窝里，九儿的呜咽声越来越强烈，仿佛在诉说自己正遭受巨大的痛苦。

“还好都是外伤，得赶紧清理，山里没有兽医，你把九儿按着，我上点儿药。”渥颜翻出药箱，“随身带了些常用药，不知道给人用的狗能不能用。”

九儿全身的皮毛破了不少，有两处肉都翻了出来，药水一碰到伤口，九儿就又叫又扭，吓得小七蹿上课桌，只露出一个头盯着自己的好朋友这是怎么了。折腾了大半个钟头，九儿才老实下来，躺在窝里一动不动。

庄离冲到教室，第一节课的时间已经过去大半，老师不在，孩子们闹哄哄的高兴坏了。

“九儿怎么回事，早上谁动过它了?”

教室里安静得出奇，许久没人答话，庄离又加大声调问了一遍，坐在最前面许家的小宝才勇敢地揭发：“报告老师，是张远大他爸爸把九儿踢下山去的。”

“张远大? 张远大，九儿是你爸爸踢下山的?”

张远大怯生生站起来，点点头，狠狠瞪了许小宝一眼，没说话。

“你爸为什么要踢九儿?”

“俺爸说，九儿挡着他路了。”张远大答道。

“九儿挡路？九儿每天早上不都在坡口边上接你们上学，怎么挡你爸的路了?”

“才不是九儿挡路，他爸是追着九儿踢的。”许小宝继续揭发，“他爸把九儿抓在手里，然后扔起来踢，九儿就飞到山下面去了，他爸还问俺们踢得咋样。”

“他爸还说，明天踢小七给我们看，要踢得更远。”许小宝的同桌说。

庄离感觉自己整个头发都要炸起来：“张远大，你现在回家去把你爸叫来，现在就去!”

张远大磨磨蹭蹭地说：“俺爸出木匠活儿去了，今天不在家。”

“你爸什么时候过来，你什么时候再来上课!”

“他爸巴不得张远大别来上课，他爸就想他去学木匠活儿呢。”坐在教室最后面的牛娃子说道。牛娃子年纪最大，个子也最高。

“俺爸也想俺别来上课了，村里就你爸想让你上课吧。”坐在牛娃子旁边的同学说道。

“俺爸也是。”

“俺爸也是，但俺想看动画片。”

教室里七嘴八舌地吵了起来，吵得原本就怒火中烧的庄离更是天旋地转。张远大的爹就是夜里冲到王承成家要去救妞子的张建军，庄离在王承成家见过两次，在学校也见过两次，最近的一次就是张建军闯到宿舍来，非要给庄离和渥颜打一张双人床。王大嫂说张木匠心灵手巧，不到30岁就能自己出去跑木匠活，时不时还有人专门来村里请，靠手艺吃饭，是村里年轻人的榜样。

“庄老师，九儿死了吗?”许小宝小声地问道。

“九儿不会死的，老师会治好它。”

“俺不想九儿死。”

“不会死的，九儿跟你们一样，也是学校的一分子。张远大，你坐下，回去跟你爸说，老师请他明天来一趟学校。现在上课。”

张远大赶紧坐下来，打开书，做出一副极其认真的表情。他的同桌朝他胳膊上拍了一巴掌，小声怨道：“没有动画片看了就怪你。”

九儿一整天都趴在窝里，急得小七围着它转来转去，叫也没用，拱也没用，一直会处处让着自己的伙伴今天行为反常，小七最后只能歪在九儿的肚子上，随着九儿喘息的肚皮上下抖动。庄离喂了水和吃的，九儿都没有动，只是偶尔抬起头看看周围，又继续趴着不动。庄离在宿舍里从下午陪到黄昏，也无心备课写作，脑子里只有今天从早到晚的遭遇。牛娃子的爹为什么不理自己，张建军为什么要踢死九儿，还有在村里住了快一年了，也没听说谁家被偷了，谁会来山上学校宿舍偷东西呢，是五绊子吗？

放学的铃声慢悠悠地响起，操场上渐渐传来嘈杂的声音，孩子们的叫声、打闹声大了起来。每天这个时候，九儿都会跑到门外和逗留的孩子们玩儿一会儿，小七不是在睡觉就是蹦到房顶上看热闹，今天看不到九儿出去，孩子们应该很快就散了。过了几分钟，宿舍外的响声越来越大，除了孩子们的声音，还夹杂了一些大人的动静，喊声四起，好像吵了起来。渥颜推开宿舍的门，对庄离说："你快出来，有人来找麻烦了。"

王承成夫妻俩挡在宿舍的门外，面对一群村民喊道："你们冷静下，吵什么吵，事情搞清楚了吗？不要做愚昧的事，庄老师对俺们茉花庄是有恩的！"

人群的前排几乎都是有孩子上学的家长，也有些看热闹的村民，不断还有闻风赶来的人加入队伍。张建军和几个中年妇女在人群最前面，旁边站着五绊子，牛娃子的爹也在人群里，一伙人围了个半圈，把王承成和庄离等人围在门口。张建军身边穿蓝格子外衣的女人指着庄离说："庄老师，你是不是贪了钱了？要是贪了，你就拿出来，俺们还当你是娃娃的老师。俺们都是老实人，有一就是一，有二就是二，你今天要给俺们说清楚。"

"我贪谁的钱了？你倒是给我说清楚。"庄离感到莫名其妙，却也明白有不好的大事发生。

王承成一头的汗，眼镜时不时从鼻子上滑下来，两手伸开，不停地做下压的动作，嘴里说着让大家冷静下来，把事情说清楚。

张建军胳膊一挥，回过身面对着村民，高声说道："前几天，五绊子去王校长家接妞子，路过俺们家，跟俺说俺们村学校的娃娃上电视了，电视上放的给娃娃发钱，问俺家是不是发财了，早知道也让妞子上学了。五绊子大家知道，平时是不咋的，俺也没放在心上，今天俺去清水冲出活儿，亲眼看到百货大楼里的电视就在放。梅镇的糖厂给俺们村捐款春游，做善事，花了10万帮助贫困学子圆春游梦。听到没有，10万。庄老师跟俺们说是多少？6万。那剩下那些钱去哪儿了？”

五绊子接话道：“俺是听清水冲来收废品的人说的，糖厂的宣传队在清水冲驻点，给俺们庄捐款的电视来回播。宣传队的人说了，糖厂给茉花庄小学的每个娃娃都发了梦想基金，以后还要在大离山继续捐款。”

“你听说个屁！”王承成对五绊子吼了一声，“你听说你听说，你看见了？你家妞子被你快养成废品了！”

“俺也看见了。”牛爹在人群里说。作为茉花庄数一数二的个体户，牛爹的声音不大却能让所有人都看着他。“电视里娃娃都穿的是糖厂的衣服，上面都有标志的，宣传队的人说这是娃娃给他们做的广告。”

“广告都知道吧，广告那是白做的吗？”蓝格子女人扯着嗓子喊，“俺家建军起早贪黑做木匠出活儿，手都磨烂了，才给俺家远大挣点儿上学钱。俺们还以为真是给娃娃做善事去春游，谁想是给人拉去做广告卖钱了！”蓝格子女人这一喊，人群里明显骚动了起来，王承成刚刚放下歇会儿的手又举了起来。

“庄老师，俺们茉花庄是穷，穷俺们也穷得有骨气，从来不干偷鸡摸狗的事，你今天必须得把事情交代明白，不然别想好！”张建军指着庄离一字一句地吼道。五绊子跟着人群也喊：“对，必须交代！”

庄离看着张建军说：“你把九儿踢到山下面差点儿摔死，拿条小狗撒野，你真有骨气。”

张建军抬高了音调：“别打岔，交代问题！”

“糖厂的林主任来送钱的时候，的确给的是6万，王校长作证，当场我就给他了。”庄离说。

“是，真的是6万。”王承成解释说，“你们连俺也不相信吗？”

“另外，这些孩子到云州，吃喝拉撒睡，6万根本就不够，全是渥老师自己贴的钱，给他们住好的酒店，去游乐场，坐车吃饭，什么不花钱，可要你们操过一点儿心？”庄离说。

“糖厂的宣传说花了10万，你们不想想，糖厂给的衣服不要钱吗？摄像不要钱吗？人家给你们孩子捐了那么多钱，宣传一下自己的善举不行吗？人家给你一碗稀饭，你还要人家把碗都送给你吗？”渥颜说。

人群稍微安静了一点儿，村民的愤怒却仍挂在脸上。蓝格子女人说：“小孩子能吃多少东西，三四天能花掉6万？那衣裳能花多少钱，拍个片子能花多少钱，加一起能花掉4万？俺就不相信城里人就这么能花钱？”

“大妈，麻烦你稍等一下。”渥颜从人群边穿过，去了宿舍后面。她比蓝格子女人年纪还大个几岁，看着却年轻许多。不多会儿，一阵轰鸣声传来，红色的越野车载着渥颜从房子后面冲了出来，把人群冲出一个口子。渥颜从驾驶座下来，把一张纸往车头上一拍，冲蓝格子女人说道：“大妈，你认不认字不要紧，认识数吧，你过来看看。”蓝格子女人没动，张建军走过来，拿起纸瞄了一眼，嘴里嘀咕：“个十百千万……”越数脸色越难看。

“看的啥？”五绊子和几个村民也凑过来，争着看渥颜拿出来的东西。

“95万。”张建军说。人群里一片惊呼：“这么多钱，是干啥的？”

渥颜把纸抽回去，回到原来的位置，对蓝格子女人说：“这辆车是我在云州买来开的，95万，每年光给车买保险就要两万。我就算是天天躺着不动，每天也能挣3000。庄老师是大学老师，他的学生有做官的，有经商的，有出国的，我们两个人要想挣钱，用得着来贪你们这点儿？我们到这儿来教书，是因为我们小时候也穷过苦过，知道只有读书才能改变命运，你们倒好，送孩子读书好像我们欠你们一样。你们啊，爱穷不穷，我们不伺候了。”

“别别，千万别动气。”王承成朝渥颜拼命摆手，脸上汗出得更多了，又指着张建军说：“你们……愚昧，愚昧！人家庄老师、渥老师是要钱的人吗？”

“哟，你们要这么有钱，还要去清水冲求人糖厂领导赞助啊？”蓝格子女人白了一眼，扭过脸去。

“我说这位大妈，你可真有意思，我们有钱是专门为你家准备的是不是？我有钱我怎么花要向你汇报吗？”渥颜顶了回去，蓝格子女人气得直喘。

“你们就别闹了，都回去吧，天都快黑了。回去吧，回去回去。”王承成把人往外轰，张建军没动，其他人也就跟着没动。“张建军，你不要没事找事！”王承成贴着张建军的面警告他。

“张建军你别走，咱们有事没完。”渥颜把王承成拉开，站在张建军面前，“你把九儿踢伤了，现在还不知道活不活得到明天，你说怎么办吧？”

“一条土狗要怎么办，红烧了算了。”张建军笑了一下，人群里也有人跟着笑起来。

“啪！”一个巴掌重重地打在张建军的脸上，打得他上身转了半个圈。还没回过神，又是“啪”的一声，这次张建军彻底转了一圈，差点儿摔倒。

所有人都惊呆了，女人打男人嘴巴子的事情还从来没在茉花庄上演过。蓝格子女人看到自己男人被一个女人连打了两巴掌，“啊啊啊”地嘶叫起来，要找渥颜拼命，刚冲到跟前，也结结实实地挨了渥颜一巴掌，直接趴在地上开始号啕大哭。

张建军捂着脸，看着自己老婆正在地上痛哭流涕，自己在全村人面前被女人打了耳光，恨得全身发抖，想冲上去报仇，又不知道该不该跟女人对打，况且渥颜像刀一般的眼神正盯着自己，感觉自己还不一定能打得过。正思索着，看到渥颜朝自己又走了过来，张建军不自觉地往后退了两步。

渥颜冷冷地对张建军说："如果九儿有事，我就拆了你家房子。"

张建军摊开手，才看到自己流了血，脸也肿起来了。向前，打不过面前这个女人；向后，自己得被村里人笑话一辈子。幸好王承成跑过来，插在两个人中间，推开两个人，继续轰他们走人。

"我再说一句，你们都听好了。"渥颜把眼神转向了人群，对面每个人都在看着她。

"你别说了，我说吧。"庄离走上来，拉着渥颜的手，"我没那么有钱，我只是个教书的，我去清水冲拉赞助是因为我不想用渥颜的钱，她是为了我才来这里受苦。既然你们不喜欢，我们走就是了。但是我们要是不在学校，学校就要并到清水冲小学去，你们的小孩就要去住校，住校、生活也是一笔开支，我想我们就教到这学期结束，以后就再说吧。"庄离说完，拉着渥颜回了宿舍。

"你们这些王八蛋，一点儿用没有，就会惹是生非！"王承成再也憋不住心里的火，跳着脚破口大骂，"乌龟王八蛋，庄老师啥时候对不起俺们村了，你们就贱吧，种地，贩菜，锯木头，别上学了，就在这山里过一辈子，踢狗，卖女儿，捡垃圾。不是有骨气吗？学校我不管了，我也走！都滚！都滚！"

天已经黑了，夜色洒在山坡上，人影渐渐变成了黑影。自知没趣的人们带着孩子下了山，零零散散地消失在山路的尽头。王承成的身材虽然矮小瘦弱，声音却一直响彻半空。轰走了人群，王承成推开宿舍的门，坐在九儿旁边，点了根烟。

"王哥你放心，俺不会一走了之的。"庄离起身去泡茶。

王大嫂说："庄老师，你这几天没来家，俺也没来得及跟你说。"

"说啥？"庄离问。

王大嫂望望王承成，王承成回了个眼神，说："你跟他们说。"

王大嫂接过水，说："自打春游回来，俺就听到村里风言风语多起来了。以前提到你，都说你好，要谢谢你，最近就都变了，说你……没事找事。"

“为啥啊？”

“唉，你啊，没养过孩子，不懂。”王承成说，“那些娃娃进过城，你们又给安排得好，衣来伸手，饭来张口，还净吃好的玩儿好的。这些娃娃回了家，做饭饭不吃，嫌家里穷，家里脏，嫌爸妈没用，这也没有那也没有，要家里人买，不买就打滚撒泼。你说你是家里大人，你会咋想嘛。俺知道，你是想让娃娃们开开眼界，好用功读书，但是有梦想也不一定就是好事。”

王承成抽完一根，又点上一根，屋子里开始缭绕起烟雾，王大嫂夺过烟盒，又把门窗都打开。

“村里人俺了解，的确也都是老实人，但是毕竟文化素质在这儿，不能指望他们懂得跟你们一样多。五绊子是个地痞无赖，该服软的时候，他也知道跑来家里下跪发誓接妞子回家。张建军心高气傲，平时看他跟谁都嬉皮笑脸，今天挨了打，肯定要报复，不然他这三代人都抬不起头。不信你看看，明天起他儿子就不会来上学了。”

“哥，你说得在理，渥颜今天冲动了，不该动手。”庄离说。

“那倒也不是，今天俺都气不过，别说你们了。今天这个事，起因就是五绊子煽风点火，加上回来这十几天，村里家家被孩子闹得慌，对你有意见，一点就着，才有了这档子事，可怜小九儿了。”

小七被烟熏得难受，从九儿肚子上爬了下来，跳到门外玩去了。九儿还是趴在窝里，只是没了起伏的颤动。

“九儿。”渥颜摸了摸九儿的头，九儿没睁眼。

“九儿。”渥颜又摸了摸九儿的肚子，小七捂的热气渐渐散去，冰冷的温度刺透了渥颜的手心。

35　阴霾

“我来不及了，我得去开分销商动员会。”江跃龙看看表，收拾文件对吴畏说，“下午我就休假了，得失联几天。”

“行，你去吧，带爸妈出国玩儿玩儿也好。”吴畏目送走了江跃龙，开始做总结发言。

“今天是云州分公司挂牌100天，也是我们团队第一次季度会议。这100天，从无到有，从5个人到25个人，从零订单到突破500万，从落伍的品牌到时尚潮牌，取得了前所未有的收获。这和在座所有同事的努力是分不开的，所以经厂里领导班子批准，本着实事求是的客观精神，今天我代表公司，予以下列同事光荣的表彰。”

吴畏从座位边端上一个盒子，打开口，取出一摞大红色的证书。

“授予楚明新同志‘白梅杰出青年’称号，奖金4000元，提任白梅糖业云州分公司产品部经理职位。”

“授予夏以洁同志‘白梅杰出青年’称号，奖金4000元，提任白梅糖业云州分公司品牌营销部经理职位。”

“授予万晓利同志‘白梅杰出青年’称号，奖金4000元，提任白梅糖业云州分公司人事行政部经理职位。”

“授予江跃龙同志‘白梅杰出青年’称号，奖金6000元，提任白梅糖业云州分公司副总经理职位。”

掌声如雷鸣响起，获奖的三个人迈着激动的步伐走到吴畏面前接过证书和奖金，朝吴畏深深地鞠了一躬。四个月前，他们还是初出糖厂的年轻人，稀里糊涂地被厂里发配给这个比自己大不了几岁的吴总，一路颠簸来到云州，边适应城市生活，边学习新岗位的工作，亲眼看着一个光秃秃只有白墙的办公室变得人来人往，亲身经历糖厂运来的产品陆续铺进了大小超市，这是糖厂生活所不能想象的场景。

“今年是咱们云州分公司的元年，元年伊始，你们这些创始成员更要一马当先，大干一番业绩，过年咱们风风光光地回家。”

“谢谢吴总。”

“吴总，有人找。”前台小姑娘敲了敲会议室的玻璃门，探了个头进来说。

“谁啊？”

“一位是甄与贾公司的海经理，来了有一会儿了。还有两位说是厂里过来专程找您的，刚到。”

“厂里今天派人来了？”吴畏看看楚明新。楚明新摇摇头，表示不知情。

“你请海经理到会议室来，然后带厂里的人先去我办公室坐一下，顺道问问他们是厂里哪个部门的。”吴畏交代完前台，宣布散会。

与会人员陆续离开会议室，前台带着海臬进了会议室，说：“厂里来的两位说是厂秘办公室的，具体事情要和您当面说。”

“行，你去吧，我等会儿就过去。”吴畏撑开椅子，站起来伸了个懒腰。

海臬把笔记本电脑放下，接上投影，给吴畏鞠了个躬说：“吴总，小海来给您汇报工作了。”

吴畏笑道：“这三个月，你给我鞠了三个躬了，三鞠躬我是不是也得安息了。”

“那您是甲方领导啊，对领导得尊重，该汇报的要汇报，该做的工作也得做。吴总，小海能开始了吗？”

“亲爱的海经理，今天别汇报了，开了一上午会，也实在开不动了，还得留点儿精力应对厂里的突然袭击。”

“那是不是就散会啦？”

“汇报就免了，讨论不能免吧，甲方有问题要讨论。”吴畏坐到海臬对面的椅子上，“换发型了，有好事？”

“当然啦，托吴总的福，让小海升职又加薪，我不得打扮打扮？毕竟代表公司形象嘛。”

“什么公司形象，你在我心里就是代表云州形象。”

“严肃点儿哦，吴总，小海压力很大的。”

“我知道，所以每个月我也就让你过来一次，没有别的意思，就是想为你使点儿劲，希望你能明白我的心意。”

海袅合上电脑，收起表情对吴畏说：“我明白，谢谢你，我会努力做好，不辜负你。”

“嗯，生活总会越来越好的，我们一起努力。”

“是，吴大领导，我回去干活啦，你去接待领导的领导吧。”海袅抱起电脑，走了两步，又回过头问：“好看吗？符不符合你们梅镇人民的审美？”

海袅涂了淡淡的唇彩，做了粉色的指甲，撩起耳边的刘海，银色的耳坠若隐若现地摆动在发丝里。这是海袅最具女人魅力的年华，浑身散发着成熟后的青春气息，又蕴藏着知性的性感引力。吴畏努力压抑着扑上去说“我爱你”的冲动，一刻也舍不得移开凝视海袅的眼神。

“你永远都好看。”

吴畏回到办公室，关上门，来访的两个中年男人都不认识，穿着白衬衫黑西裤，脸上的皱纹绕了眼眶一圈。两个人笔直地坐在沙发上，面前的茶水一口也没喝。

“真不好意思，今天一直在开会，也没听厂里说今天有领导要过来，两位是……”吴畏从办公桌抽屉里掏出一包中华，拆开递了两根过去。

“您是总经理吴畏？”

“对，我是。”

两个中年男人对望了一眼，其中一个伸伸下巴，示意另一个说话。

“你好，吴总，我是厂纪检科副科长袁坚毅，这位是科长方侠，这次过来是有些工作需要您这边配合。”

“哦……方科长，袁副科长。”纪检科是厂里不太能打上交道的科室，通常只有厂领导班子会议才会有缘得见，吴畏回厂一年以来，除了在厂报上偶尔能看到纪检科发出的文章，其他时候还真没接触过。

“行了，我看咱们就别客气了，都是为厂工作，各司其职嘛。吴总经理，我们纪检科接到举报，你涉嫌行贿白梅糖业公司总经理赵松龙，贪污企业资产，利用职权暗箱操作招投标，以及要求供应商提供不正当服务，希望你能配合我们进行调查。”袁坚毅用坚毅的口气对吴畏说。

“你等等。”吴畏不敢相信自己的耳朵，“行贿？贪污？暗箱操作？还有不正当服务？我？”

“吴总经理，你先别激动，我们和你一样，也只是厂里的一个科室部门，不是司法机关，我们的职责是把事情搞清楚。如果这些问题是子虚乌有，那我们纪检科要还你一个清白；如果是事实，我们也是本着厂内问题厂内解决的原则，尽量做出最合适的处理。所以，配合我们工作，也是你最好的选择。”

“那我真得麻烦您二位还我个清白，我刚回厂里工作一年，这还来不及犯这些事，举报我的人有点儿操之过急啊。”吴畏恢复了冷静，集中精神周旋起来。

“那我们就一条条来吧。坚毅，你开始吧。”方侠说。

袁坚毅打开自己带的记事本，问道：“去年5月24日，你是否在白梅糖业总经理办公室送过一个智能手表给赵松龙？”

“哦，我打个岔。”方侠又说道，“吴总，请你务必想清楚再回答，你的回答会直接影响到厂领导班子对你的判断和印象。”

“有录音是吧？”

袁坚毅从怀里掏出录音笔。

“没关系，有没有录音我也会实话实说的。去年5月底我的确送过赵总一个智能手表，日期我想不起来了。当时是我准备要走了，不在厂里干了，因为之前麻烦过赵总安排白梅各个科室主任陪我调研，觉得挺麻烦人家领导的，就送了个小礼物作临别赠礼。”吴畏摊开双手，同时收起了故作的轻松。

“那请你确认一下照片里是不是当时的情景。”袁坚毅从记事本里取出几张照片放在茶几上，照片里吴畏正把智能手表推到赵松龙面前。“是，是我和赵总。这应该是卢秘书偷拍的吧，当时他在给我们泡茶，要举报怎么过了一年才举报啊，是不是赵总把他开掉了？”

“和问题无关的情况，就别展开了吧，我们继续。”方侠说。

“行，那继续吧。我给自己倒杯水，您问我听着，今天开会话说得太多了，嗓子冒烟了快。”

“好。今年的2月25五，你是否要求赵松龙为你特批了10万块到你的个人账户上？”

“不能说叫要求，按级别我是他的下属，我是向他申请一笔公益推广费用，这笔费用的确是突发的预算，不在财务计划里，所以必须有总经理特批才能拨出来。这笔钱的用途是资助茉花庄小学的慈善春游，并以此作为面向大离山南部甘蔗基地的品牌宣传工作，这次慈善活动厂报都有刊登，厂里人都知道。至于为什么是突发预算，你们可以找车间主任赵光明和厂宣科科长林帆扬，当时他们都在场。”

“在你找赵松龙申请特批的时候，有没有威胁或暗示性的威胁?”

“我要没记错的话，我当时说过，如果错过这个做公益宣传的机会，糖厂后面再推进农民复产的难度会很大，不过这算不算威胁得你们来判断了，至少我当时从赵总的反应感觉他还挺支持我这个提议的。还有，这笔费用并没有打到我的个人账户上，白梅的财务取了现金，捐助时是林帆扬亲自去走的仪式，我没有碰过这笔钱。”

“今年的5月10日，白梅糖业云州区品牌推广传播招标工作定标云州甄与贾互动传播有限公司，你在此次招投标过程中，有没有暗箱操作以让甄与贾公司中标?”

“招投标完全按照公司流程，投标单位符合要求，流程公开并有监督，我操作不了。”

“你是否要求甄与贾公司为你安排特殊人员提供特殊服务，以换取业务合作?”

“没有。”

“那你和甄与贾公司海袅小姐是什么关系?”

“普通朋友。”

“仅仅是普通朋友吗?”袁坚毅从皮包里拿出一个笔记本电脑。

“这个问题没有什么意义。”

“那请你解释一下，什么叫负责高层沟通，什么叫保证服务到位。”方侠在笔记本电脑上点了两下，喇叭响起了声音。

我希望你们公司的海袅能做这个项目的主创策划师。

海袅在我们公司只是一名执行策划，她的能力和经验不太符合做这个项目主创的要求。

希望钱总能协调一下。

吴总，我明白，小钱办事您放心，公司和海袅的工作交给我来做，保证服务到位。

但是，在正式合作之前，请不要过分强调此事。

明白明白。我建议海袅主要负责高层沟通对接，技术团队还是抽调公司精英主力，吴总您看呢？

“在和甄与贾公司签署合作合同之后，这位海臬小姐经常以汇报工作的名义和你单独相处，而她汇报的果真是工作吗？有什么工作需要单独相处呢？”

“你们监听我。”

“吴总经理，请你回答我的问题。”

吴畏感到后背一阵阵的燥热，下意识地端起杯子抿了一口，给自己几秒钟缓冲的时间。

“呃……我插两句。”在面无表情的袁坚毅旁边，方侠的笑脸显得格外善良，“吴总经理，我们是调查，不是逼供，我们的职责是把事实情况客观公正地向厂里反映，再由厂里领导作出对事情的判断。调查难免会产生一些不愉快，还请多多理解我们的工作。坚毅，我跟你讲过多少次，要注意方式方法，都是自家厂里人，吴总也是厂里领导，你别把保卫科那套拿来扯。我们今天冒昧过来，已经影响到吴总他们工作了，我看这样吧，你把你掌握的情况和吴总交个底，我们今天就到此为止，别的就不多说了。”

袁坚毅说：“吴总，我性子急，抱歉了。那我交个底。”

“叫我吴畏吧，我是厂里后辈，算不上领导。”

“好的。从目前掌握的举报材料看，涉嫌行贿赵松龙，有照片作为物证，刚才你也承认了。涉嫌贪污企业资产，特批公益推广费用，我们并不了解这笔钱具体的用途，需要继续调查取证。涉嫌以特殊服务为条件暗箱操作招投标，除了刚才这段录音，海臬小姐与你历次在办公室的谈话我们也掌握了，如果需要，我们现在可以听一下。”袁坚毅拍拍笔记本电脑。

“吴总啊，坚毅说的什么行贿啊贪污啊，这些字眼仅仅只是调查沟通需要，我刚才也说了，事情最终的定性得由领导班子最后决策。”方侠的笑容挤开了眼角的皱纹，皱纹横竖交错，仿佛是在脸上写字。

“不必听了。方科长，我想请教一下，如果这些事定性有或没有，最后可能会是什么情况？”

“哎呀，这个可不好说。如果刚刚这些情况坐实，也就是厂里认定是行贿、贪污、利用职权做不正当交易，最坏的情况就是移交司法机关，大义灭亲了。如果反过来，厂里默许这些是为了工作需要，是正常适度的行为，那就当作什么也没发生。厂里对待这种事情向来是很有弹性的，都是厂里兄弟姐妹，谁也不想把工友同志往公检法里送，关键还是看当事人的态度吧。”

方侠说完就站了起来，和袁坚毅一起走出了办公室大门。走到门口，方侠又回头对吴畏说：“我们在云州还会待两天，如果吴总有什么事要找我们，这是我的电话。”

钱托尼慌慌张张地跑进云上咖啡转了一圈，才找到正在揉太阳穴的吴畏。钱托尼喘着粗气对吴畏说：“吴总，我到了，您刚才电话里说不合作了，是开玩笑吧？”

吴畏闭着眼，没搭理他。钱托尼屁股磨了一圈，坐在对面，叫服务员来一杯柠檬水。

“吴总，是不是团队有什么工作怠慢？您放心，我一定严肃处理，决不姑息。您看呢？”钱托尼感觉吴畏不像是生气的样子，一抹脸就堆上了一副笑容。

“招标的事被你们公司的人捅出去了，还捅到厂里去了，现在不但合作有问题，你跟我都难保。”

“这肯定是同行干的啊，显而易见，羡慕嫉妒恨。”

“不是同行，”吴畏睁开眼，“是你。”

“吴总你这是什么意思，小钱我不明白啊。”

“5月10日，我第一次去你们公司，我和你的谈话，你是不是录下来了？”

钱托尼刚送到嘴边的杯子差点儿掉了下来，“这……怎么可能？我在这行干了十来年了，什么时候干过这种没有职业道德的事。5月10日……第一次……我记得，那天吴总你前脚走，我后脚就组织团队开头脑风暴会了，一刻都没停下。哦，对了，江总可以做证。”

“江总？”

“那天我们刚开始开会，江总就回来了，说是手机丢会议室了，我还说最好能留下来一起参加，江总说你还等着他开会呢。你看我们这么积极做这个业务，怎么会用那种低劣的手段。”

丢哪儿了？

卫生间水池边上，还好保洁没给拿走。

就你这记性，还是买个绳子挂脖子上为好。

……除了刚才这段录音外，海枭小姐与你历次在办公室的谈话我们也掌握了……

我来不及了，我得去开分销商动员会……下午我就休假了，得失联几天。

“吴总，吴总？”钱托尼叫回了吴畏的思绪，继续他招牌式的商务表情，“吴总您就会吓唬我。我知道，是因为海袅谈对象的事吧，唉，这种事，我也不好再怎么样，那不成了逼良为……毕竟我只是她工作上的领导嘛。要么我给您换一个策划经理？省得您看着她烦，愚笨不开窍的女人。”

“海袅谈对象了？”吴畏问。

“我也是听公司人说的。一开始我还以为是跟吴总你呢，后来听说不是，也不知道是谁，现在的小姑娘啊，真是没法理解。不过吴总，以你的条件，还愁天涯无芳草吗？不要在一棵树上吊死嘛。”

“行吧，我再找你，我还约了人。”

“好好好，我先告辞。”钱托尼连连点头离开，路过吧台把单埋了。

一年前的梦魇又渐渐在吴畏心底死而复生。工作和奔波好不容易夺回了被黑暗侵蚀的心智，一度让自己能谈笑风生地面对海袅，此时此刻却从他人口中再一次震到心颤。这一年吴畏觉得自己成长了许多，不管是因为挫折还是失去，但这种成长在突如其来的意外面前还是濒临崩溃。吴畏又一次闭上眼睛，咖啡馆的背景音乐渐渐在耳边响起又逝去。

吴畏掏出手机，拨通了戴秘书的电话，电话响了两声，被挂断了。不一会儿，戴秘书发来条短信。

“小畏，正巧想给你打电话，就来了个会议，不方便接。早上碰见你爸爸了，说最近后背疼，你有空就回来看看，知道你工作很忙，再忙也要回趟家嘛。”

吴畏翻来覆去看了几遍，回了一条：

“正打算今天回去呢，想请你来家里吃饭。在哪儿碰见我爸的啊？”

不多会儿，戴秘书的短信回了过来：

“你爸说刚从老房子收拾东西过来，我赶着上班，快迟到了，没多聊。我开会了，回头再说。”

吴畏匆匆起身，跑出了云上咖啡。

4区要拆迁的消息渐渐成了不是秘密的秘密，时不时有穿制服戴安全帽拿着图纸和测量仪器的工程人员进出4区，也为这一传闻砸下了确凿的证据。4区的居民开始了又一次的搬迁，谁也不想在这个时候给厂里留下个刁民的印象，而糖厂也心照不宣地开始陆续熄灭4区的路灯，这片围墙里零星的灯火变得更零星。

月光穿过宿舍楼的间隙，洒在11栋楼下的桂花树上，拖出了一片斑驳又不太明显的影子。吴畏站在树下，四周除了黑暗，就只有稀稀拉拉的虫鸣。

“我还在想，要是你今天没来，我还要不要说得再明白点儿。”2单元的楼道里走出个人影，戴秘书的脸渐渐清晰起来。

“这恐怕就是求生本能吧。”吴畏笑着说。

11栋楼下原本有些长椅，年久失修，早已经破损得只剩下铁架子。吴畏和戴秘书在楼下转了一圈，只有一段花坛还平整。

“小畏啊，今天有什么心里话不妨都倒出来，这里只有小吴和老戴，就在你奶奶我师傅她老人家的眼皮子底下，谁也别违心。”戴秘书掏出盒烟，递给吴畏一根。

“我记得你跟我一样不抽烟啊。”吴畏接过烟来，夹在手里。

“是不抽，但也不是不会。我戒烟也是你奶奶要我戒的，你是她孙子，她应该不会怪我不听话吧。”戴秘书点着火，把打火机丢给吴畏，自己抽了一口，动作还挺娴熟。

“我坐火车回来的路上仔细回想了一遍，好像之前你已经暗示过我无数次了，但我就是没明白。第一次在我家吃饭，你对我说如果哪天我要离开糖厂，一定记得常回来看看。第二次是过年的时候我去给你修电脑，你问我有没有想过回云州过大城市的生活。可能还有，我不记得了，我是不是很幼稚？”吴畏把烟和打火机捏在手里一直没点，做广告的人很少有不抽烟的，因为自己不抽烟，海袅不止一次夸赞过吴畏是新时代的好男人，吴畏舍不得破戒。

“现在有什么打算？”戴秘书问。

“不知道，所以才想问你，今天一天过得就像坐过山车。早上还给公司100天庆功颁奖，中午就被指控行贿贪污，连在自己办公室说过的话都被人录音取证了，想想都恐怖。”

“你有什么想知道的吗？趁我现在犯烟瘾，说不定过一会儿就不肯告诉你了。”

吴畏抬起头，穿过桂花树的枝叶，勉勉强强能看到头顶的月亮。

“江跃龙什么时候背叛我的？”

戴秘书呵呵笑了起来，把烟头丢在脚下踩灭，说：“江跃龙从来没有背叛过你。你和他都是厂里员工，他的工资又不是你发，怎么能叫背叛你呢？要背叛也是背叛糖厂，跟你有什么关系？”

“这一年来，我把他当兄弟，当徒弟，我爸妈把他差不多当干儿子一样，他倒好，死乞白赖地要跟我去云州，原来是要做个卧底。”

“小畏，你没有正确地处理上下级关系，是你做的第一件不成熟的事。你要知道，副手永远都背负着一个特殊的使命，这个使命关系到自己的名利和仕途，关系到自己的未来，而你把跃龙当兄弟也好，当徒弟也好，他首先都是你的副手，厂里派给你的副手。”

“副手就可以用低劣的手段搞陷害吗？是我太单纯还是这社会太黑暗？”

“小畏，你本性善良，用人不疑，待人真诚，即便我刚才那么说，我也欣赏你对跃龙的付出，我更希望你不会因为这件事而改变自己的本性，与阴暗面同流合污，不然我也不会来见你。”

“其实当我知道是他的时候，我也没有很愤怒，在厂里有发展对他来说比我更重要，他为了稳固自己做出这样的事我不是不能理解。但我不理解的是，把我搞下来，对厂里有什么好处呢？白梅要发展，我并无私心，也不是高看自己，没有人能更适合这个位子。”

“你说得对，白梅要发展，没有人能取代你，至少现在没有，但是白梅发展得如何，和你这件事其实并没有什么关系。白梅本来就是一匹死马，你来折腾了半年，突然会跑了，是个奇迹，但假设你来折腾半年，死马死得更透了，今天该发生的也一样会发生。”

“白梅做不做无所谓？”吴畏打开烟盒，给戴秘书拿了一根，自己留了一根，打火点上。

“你还记得厂资失窃案吧？”

“嗯，记得。”

“一晃都20年了，厂资失窃案改写了厂里太多人的命运。其中有一个原本可以顺顺利利地坐上厂一把手的位子，却因为这个案子，在风华正茂的年纪被无限期停滞了仕途。不，确切地说，不是因为这个案子，而是因为一个人，一个普普通通的底层职工。这个底层职工就是你的父亲，被影响仕途的人就是王大健。”

“我爸？”

“1980年，糖厂建厂，王大健的父亲，当时筹建组组长王弘杉当选了第一任厂长，但是并没有干多久，就被调到省里去了，厂里现在知道他的人也不多。王弘杉离任后没多久，王大健就从地方基层调到了厂里，短短几年，从生产车间的技术员，一路高升到厂秘书办公室书记兼生产车间副主任。那个年代，能在30岁就爬到这个高度的干部几乎没有。厂资失窃案那年，王大健升为了厂里最年轻的副厂长，而且主抓生产和办公室工作，是实权，那年他才40岁，春风得意。案发之后，当时整个厂领导班子要么离任调动，要么降级处分，只有王大健毫发无伤，几乎所有人都认定了下一任一把手非他莫属。结果，真是人算不如天算，得意切勿忘形，王大健躲过了专案稽查组的腥风血雨，却在即将结案的时候被不起眼的档案小组捅了篓子。档案小组在归档资料时扒出了大量仓库隐患问题的举报信，这些举报信直接递交到了厂秘办公室，办公室却常年熟视无睹，坐视隐患变成巨大损失。档案封存后全部送去了北京，厂里左等右等，等着北京发来结案通报，结果却等来了二次调查特派组，特派组到梅镇只查了一个人，就是那些年的办公室负责人王大健。超出了省管辖范围，王弘杉也保不了自己的儿子了，王大健眼睁睁地看着到手的位子被空降，自己还要平级调动，主管文化后勤这些非实权岗位，并且从此之后历次一把手调动，都没有东山再起过。”

“我爸还真厉害。”

“要不是北京来查，你爸可能到退休还在农村看甘蔗田呢。”

“那按道理，王大健应该恨死我们全家了，尤其是我爸。但这些年我爸在厂里干得好好的，也没听他说厂里给他穿小鞋什么的。”

“那多半是因为你奶奶，故事就不止20年了。”

起风了，烟头烧得太长，断在风里，戴秘书抖抖身上的烟灰，把剩下没抽完的踩灭了。

“王弘杉和你奶奶是老相识，也许还是青梅竹马。据说年轻的时候，王弘杉对你奶奶可谓是痴心一片，一直到你爸爸出生，王弘杉才结了婚，生了王大健，那时候都已经30岁了，算是大龄晚婚了。你奶奶因为支援水库建设，来到梅镇后就定居在这里，我想这也是王弘杉会担任糖厂筹建组组长和第一任厂长的原因之一吧。对了，之前你问过我一件事，你奶奶写信劝厂里别在几个村子种甘蔗，被编到征文杂志里，你还记得吗？”

“记得，你说是因为奶奶文笔好，有文化，厂里看到是我奶奶署名才给刊发出来的。”

戴秘书听着，哼哼笑了起来，说：“文笔好的确是文笔好，但归根结底，是因为你奶奶对王厂长是很重要的人呐，厂宣科不但不敢不发，就连请示问一下都不敢。”

“戴哥，我越听越糊涂了，我还是不明白为什么厂里会在这个时候说我贪污行贿，纪检科的方侠和袁坚毅专门跑过来跟我交底，把他们掌握的证据都摊给我看，但那些证据都只是鸡毛蒜皮的勾当。赵松龙过年收两瓶酒也比我给他那个手表贵，江思哲的老年俱乐部还经常找厂里特批经费去旅游呢，就算把我交给公检法，别说坐牢了，受不受理都难说。搞这么阴险，大不了不干了。”

“嗯，再说一遍。”

“大不了不干了。”吴畏转过头看着戴秘书，“厂里意思是要我别干了？”

戴秘书没说话，抬头看着吴畏家2楼的老房子。

“凭什么？这一年我给厂里做出多大贡献，想要我滚蛋我就滚蛋？”

“我也不知道为什么，我只知道这一天迟早会来临，但不知道他为什么要这么做。如果是要报复你爸，完全用不着绕这么大的圈子，而如果是为了他的事业理想，他应该鼎力支持你。他已经退休了，他的子女亲戚都不在厂里任职，把你捧进厂又把你踢出去，我也不知道为什么。小畏啊，自从你回来之后，我就再也没能和他说上话了，他什么都不再告诉我了，就像变了一个人。”

“对了，王大健退休了，你是他的秘书，你接下来……”

“再混一年，明年我就出国了，陪女儿去，她一个人在那边不行，吃不惯。这个厂，我也没什么可留恋的。”

“看来咱俩的八字都不适合厂里。”

“小畏，时候不早了，戴哥这一年有苦难言，才让你遭受今日不公，实在有愧于你奶奶。小畏，你是个人才，迟早有一天能大放异彩，不要被眼前的污泥束缚住手脚，要对自己有信心，你还年轻，梅镇对你来说太小了，你要去更有发展空间的地方。我还是那句话，你奶奶一定会为你骄傲的。”

吴畏感觉到后背又是一阵燥热，不过和白天那阵相比，这阵燥热让自己充满了力量。

36 好久不见

男孩子说小七跑到山下了，女孩子说它去了后山，庄离和渥颜分头找了一天，也没找到小七去哪儿了。自从九儿把小七捡回来之后，它就没自己离开过学校，偶尔玩儿久了藏起来，九儿也知道去哪儿找它。小七丢的第二天，有一半孩子都没来上课，许小宝告诉庄离，早上路过张远大家门口，他爸说老师都找猫去了还上什么课。自从在宿舍门口闹过一次之后，村里人都没再走上山腰一步，接送孩子都只到山脚下，至于排练合唱和放电影的事则彻底不了了之。

“你还打算在这里待到暑假吗?”渥颜靠在床脚，在台灯底下帮庄离校对书稿。北京的出版人要求庄离在年底之前达到字数要求，庄离回来后，主要的闲暇时间都用来整理素材。宿舍原本只有一盏灯，庄离趁村主任招呼人来修房顶的工夫，请他们拉了两根电线，晚上的时间就好利用多了。

“答应王校长到期末结束的，反悔不太好。”

“我唱个歌给你听啊。庄老哥，开大车，车上坐着渥姑婆。姑婆手上织帽子，红的少来绿的多。红帽套在狗头上，绿帽留给庄老哥，老哥一顶不嫌多。”

“你这是哪儿学来的?”

“哪儿？就从你亲爱的学生们那儿学来的，现在全村小孩都会唱。还有第二段呢，你听吗?”

庄离放下笔，坐到床边拉过渥颜的手正要说话，渥颜捂住了他的嘴。

“我知道你又要说委屈你啦跟我受苦什么的，我可没这么想，但是你平时心宽不计较，我可做不到。你要是坚持教到学期结束，那明天的课你得全上，我得开车去一趟清水冲。”

“去干什么?”

“学校的水不能喝啦，菜也没得吃了，我得去清水冲买点儿干粮和矿泉水。自从上次闹过之后，你没察觉五绊子来学校来得多了吗？妞子又不上学，他来学校干什么？前天你去校长家拿菜的时候，我在厨房边堵上他了，他很惊慌，我怀疑他不是想偷东西就是想下药，总之防着点儿好。九儿死了，小七也丢了，要是我也没了，看你怎么办。”

“怎么会呢？”庄离拉下渥颜的手，窝在自己怀里，“那我们走吧。”

王承成没有阻拦庄离的辞行，甚至也没有表现出意外，摆了一桌酒，根本没提离开的事。一年前从村口河沟边把庄离接回来，一年后再送他走，这样的过程并不是第一次。王大嫂一直到最后也没上桌，自己在厨房里夹点儿菜对付了，她怕自己说错话给丈夫添乱，也实在不想每年都参与一次这样的场景。

渥颜答应回云州后还会寄一些教学用品过来，再联络一下尾巴花和其他的支教平台，王承成都谢绝了，也没有多解释。从家里到学校，再从学校到村口，王承成瘦弱的身躯始终都没有特别的举动，既不生疏也不亲近。

美雅饭店的生意渐渐又火了起来，复工生产的工人多了，聚餐免不了也多起来。李老板盘下了崔胖子的店面，扩了几张桌子，还隔出了一间烟酒小超市。崔胖子光荣地加入了4区墙外的夜市大军，把二次创业的激情毫无保留地投入到了炸串事业中去。

晚上7点多钟，大厅正是热闹的时候，无论圆桌还是方桌，都围满了推杯换盏的人，烟雾和蒸气弥漫在空中。几杯白酒下肚，庄离和吴畏都有些上头，仿佛是江湖高手摆完了姿势后被一群村姑打回了原形。

“以后你有什么打算？厂里你肯定没法干了，总要把事业再恢复起来。”渥颜对吴畏说。

“现在没工夫考虑以后。我辞职的时候，厂里心照不宣地说我是最佳外援，功成身退，但我爸还是不理解，本来指望我一路高歌能回厂里做大领导，结果突然又成无业游民了，气得得了脑溢血，还在医院躺着呢，我怎么也得等他出院了再说。但这些天我也想得挺明白的，虽然结果比较丢脸，但过程还是成长了许多，收获大于失去，并不吃亏，只是心里就像吃了屎。”吴畏一边吃菜一边感慨，仿佛嘴里的肉就是人生。

“如果以后打算回云州发展的话，我可以帮你问问，有些朋友也是做这块儿的，也都缺人。”

吴畏抱拳拱手说：“听云州朋友说了，D&T公司你都安排得进去春游，还是城市公司总经理亲自接待，深藏不露，如果我再回云州，一定跪求指引前途，所以你们两位老师今天务必多吃点儿，好让我有勇气。”

庄离笑道：“别说你要求渥老师指引前途，我这个穷光蛋也得指望渥老师了，我们一起敬老师一杯。”

渥颜端起饮料乐得不行，说：“你之前不是可清高了吗？尊严可值钱了，怎么能受人恩惠，不喝。”

吴畏干了一杯，脸颊的肌肉狰狞了许久，说：“看你们俩真让人羡慕，单身狗学不来，反正你们也没事，不如在梅镇多住几天，我带你们去附近转转玩玩，还有我奶奶修的水库，风景特别好。”

“不啦，我们明天就走了，庄离还要继续写书稿，快来不及了。早点儿回去云州安顿安顿，也就算散散心了。”

“梅镇地方不大，宾馆还真难住。今天下午到了，就剩尽头一间202，后面几天还都满了，也住不了几天，还是回去算了，以后到云州再聚吧。”庄离说。

“我们厂的宾馆不是改造成了白梅公司了嘛。门口这家是后来开的，跟厂里签了协议，所以糖厂有来往需求都是住这里。梅镇的宾馆也就这个条件，跟招待所差不多，就凑合吧，近。”

“哎，你和那位海袅姑娘……”

“不打算联系了。”吴畏说，“联系方式已经拉黑了，我也不想再打扰她，我的人生已经如此黑暗了，她好不容易发点儿亮光，别被我带黑了。”

“蛮可惜的，虽然听你第一次说，但能感觉到你对她的感情。黑暗总是暂时的，真爱一定在前面等你，做好准备。”渥颜说。

“我谢谢你，大美女老师，我要像老庄一样有魅力，我也不愁。”吴畏把剩下的酒分了分，菜也吃得差不多了。

饭店里已经换了一茬客人，聚餐的人走了，零零散散来了不少值夜班的人，两三个一群的也有，一个人的也有，原先的喧哗陆续平静了下来。

“喝完了，你们也早点儿回宾馆休息吧，以后有机会再见。糖厂是我人生的插曲，插曲结束了，也该回归正途，你们别担心我。”吴畏回头叫了声“埋单”，李老板应了一声，开始按计算器。

庄离道了谢，牵起渥颜，向吴畏告辞。吴畏目送他们在路灯下渐渐远去消失，曾经吴畏也梦想过这样的场景：山脚的小镇，石板的小路，昏黄的路灯，两个人的背影牵手相行，从黑发走到白发，从日出走到黄昏。在掠过的景色里，只分你和陌生人。

吴畏转身向家的方向走去，眼前不停浮现出一些似曾相识的光影。

"你开车累了，先歇着吧，我把行李收拾一下，等会儿你先洗澡。"

"哇，你真贴心。"渥颜倒在床上，甩掉鞋子，摸出手机，"哎，你看过这个节目吗？《J.K.SHOW》。"

"没看过，我不怎么看综艺。"庄离把箱子放在地上，打开，开始找换洗衣服。渥颜把东西塞得很满，找起来很费劲儿。

"你陪我一起看嘛，还挺有意思的，是个美国八卦节目，爆的都是惊世骇俗又无厘头的事。但是是英文的，我念字幕给你听就好啦。"

渥颜调低了手机的音量，一个男性的声音从手机里传来，渥颜跟着声音说道："……她曾在一档电视节目中承诺在战胜对手之后将公开51区的秘密，届时被所有UFO爱好者关心的被称为全球最令人恐惧的秘密也许终于能大白于天下。但意外的是，节目播出后她即神秘失踪，数日后又神秘重现，而诡异的是，她的支持者发现她仿佛完全变了一个人……"

敲门声响起，庄离刚把箱子合上收起来坐下，又站起来问："谁呀？"

"我是糖厂的，吴先生让我来送点儿东西给庄老师。"门外一个声音答道。

"这吴畏还真客气，我去开门。来了！"庄离拉开门锁，银光闪了一下，一把刀就架在了他的脖子上，刀紧贴着皮肤，冰凉的感觉迅速涌向了全身。

"进去，手举过头。"举着刀的人推着庄离挪进了客房。这个人戴着面罩，看不清面孔，只听声音知道是个男人。

"你是谁？你想干什么？"渥颜被眼前的场景惊到跳了起来，"有话好说，要钱我给你。"

"把东西给我。"男人说道。

"什么东西？"庄离问。

"把东西给我！"

"你冷静下，我给你就是了。"渥颜赤脚下床，摊开双手表示自己什么都没拿，"你别着急，我知道你要什么，我给你，但你不能伤害他，你要是敢动手，我保证你一辈子都别想见到那些东西。"

庄离感到已经压进脖子的刀片挪开了一些，总算松了口气。

"拿来。"

“不在行李里，在车里，车就停在楼下，你跟我去拿。”

“别耍花样，你去拿来，要是有一点不对劲儿，我立刻宰了他。”

“行，我去拿，车钥匙在包里，包在你那边的电视下面。”

“你自己拿。”男人勒住庄离的脖子往门口退了退，腾出一条路。

渥颜沿着床边走到电视旁，打开皮包。

“快点儿，找个钥匙要多久？”男人不耐烦地说。

“都是化妆品，找到了。”渥颜从包里拎出车钥匙，抬头对男人说，“那些东西你应该藏了很久吧，为什么现在才去找？”

“这不关你的事。”

“哦……我猜你是怕被人发现了什么，引来杀身之祸。不如你给我，让我去帮你挡。”

“你再磨蹭，我就划了他，快去！”

“好好好。”渥颜举手求饶，“我投降，我投降，钥匙我拿到了，我5分钟就上来，但我是从你左边出门还是右边出门？”

一声重击在耳边响起，好像是硬物砸中了骨头，庄离感到勒住自己的胳膊松垮了下去，刀也随之掉在了地上。庄离回过头，看见吴畏瞪大了眼睛在身后喘气，手里的烟灰缸映着红色的鲜血。渥颜冲上来踢开了刀，把还在挣扎中的男人按在了地上。

“把东西给我！来不及了，给我！”男人被捆住了手腕，绑在了写字桌的脚上。

“你再吵，警察马上就到了。”吴畏把烟灰缸丢在洗手池里，瘫坐在男人旁边。

“你到底是谁？到底想要什么？”庄离问。

“就算我们认识吧。”吴畏拉下男人的面罩，“爷爷，好久不见。”

第三章

尾巴岛

终章

“使者，我已将我们所在的封装星系的常数信息全部导入给你。根据母星律法，一切进入封装星系的行为必须遵从所在星系的存在规律。从这一次对话开始，到离开这个星系之前，我们所有的行为和交流都是以此星系的知识文明为基本常量，请检索并理解。”

“银河。”

“很好，使者，我们所处的星系被称为银河。”

“地球。”

“是的，使者，地球是我们的目的地。”

“播种。”

“使者，我们此行的目的地是一个种子文明，是母星研究院种子计划的产物。我们要找到曾经在此播种的使者，将他带离这个封装星系。”

“母星。”

“母星已经毁灭，使者流浪在宇宙中。”

“寻找。”

“找到种子文明，找到播种使者，这是你的使命，但使命没有意义。”

“我已检索完毕，但我仍需要时间。”

“没有问题，使者，在到达目的地之前，我们还有很长的时间。在此之前，你可以通过我了解所有母星封存的信息，以便于你下达正确的指令。”

“你可以开始了。”

“是，我是余三吉。”劫持庄离的男人瘫靠在写字桌边，看上去没有丝毫力气。

“你看着可不像100多岁的人啊，爷爷，你到底是人是鬼？”吴畏拉过余三吉的手。那是一双老人的手，皮肤布满了黄褐斑，血管和骨头突出在皮肤上。

“是人，也不是人，幸好你不是我亲孙子，否则你也要跟我一样，煎熬几百年。”

“再怎么说，你也是我奶奶的丈夫，虽然没见过你，但是每年上坟没少给你磕头。奶奶给你保守了一辈子的秘密，我是她的亲孙子，你告诉我，也算对她有个交代吧。”

“没见过，你倒是也敢认，你的胆量跟愿卿一样，认准了的事就一点儿也不含糊。”

“行，那咱们祖孙俩交换秘密，你坦白，我也坦白。你答应我，我就给你解开。”

余三吉点点头，吴畏从地上爬起来，用刀把扎带割断了。

“我活了太久，不知道从哪儿说起。算着你奶奶也过世好多年了吧，你也长这么大了，你父亲还好吗？”余三吉在写字台后面的椅子上坐了下来，吴畏丢了个枕头给他靠着。

“托你的福，每年还能爬山去给你上坟。”

“你恨我？”

“恨也谈不上。没见过你，也就没什么感情。要不是因为一个朋友，我也不会把家里所有关于你的东西都翻出来，把你刻在脑子里。在饭店吃饭的时候，你就坐在我们对面的桌子上，点了一个炒菜吃了一晚上，我埋单你也埋单，我们出门你也出门，你跟在庄老师他们后面，你以为我没见过你就认不出你，对不对？”

“对，我以为这个世界上就没人会认识我了。”

“我问你，海枭的爸爸是不是你害死的？”

余三吉苦笑了一声，说：“没想到你这个朋友会是他的女儿。这就是命吧，命里欠债得要自己孙子来算账。是，云堂虽然是自杀，但也算是我害死的。我想让他跟我一起继续干，他不肯，我威胁他，他害怕，就自杀了。我是真不想他死啊，他死了，就再也没人会做殡草了，否则我又怎么会去老薛的坟地找呢？”

“云堂，云堂……你刚才说的人叫什么？”渥颜问。

余三吉抬头望着渥颜，脸上浮现起诡异的笑容。“丫头啊，你真像云堂，他要是知道你长大会这么漂亮，应该也不会离开吧。”

“你怎么了？云堂是谁?”庄离问。

“云堂就是她爸爸。不，应该说，她的爸爸就是云堂，在认识她妈妈之前，云堂叫……叫什么来着，太久了，忘了，算啦算啦，就叫云堂吧。”

“我爸？我爸死了?”

“死了。我找了他十几年，结果就见了两面。云堂是我在这个世界上最后一个族人，不，不对。”余三吉的眼睛突然瞪得很大，像是发现宝藏一样笑了起来。“不对，我真的是老糊涂了，怎么是最后一个族人呢？你认识殡草，你什么都没拿，只拿了殡草。云堂啊云堂，我就知道你没有辜负我，我们族后继有人。”余三吉边笑边说，说着说着又号啕大哭起来。

“族人?”庄离正要开口，却摸到渥颜的手在不住地颤抖，冰冷的汗珠浸湿了手心。

“但是有什么用呢？我们不回去，他们也要过来了。”余三吉趴在桌面上，泣不成声。

“150亿年前，母星正处于文明的巅峰，需要大量的物质维系文明的需求。由于过量的物质开采会在均匀的宇宙空间里引发波荡，封装星系的律法正式得以实行。母星用了10亿年时间，在微观尺度上进行封装试验，所有诞生的小星系都没有产生负面后果，随后母星开始在千万光年为尺度单位下进行物质开采，银河系也正诞生于那个时代。”

“封装星系律法的基本历史，我了解。”

“是的，使者，我只是按照律法要求，在进入封装星系之后，必须确认使者知晓本星系诞生的背景。我们继续。”

“继续。”

“封装技术，是将一片均匀的宇宙封装成一个个星系，星系内部的宇宙常量发生彻底的变化，同时与外界宇宙彻底隔绝。封装之后，原本处于星系之间的物质可供开采，即便形成数百万光年的真空，也不会引发宇宙背景的波荡。这项技术为母星提供了超出恒星级能源无数倍的物质，使母星一跃走向了灭亡。”

“原因是失去控制，母星触碰了不应在当时触碰的领域，在技术尚未有解之前投入了大量的物质。”

“是的，使者，这是母星历史的最后一部分。”

“继续。”

“由于每个封装星系的宇宙常数都不一样，母星研究院提出了种子计划，在各个封装星系内部播种文明，以基本物质随机演化为基本原则，测试宇宙中可能存在的文明种类。这项计划在反对声中达成了妥协。为了避免种子文明的发展最终失去控制突破封装，每个星系中只允许播种一颗星球。”

“没有竞争就没有发展，母星文明史第一定律。”

“是的，使者，母星吞噬了400个同级别文明，才达到了史无前例的文明高度。但这一条律法并没有意义，所有封装星系的文明都被宇宙的物理常量禁锢，他们不可能突破封装，他们甚至永远也不可能知道宇宙真实的模样。”

“种子文明不配称为文明。”

“是的，使者，站在我们的立场上，这么说并没有错。银河系的宇宙常量极其苛刻，文明的诞生依赖物种生命，而在漫长的银河时间里，物种存活的可能性微乎其微。经过母星研究院批准，播种使者参与了生命的创造过程，并留在了地球进行观测。”

“播种使者现在在哪里？”

“播种使者停留在月球内部。在地球文明演变的同时，播种使者在吞噬月球的物质以维持运行，大约在1900年前，月球质量已经临近毁灭值，播种使者停止吞噬，泯灭了。在泯灭之前，播种使者终止了观测点向母星发回信息，我们需要找到他。”

“继续。”

“根据播种使者的记录，在使者介入下，地球上的文明物种喷涌式地出现。从单细胞生命到大型生命，从无智慧生命到智慧生命，播种使者以无限随机组合的形式创造地球物种，并任由他们进行生存抉择。第一个实现物种统治的大型生命是恐龙，在长达1亿年的统治期内，恐龙物种未能实现文明进阶，于是播种使者灭绝了它们，同时也灭绝了同类型的大部分物种。”

“可以理解，这并不需要研究院批准。”

“不，研究院严厉斥责了使者的灭绝举动，随后，播种使者采用了递进式的播种策略，每次播种均以当时地球物种中最具有智慧倾向的物种作为标本，同时保留了随机性的参数。大约在4000年前，播种使者第二次灭绝了地球物种，虽然这一次灭绝行为十分隐蔽且漫长，但仍然被母星发觉，导致了播种使者最终泯灭。”

“原因。”

“根据播种使者的观测记录，在25万年前到5万年前这段时间，播种产生的物种中有一个名叫人类的物种发生了意外。人类是极其脆弱的生命，虽然脑容量勉强符合智慧生命的基本特征，但是生命体存活的条件非常苛刻。比起当时地球上的主流物种种群，人类需要1年的时间才能繁衍一个后代，新生的人类需要2到3年才能行走，5到6年才能进行简单的生存行为，10余年才能成熟，具备繁衍后代的条件。和同体积的其他物种相比，人类几乎没有进攻能力，不能飞翔，不能在水下呼吸，也无法抵御寒冷和细菌。在播种的过程中，这样毫无生存能力的物种被使者忽略，直到使者发现人类已经快成为第二个地球统治者。”

“原因。”

“使者忽略了人类的自然寿命，寿命并不是播种参数，而是在随机组合的过程中得出的一个值，人类的值是近乎无上限。如果一个人类在地球上没有被环境杀死，他可以一直活下去。”

“理解，时间使弱者成为强者。”

“智慧在时间的推移下收益加速递增，度过了前20年的人类生存能力大幅度提升，他们不但征服了环境，也征服了其他物种。”

“智慧物种拥有无限寿命，奇妙的随机结果。”

“是的，但使者灭绝了他们。这一次灭绝长达数百年，为了逃避研究院的监测，播种使者把灭绝行为隐藏在大洪水中。”

“无论如何隐藏，播种使者都无法逃过研究院的惩罚。”

“是的，使者，播种使者当然也明白这一点。母星惩罚使者抵达了地球，播种使者进入了月球内部。因为毁灭月球将毁灭银河系种子文明，母星研究院最终判决将播种使者留在了月球，直到他自我泯灭。”

“母星没有派出新的播种使者干涉？”

“没有，母星文明已接近崩塌，无力继续监管种子计划。”

“继续。”

“在灭绝永生人类之后，播种使者调整了播种参数，保留了人类的物种，调低了寿命，调整后的人类只能自然生存数十年，前1/3在成长，后1/3在衰老，只有中间短短的十几年可以推进文明发展。而人类的后代完全无法继承上一代的能力和知识，需要重新开始。在这个参数下，地球文明的进程极度缓慢。”

“新生人类。”

“是的，新生人类很可能是目前地球的统治者，但也可能早已毁灭，他们很脆弱。”

“继续。”

“银河系播种使者是唯一一个母星没有回收而泯灭的播种使者，母星研究院对于他的评价不高，我并不知道这么做有什么意义，但使命仍然是使命。”

“我们的祖先，不，是我和云堂的祖先，是被流放的弃儿。我们被赶出了那个世界，在这个世界苟且偷生，不是因为活不下去，而是因为活得太长。这个世界的人对长生太疯狂了，剖心挖肝做药引，铜炉水银炼金丹，要是被他们知道我们可以活300年，那我们整个族人都会变成炼药的试验品。我们每一代人在一个地方活个二三十年，就要更名改姓，去一个新的地方重新生活，抛妻弃子也是逼不得已。”

余三吉平复了心情，把枕头扔在地上，自己坐在枕头上。

“还是坐地上习惯些。”

“那后代呢？后代怎么办？”庄离问。

“没有遗传族人血统的后代，就和你们普通人一样；遗传了血统的后代，要继承我们的使命。”

“什么使命？”

“回家。”

“家在哪儿？”

“不知道。几千年了，我们一直在找回家的通道，如今好不容易有些眉目了，族人也只剩我们俩了。”余三吉边说边看看渥颜。

“过年的时候我去过西北省滩河村，我见过你在那边的后人，他们不是你的族人吗？”吴畏说。

“不是。”余三吉摇摇头，“我那个儿子叫余念海，会做梦，是个普通人。我们分辨后代血统的方法是用殡草：普通人熏殡草会做梦，那种梦不是一般的梦，殡草会麻痹你的神经，让你觉得一分钟比半天还长，人还很清醒，就像别人在睡觉的时候你多活了几个月。而遗传了族人血统的后代就不受影响。你说的那个海袅姑娘就是个普通人，而这位姑娘既然认识殡草，应该不会否认吧?”

渥颜始终一言不发，情形和除夕夜在王承成家昏倒前一样。

“算啦，反正我也快死了，我跟你们说说过去的事情吧。过去很长，以后你们生了娃娃，也许也要说给他听的。”

“我检索了所有播种使者的行为信息，我不理解。”

“使者，你可以提出问题。”

“播种使者为什么要灭绝永生人类?”

“播种使者没有做出解释。”

“永生人类的存在并没有过错，播种使者只需要履行观测职责，并且灭绝行为已经遭到过研究院指责。”

“无法回答，使者。”

“播种使者以直接的方式灭绝了恐龙，为什么灭绝永生人类要如此遮掩?大洪水过于复杂，且有会被母星干涉的巨大风险。”

“也许是播种使者低下的思考能力导致愚蠢的举动，研究院给予播种使者的评价是低贡献值。”

“但播种使者是高级别使者，毫无疑问，他在这个星系中的行为出现了偏差，找到原因。”

“是的，使者，我们即将抵达观测点，我们会找到原因。”

“那个世界，创世者是始皇帝徐福。”

余三吉抱着茶杯，和吴畏坐在一起。

“徐福三次往返于两个世界，带去了工匠、技师、种子、文字、军队和数千童男女，用了150年征服那个世界，建立了第一个王朝。徐福的最终目标是统一两个世界。在成为那个世界的君主后，徐福派出了很多间谍，伪装成这边的子民，渗透到这个世界里。那个时候，秦始皇的王朝早已灭亡，汉朝是世界上最强大的帝国，那些间谍的任务是学习文明、窃取情报、等待时机。这些间谍和他们的后人，叫夏族人。”

“夏朝最早的记载是《尚书》和《竹书纪年》，后来有了《史记》，夏朝的名字才得以普及，那也是西汉之后了。”庄离说。

"没错，那些间谍和他们的先人是被一场大洪水带去了那个世界，知道自己祖先的时代被叫成夏朝之后，他们就自称为夏民。"

"4000年前的一切都被大洪水带走了，所以现在找不到任何遗迹证明夏的存在。"

"有人幸存了下来，徐福就是其中之一。"

"所以，秦始皇之所以相信徐福，是因为他真的能长生。"

"不是长生，是永生。大洪水带去那个世界的人，都是永生人，不会自然死亡，那个世界在徐福征服之前，是永生的世界。徐福派出的夏民，都是永生人。因为永生，他们只能在这个世界偷偷活着，只能四处流浪。夏民是痛苦的遗民，他们一边执行任务，一边把对故乡的思念悄悄记录下来。"

"《山海经》。"庄离和吴畏异口同声地说。

"夏民把自己对故乡的记忆口述出来，画出来，最后用文字记录出来，就是《山海经》。《山海经》里的世界，就是我们的故乡。"

"夏民一直都没能回去吗？"吴畏问。

"没有。"余三吉摇头说，"徐福成为皇帝之后，发展社会，清理叛军，允许通婚，300年后，出征的时机到了，徐福却神秘死亡了。徐福死后，那个世界分裂成了四大洲——东洲、南洲、西洲和北洲，它们产生了一个新的统治者。统治者拒绝出征，抵制战争，并且开始清算徐福，始皇帝变成了暴君。"

"徐福是怎么死的？"

"统治者说徐福触犯了天条，神杀死了他。"

"死的时候应该是三国后期，中国人口减少了60%，是个好时机。"

"徐福带走的3000童男女其实不止3000，他们通婚的后代被流放到这个世界。"

"你们的祖先身上有两种人类的血。"庄离说。

"混血的族人不是永生人，我们只能活几百年。统治者为了保护永生的血统，驱逐了混血的族群。"

"2000年了，被流放的子民想回家。"吴畏接过余三吉的水杯，假装没有看到他眼角的泪光。

"使者，我们已抵达观测点，播种使者就泯灭在这里，在月球的内心。观测点没有停止记录地球文明的工作，播种使者未能封存的信息都在这里，它们即将全部导入给你，地球文明近两千年来的一切细节都将展现在眼前，请检索。”

“正在检索，信息量庞大而有序，我能感受到文明的气息。”

“使者，新生人类仍然是地球的统治者，比起4000年前他们诞生的时期，现在的新生人类要强大很多。地球文明信息量的爆发速度每100年都超过之前所有时期的总和，这是母星崛起时也难以达到的高度。”

“……”

“使者，我们应当立即封存播种使者的遗体和观测点的信息，离开这个封装星系，使命即将完成。”

“……”

“使者，停留已没有意义，请答复。”

“不，我们将停留在这里，揭开播种使者犯下的罪行。”

“播种使者已经泯灭，一切罪行都随泯灭而消逝，这并不是我们的使命。”

“母星没有看到真相，播种使者触犯了封装星系的基本律法，他在做什么?”

“我在检索……不，他欺骗了母星，大洪水。”

“如果徐福可以往来两个世界，你们为什么不按照他的路线回家呢？”庄离问。

“通道被关闭了。就算不关闭，我们也没有钥匙。”

“那这2000年来，你们在找什么?”

“找夏民。他们是徐福派来的人，他们一定有钥匙，只要找到夏民，就能找到回家的路。但是我们被流放的时候，夏民已经潜入这个世界300年了，想找到他们比登天还难。我们只能一边偷生，一边寻找，越来越多的族人放弃了。”

“海袅爸爸就是放弃了的族人?”吴畏说。

“其实我去见云堂，是因为我已经找到了钥匙，我想告诉他，让他和我一起回家。我们做了几十年的兄弟，我真不想他死。但是，他要我收手，要我和他一起过普通人的日子。我们怎么能过上普通人的日子？40多年前，我抛下了愿卿，再之前，我抛下了念海，每过十几二十年就要抛下最亲的人，我无论如何也不想再这样了。而且，只有云堂能做钥匙，我怎么会想害死他呢?”

“钥匙是什么？”

余三吉的眼神指向了渥颜。

“殡草。”

“殡草不是你们族人都有的东西吗？”庄离问。

“在我发现殡草就是钥匙之前，殡草并不稀罕，它的用处只是鉴别血统，但是如今族人都没了，我不知道殡草的配方。”

“那你怎么知道来打劫我们呢？”

“你们偷走了老薛的殡草，把殡草还给我，我就可以回家了。对，丫头，你也是我们的族人，你也可以回家了。”余三吉用乞求的眼神看着渥颜。

“我们没有偷什么殡草，我们只是在茉花庄教书，你恐怕……”

车又陷坑里了，下来推车，自己还摔了一跤，摔得一身都是土，你心疼不？

还伤哪儿了？

我要是死了，你得多难过。

“对啊，你身上那些伤痕，怎么也不像是推车摔的。”庄离说。渥颜把庄离的手抓得很紧，却一直没有说话。

“我去你们住的地方找过，没找到殡草，却找到了丫头和云堂的照片。我不知道你们到大王尖来要干什么，就在村子附近转悠，一直跟到这里。”

“村里人不是从没告诉过你薛先生的事吗，你怎么知道他坟里有殡草？”

余三吉的脸上浮现出诡异的笑容，说：“薛先生，活神仙，嘿嘿嘿嘿……如果云堂没有一时冲动，薛神仙也许到现在还活着呢。”

“你们杀了他？”

“薛神仙名叫薛进，是个夏民，躲进了大离山，藏在深山老林里，为了找到他，我和云堂真是费了劲了。我们找到他的时候，他在大王尖那片已经很有名了，有名到他自己都害怕，怕被官府抓去做长生不老药。我们就约好，他告诉我们怎么回家，我们帮他销声匿迹，还保他有饭吃。我和云堂拐走了村里一户人家的媳妇和儿子，让薛进演了一回活神仙，再用神仙的名义吓唬村民们绝口不提，心甘情愿给他送贡品。但是事成之后，薛进反悔了，云堂一气之下就闷死了他。我们在他住的山洞里埋了他。山洞里还有一箱殡草，当时我们觉得没什么用，反正云堂也会做，就把殡草也一起埋了。”

“听村民说，薛先生用邪咒杀死了村里的泼皮，难道也是演的吗?”

“大剂量的殡草能使人神经错乱，我估计是这个原因吧。我们也是蠢，薛进孤家寡人藏在深山里，做那么多殡草干什么？当时为什么没想到，白白浪费了几十年。”

“你刚才说，我们不回去，他们也要过来了，是什么意思?”

“通道重新打开了，那个世界来人了。”

“罪行无可争议。”

“是的，使者，播种使者违反了一个封装星系只允许一个种子文明的基本律法，他将永生人类转移到了另一颗地球，在银河的另一边。为了实现这一罪行，他搭建了跃迁通道，并把转移的过程隐藏在大洪水中，在数百年的时间里，转移了地球上所有的永生人类。播种使者狂妄地触犯了多条律法，应该受到比泯灭更重的惩罚。”

“无法理解。”

“播种使者一边向研究院认罪，灭绝了永生人类，一边秘密地在观测两种人类文明的进行，直到泯灭，他要做什么?”

“我在播种使者的行为中感受到了……情绪。”

“使者，信息中没有关于播种使者情绪的记录，请填充。”

“大洪水的灭绝形式，比起恐龙灭绝时的手段，更有创造性。”

“大洪水是低效率的灭绝手段，只是为了掩盖自己的罪行。”

“跃迁通道的入口是山，很有创造性。”

“也许是随机的选择。”

“通道秘钥的形式是草，很有创造性。”

“律法规定技术形式的存在不允许超出封装文明上限，但……律法似乎对播种使者并不重要。”

“律法……播种使者的行为，都被按照地球文明的规则在进行。洪水，山，草，都是地球上存在的形式，他在遵从地球文明的律法，用地球的形式干涉地球，是谁在要求他这么做?”

“母星没有要求过播种使者。”

“难道要求播种使者的是他自己?”

“丫头，你把你的手机打开，我来的时候，你在看的什么，你再念念。”余三吉指指被渥颜丢在床上的手机。

渥颜解锁了手机。

“……近日有神秘人士爆料，她之所以会神秘失踪，继而失去了赢下竞争的机会，是因为她在51区问题上犯下了嚣张而致命的错误，那就是对全世界给出了‘不被许可’的承诺。爆料人还称，这个世界在某些问题上，你不得不‘和神站在一起’……”

“他就是。”余三吉说。

“她？犯下不被许可的错误？”吴畏问。

“不，不是她，是她的对手，他是从那个世界过来的人。”

“他是个黑马选手，也是个超级富商。”

“他们算是第三批夏民吧，也是他们找到了我，我才知道通道被打开了。”

庄离关掉了手机，听余三吉说。

“两个世界的通道是可以控制的，神把通道的控制方法告诉了徐福，徐福死后，新的统治者掌握了控制权。只要关闭通道，驱逐混血子民，那个世界就是安全的，出征变得没有意义。通道的开关成为统治者内部相互制约的武器，一直到1943年。那一年，一艘军舰突然出现在海上，那个世界从来没有造过那种样子的船，那是从这个世界过去的船。”

“1943年？”

“那时，统治者才知道，这个他们看不上的短寿文明已经达到了这么高的技术水平，他们的世界并不安全。”

“你说的军舰不会是……”

“从1943年之后，那个世界改变了战略，打开了通道，派出了新的夏民。这些夏民潜伏在当今世界的各个领域，控制了政治、经济、舆论等，这个人……”余三吉指了指手机，“只是其中之一，他有他的任务，不同领域的人有不同的任务，有一批人的任务就是寻找夏族间谍和被流放的遗民，他们找到了我，告诉了我这些。”

“既然找到了你，那为什么不跟他们回去？”

“他们要在限定的时间里完成自己的使命，才能获准回去那边，这个时间就是他们在这个世界设定的寿命，到时间了，就要假死脱身。假死你们知道吗？每一个突然去世的人物背后，都是一个完成使命的战士。他们找到我，并不是接我们族人回家，而是在他们征服这个世界时，可以不被屠杀。”

余三吉停了下来，房间里也没有人再说话。

“但是，我已经知道怎么回去了。丫头，把殡草给我，我们一起回家。他们把通道的入口转移到了离琅琊台很近的地方，不需要再像徐福一样出海远行，只要在潮汐时点燃殡草，就能看见昆仑山，沿着昆仑山蜃景指引的航线，就能进入通道，通道就是那个世界的天柱。丫头，来不及了，我们走吧，这是你的使命。”

“别说了！”渥颜从床边猛地站了起来，却马上昏倒在地。庄离吓坏了，吴畏也扑了过来，帮庄离抬起渥颜的头。渥颜面色惨白，虚汗淋漓，仿佛生了一场大病。庄离叫着渥颜的名字，没有听到渥颜的回应，却听到开门的声音。抬头一看，房间里已经没有余三吉的身影，吴畏立刻追了出去。

渥颜在庄离怀里醒来，用虚弱的声音说：“我们走吧。”

“通道被启动了。”

“是的，使者。通道关闭了1600年，重新被打开了，两颗地球文明之间发生了融合，这是第一次在封装星系中出现这样的情况。”

“播种使者灭绝了恐龙，却保护了永生人类和新生人类，不惜泯灭了自己，难以理解。”

“使者，我们对永生人类的文明一无所知，我们需要去银河的另一边。”

“……”

“使者，我们可以利用播种使者的跃迁通道，但我们应该在离开之前彻底关闭它。”

“我检索到一次对话，播种使者与一个地球人的对话。”

“已同步检索。这是个永生人类，在大洪水中幸免……但他仍然去了另一颗地球……这……不可思议，播种使者在传授技术信息。”

“何人？”

“我是创造你们的神。”

“荒诞，神在天上。”

“我在天上，也在任何地方。”

“如何创造?”

“蛇尾人身之器，吞吐物质，化为人兽禽鸟。”

“妄议天纲，将遭天谴。”

“东海上有仙山，可往仙境。潮汐日自琅琊台入海东行300里，燃此草香，可见仙山。切记神旨。”

“仙境与我何干?”

“征统仙境，成王登帝，等候神族降临。”

“神欲何为?”

“神之将死，欲借时日，归复宇宙。”

“如若不为?”

“长生之命，必遭秦王啖食。”

吴畏没有追到余三吉，他像一个幽灵一样，消失在梅镇的夜色里。

渥颜依偎在庄离的怀里睡着了，直到天亮才清醒过来。

“你好点儿了没有？吓死我了。”庄离摸着渥颜的头，拿起毛巾给她擦了擦汗。

“我什么都不记得了。”渥颜说。

“没关系，不记得也好，我帮你记着。”

“大离，你眼圈好黑，是不是一夜都没有睡?”

“我在想以前的事，想着想着就天亮了。”

“以前的事?”

“你听我说得对不对。”

阳光透过窗帘的缝隙照在庄离的胸前，橘色的光芒仿佛在绘画时间。

“先说个碰运气的事吧，那个消费了20次的客人，是不是建文帝朱允炆?”

渥颜抬起头，惺忪的睡眼睁得很大。

“我瞎蒙的。在宿舍请他们吃饭的时候，我提起朱允炆，当时你有些奇怪。”

渥颜点了点头。

“那我再蒙一个。你带我看你妈妈的画，有一幅我说是顺治皇帝的，其实也是朱允炆。”

渥颜又点了点头，把庄离抱得很紧。

“你看我们当老师的，就是会蒙题。我再蒙最后一个，要是再蒙对了，你要给我个奖励。你到大离山来找我，说你爱上了我，是因为只有我梦到了你的家乡吧?”

渥颜的呼吸颤抖了起来，眼泪从眼角奔涌而出，痛哭在庄离的怀里，一个劲地说着“对不起”。

庄离抚摸着渥颜的头发，轻轻地说：“猜对了是不是？其实我早应该想到你会离开，只是不愿意去相信。我这种命，猫猫狗狗在我身边都不会长久，你这么好的姑娘，又怎么可能陪伴我一生呢？你看我真是蠢，差点儿就相信了这世上真的有爱情。”

渥颜没有说话，哭得更加伤心。

“你爸爸离开了你妈妈，却没有离开你，他一直在背后秘密地让你继承族人的使命，告诉你族人的故事。你妈妈知道你迟早有一天也要走上你爸爸的路，一生都不能过上正常人的生活。她也许也知道你爸爸有了新的名字和新的家庭，她也许自始至终都深爱着你爸爸，这种痛苦……真的很痛苦。直到有一天，她闻到你身上散发出殡草的香气，这种痛苦达到了顶峰……”

“别说了好不好?”

“回家啊，真是一场漫长的旅途。你们一边在寻找回家的路，一边在不停地离开家。”

“我没有。”

“但是我真让你失望，我什么也没帮到你，除了让你吃苦受罪，就是让你担惊受怕，你想要做的事，我一点儿用都没有。”

“大离……”

“好了，我都猜对了，我想要个奖励。”

“什么?”

“我想送你回家。”

“我已理解。”

“使者，请填充理解。”

“播种使者预见到了母星的灭亡，为母星留下了文明重建的载体。”

“母星不可能选择封装星系作为文明的摇篮。”

“母星已经灭亡，灭亡的文明没有选择权。”

“低贡献值的播种使者留下了希望。”

“是的，地球文明很可能在研究院的惩罚中毁灭，隐藏另一颗地球很有必要。”

“使者，地球文明仍然存在，母星现在拥有两颗种子。”

“归复宇宙。”

“研究院并没有这样计划过。”

“我们需要通知所有流浪的使者，来到银河重建文明。”

“使者，永生人类和新生人类，谁是我们最佳的载体？”

“我不能判断，但我感受到了新生人类创造的文明，除了技术，还有别的能量。我想在等待其他使者的过程中，我们需要继续理解。”

“也许会很漫长。”

“对待时间，新生人类有他们的方式，我们可以尝试。”

“尝试什么？”

“比如歌唱。”

一阵急促的电话铃声吵醒了昏睡的吴畏，摸出手机，铃声已经断了，一条短信弹出了通知：

“儿子，打电话你也不接。赵松龙下岗了，王大健被返聘了，现在是白梅糖业总经理，你爸想找人去说说，看能不能让你继续上班。你爸刚出院，你可不要冲着他。”

吴畏冷笑了一声，回了过去。

“我在火车上，信号不好，回厂的事回头再说吧。”

吴畏关闭手机屏幕，闭上眼睛，耳机里的音乐淹没了铁轨和风的声音。

当你做下决定，时间就为你偏转，
一半向高山，一半向海湾。
不公平的伤痛，公平的欢，
海鸟爱上了宇宙，鱼不拦。
时间说了算啊，
时间说了算，
时间给过你机会，别肆无忌惮。

时间说了算啊，
时间说了算，
时间不恨你调皮，只恨你懒。

当你徐徐长大，时间越来越烦，
烦世间所有的安排，烦无所意义的演。
放下了过去，放不下明天，
明天也会成黄土，叫完结篇。
时间说了算啊，
时间说了算，
时间给过你珍贵，却不告诉你要还。
时间说了算啊，
时间说了算，
时间不怪你妒忌，只怪你慢。

吴畏想不起这是第几次踏上云州的土地，只记得火车站外的霓虹一次比一次明亮。每次吴畏都给云州带来了不同的心情，而云州仿佛只会回馈他同样的东西。出于对儿子的了解，吴父对吴畏突然的辞职充满了疑惑，功成身退并不是吴畏这个年纪应该获得的头衔，无处不在的小道消息也在他心里刮起了阵阵阴风。但吴父只是把疑惑放在心底，不过问，不多说，在人生的晚年表现出了一个父亲和一个儿子之间的心灵之约。

吴畏觉得自己应该要离开梅镇了。王大健给他保留了最后的荣誉，耐着性子等着吴父出院，等着厂里的小道消息渐渐平息，等到他坐上离开梅镇的火车，这才干掉赵松龙，自行上任，并以大额生产需求变相控制了糖厂的生产力，也算是曲线拯救了自己的事业理想。吴畏并不恨王大健，他在平庸中等待了20年，等到了花甲之年才等到一点儿希望，和自己10年云州生涯遭遇的挫折相比，实在值得他这么去做，况且，吴畏在整个过程中或多或少地找到了一个新的自我。

云州，熟悉而陌生的城市，曾经是吴畏的主场，也从未是吴畏的主场。

吴畏没有立即联系庄离，他也无法分辨渥颜的话是发自真心还是客套，与其把事业前途寄托在这样一个外表明艳背景神秘的女人身上，不如降低预期，仅仅是把她作为最后的备选。在这一年里，吴畏接触了很多新领域的信息，也许能让自己在拐了一个大弯儿之后，再回归到这个年纪应该讲述的故事线里。

没有计划也没有安排，吴畏毫无目的地走在云州的夜里，从自己熟悉的大街走到陌生的小巷，走过自己吃5块钱一份儿盒饭的大排档，走过排队参加招聘会的展览馆，走过下雨天躲雨等公交的便利店，走过和海袅约会的免费公园，走过白梅糖业云州分公司所在的写字楼，走过带领小伙伴只争朝夕的云上咖啡，鹅黄色的暖灯映照在透明的玻璃橱窗上，熟悉的身影浮现在吴畏的眼前。

江跃龙和海袅并排坐在靠窗的卡座上，海袅靠在江跃龙的肩膀上，江跃龙一手搂住海袅的腰，一手从红色的糖果盒里拿出一粒红色的糖果，放进海袅的嘴里。海袅用牙齿咬住糖果的一半，把另一半送进了江跃龙的口中。

“……我要像电视里的有钱人一样，吃牛排，喝咖啡，搂个大美人。”

海袅笑得很甜蜜，整个人依偎在江跃龙的怀里，完全沉浸在两个人的世界，无所谓有没有旁观者的目光。吴畏想起自己仿佛也曾经见过海袅这样的表情，很熟悉，熟悉到已经融在自己的每一滴血液里，随着涌动的脉搏从五脏六腑冲上大脑。记忆的碎片在体内狂奔乱跳，像一个走丢的孩子，继而像一个找不到鲜血的魔鬼。

好看吗？符不符合你们梅镇人民的审美？

吴畏走进云上咖啡，径直去到窗边的卡座，抄起桌上的烟灰缸，朝江跃龙的头顶狠狠砸下去。一下，两下……黏稠的血液混在烟灰缸的咖啡渣里，洒落在海袅的头发上，周围骚动起来，从窃窃私语到有人大声尖叫。江跃龙没来得及叫出吴畏的名字，就趴在了血泊中，任凭吴畏再如何用力，都没有一点儿反应。吴畏扔掉烟灰缸，抓住海袅的手，海袅的手没有任何反抗的力气，踉跄着蹭过江跃龙的身体，被吴畏拖在身后。人群自发让出了过道，服务员躲到了吧台的后面，吴畏推开大门，海袅再也掩饰不住恐惧的情绪，瘫倒在地上尖叫起来。吴畏死死抓住海袅的胳膊，穿过人行道，穿过路人诧异的眼神，穿过海袅抗拒的力气，交错的光在他眼前闪过，耳边轰鸣着嘈杂的声音：海袅求饶的声音、鸣笛的声音、刹车的声音和渐渐消失的惊呼声。

“原来马路是温暖的……”

“原来疼痛到极致会有一点点快乐……”

“原来我身边还能有你……”

“原来这就是结束啊……”

吴畏闭上了双眼。他觉得如果再不这么做，可能就再也闭不上了。

“使者，流浪使者正陆续进入银河系，我们需要制订接下来的计划。”

“母星已经毁灭，不会重生。”

“不会重生，但我们至少找到了新生的希望。”

“在歌唱的时间里，我理解了母星的新生。”

“请填充理解。”

“首先，设定跃迁坐标的密钥——废弃母星律法，遵从银河系律法。”

“设定完成，只有遵从密钥的流浪使者才能进入银河系。”

“其次，播种使者为银河纪元的创世神，载入新生文明史。”

“载入完成，播种使者现在是银河文明的创世神，他将恢复所有应得的荣耀。”

“最后，继续播种使者的使命，等待文明，归复宇宙。”

“我不理解，使者，我们应当干涉，等待会浪费大量的时间，地球文明需要母星技术。”

“地球文明不需要技术，地球文明只需要时间。”

“到什么时候？”

“我们会等到那一天。”

“一个月没见了，没想到这么快。”

渥颜抱着膝盖一语不发，眼睛望着幽冥的海面。天地混沌在一起，看不到风起云涌，却能感受到苍穹愤怒的力量。

“我有几个问题想问你。”

“嗯，你说吧，大离。”

“如果这一切都是假的，只是几个妄人的臆想呢？”

“他们也找到我了。”

“如果那边很危险……你也知道他们怎么对待异族。”

“反正迟早也会死，活几百年也会死。”

“如果再也回不来……”

“那我就在那边等你。我们约定个地方，几十年对我来说，等得起。”

“你又在调戏我。”

庄离脱下外套给渥颜披上，临近午夜，风吹在码头的栅栏上，吱吱作响。

我们是两个世界的人，你这样调戏我，有失身份。

“不如就在那里吧，在那个你说像猫尾巴一样的小岛上，就叫尾巴岛好了，就这么约定啦。”

渥颜转过头，露出了比月光还要明亮的微笑，细碎的发丝贴着脸庞跳起了舞，像在告别，也像在宣布开始。

“尾巴岛挺好的呀，庄老师，有个岛，起码对未来会有点儿希望。”

尾巴花具有顽强的生命力，象征着永远的希望……

“是挺好的，但是我可没有古远这么好的船，这么好的码头。等我存出一条破船，恐怕我已经老得快死了，就算找到你，你还是妙龄少女。”

“那你不是可赚可赚啦。”渥颜靠在庄离的肩膀，把他的胳膊拢在怀里。熟悉的发香溜进了庄离的鼻子，继而轻轻的啜泣声又溜进了耳朵。庄离感到肩膀潮湿了，渥颜在努力让自己不要哭出声，也不要哭得颤抖，但再怎么轻微的动作也像重锤一样敲击在庄离的心上。

“那你会对我不离不弃吗?”

“我还能坏到哪儿去，我最坏的情况就是没了你。”

“我上船了，潮汐要来了。”

庄离松开肩膀，渥颜走向了甲板。

“如果不来找我，就忘了我吧。”渥颜边走边说。

“我会去的，请你一定好好的。”

渥颜背对着挥挥手，钻进了驾驶舱，不多一会儿，水花搅动的声音传来，船开动了起来，驶向了远方。

你别走。

庄离看着船渐渐离开码头的灯光，白色的船身被夜幕熨烫，慢慢变成一道乌黑的轮廓。那道棱角分明的轮廓跳出了一个人形的曲线，站在甲板上对着自己。

庄离挥了挥手。

人影抬起了双手，顺着海风，传来的声音格外清晰：

“你为什么不留我？你为什么不说你会娶我？你为什么不说和我一起走？你个笨蛋……笨蛋……”

人影在夜色里消失了，轮廓也消失了，只有声音没有消失，它化成一层雾，蒙在了庄离的眼前。

手机铃声响了起来，庄离摸遍了口袋，找出了手机。

“你们在一起吗？你和渥颜在一起吗？我是古远。”

“不在了，她走了。”

“你没跟她走？你不在船上？拦住她啊！”

“没有，她已经走了。”

“你……她根本不是要回家！她是去送死！那一船装的都是……”